Best Time

白 马 时 光

恋上冰淇淋

LOVE & GELATO

[美] 珍娜·埃文斯·韦尔奇 著

卢屹 译

百花洲文艺出版社

图书在版编目（CIP）数据

恋上冰淇淋 /（美）珍娜·埃文斯·韦尔奇著；卢屹译 . — 南昌：百花洲文艺出版社，2018.6
ISBN 978-7-5500-2781-7

Ⅰ. ①恋… Ⅱ. ①珍… ②卢… Ⅲ. ①长篇小说—美国—现代 Ⅳ. ① I712.45

中国版本图书馆 CIP 数据核字（2018）第 063359 号

江西省版权局著作权合同登记号：14-2018-0073
LOVE & GELATO by Jenna Evans Welch
Copyright © 2016 by Jenna Evans Welch
Published in agreement with Sterling Lord Literistic, through The Grayhawk Agency.
Chinese Simplified Character translation Copyright © 2018 by Beijing White Horse Time Culture Development Co., Ltd.
All Rights Reserved.

恋上冰淇淋 LIAN SHANG BINGQILIN

〔美〕珍娜·埃文斯·韦尔奇 著　卢屹 译

出 版 人	姚雪雪
出 品 人	李国靖
特约监制	王　瑜
责任编辑	刘　云
特约策划	王　婷
特约编辑	李　肖
封面设计	小　贾
版式设计	王雨晨　赵梦菲
封面绘图	三　乖
版权支持	韩东芳
出版发行	百花洲文艺出版社
社　　址	南昌市红谷滩世贸路 898 号博能中心 I 期 A 座 20 楼　邮编 330038
经　　销	全国新华书店
印　　刷	三河市兴博印务有限公司
开　　本	880mm×1230mm　　1/32
印　　张	8.5
字　　数	211 千字
版　　次	2018 年 6 月第 1 版第 1 次印刷
书　　号	ISBN 978-7-5500-2781-7
定　　价	42.00 元

赣版权登字：05-2018-160
版权所有，侵权必究
发行电话　0791-86895108　　　网　址　http://www.bhzwy.com
图书若有印装错误，影响阅读，可向承印厂联系调换。

致大卫
你就是我的爱情故事

序幕

　　你们从前都碰上过倒霉日子吧？你们懂的：闹钟没响，吐司烤焦了，而且你才想起来衣服都浸在洗衣机里了；接着你一路狂奔去上学，迟到了一刻钟，暗自祈求没人发现自己的头发乱得像鸟窝；可你刚溜到座位上，老师就暗戳戳地来了一句："今天有点晚啊，爱默生同学。"所有人都盯着你看，你的狼狈相就此彻底暴露了。诸如此类的日子，大家都有过吧？

　　你们肯定都摊上过这种倒霉日子，谁都有过。可是，你们碰到过倒霉透顶的日子吗？就是那种神气活现、坏得冒烟的日子，它为了图一乐呵，就把你在意的东西嚼得稀巴烂，又吐了你一脸。

　　我妈跟我讲霍华德的事那天，铁定是这种倒霉透顶的日子。可在当时，我都没空顾虑他的事。

　　那会儿，我高二才上两个星期，妈妈看完病后跟我一起开车回家。车里很安静，只有电台里两个模仿施瓦辛格①的人在演广告。尽管天挺热

---

① 施瓦辛格：阿诺德·施瓦辛格，生于奥地利，美国著名男演员。

的，我腿上还是到处起鸡皮疙瘩。就在那天上午，我头一回参加越野比赛就拿了第二名。不敢相信，我连这个都不太在乎了。

妈妈关掉电台。"丽娜，你怎么想的？"她语气平静，可我看着她却泪目了。她是那么苍白、瘦小。我怎么没注意到她变得这么瘦小？

"说不清，"我说着，声音努力保持稳定，"太震惊了。"

她点点头，在红绿灯前停下车。太阳特别晃眼，我朝着太阳看去，眼睛火辣辣的。就在今天，我的人生彻底改变了，我想，从今天开始，只有今天"以前"和今天"以后"了。

妈妈清清嗓子，等我看她时，她坐直身子，像是要讲一件要紧事，"丽娜，有一次我被人撺掇着跳进喷泉里游泳了，我告诉过你吗？"

我扭过身，"什么？"

"记得吗？我跟你说过，我在佛罗伦萨学习过一年。我在外面跟同学一起拍照，那是个大热天，我简直要热化了。我有个朋友叫霍华德，他撺掇我往喷泉里跳。"你要知道，刚刚我们才得知了这辈子最坏的消息，最坏的。

"……我把一群德国游客吓着了。他们正在摆姿势拍照，我从水里冒出来时，其中有个人失去平衡，差点跟我一样掉进喷泉里。他们很恼火，所以霍华德大声说我溺水了，跟在我后面跳进水里。"

我瞪着她，她转头对我微笑。

"呃……妈，这是挺逗的，可你为啥现在跟我说这个？"

"我就是想跟你说说霍华德的事儿，他很有意思。"绿灯亮了，她踩了油门。

什么啊？我心想，这都哪儿跟哪儿啊？

一开始，我以为喷泉的故事是权宜之计。也许她觉得，回忆故友的趣事能分散注意力，让我俩不去多想心上的那两块大石头：**无法手术、**

无法治愈。 可她一个故事接着一个故事地给我讲,到后来,只要她说几个字,我就能猜到霍华德要出场了。后来,当她最终揭晓霍华德故事会的原因时,唉……这么说吧,无知是福啊。

"丽娜,我希望你去意大利。"

那是十一月的中旬,我坐在她的病床边,拿着一摞从候诊室偷来的《大都会》旧杂志。前面十分钟我在做一个测试,叫作"从初级到吱吱响:你有多热辣?"(十分得了七分)。

"意大利?"我有点心不在焉。前面做测试的人得了满分,我想搞清楚他们是怎么办到的。

"我的意思是,希望你去意大利生活。那之后。"

我这才开始留神。一则,我不相信有"之后"。没错,她的癌症跟医生预料的一样在恶化,可医生又不是啥都知道。就在那天早上,我在网上收藏了一个故事,说的是一个女人战胜了癌症,后来还攀登了乞力马扎罗山。再者说了,干吗去意大利啊?

"我干吗要去?"我故作轻松地问。逗她开心很要紧,避免压力对康复很重要。

"我希望你跟霍华德住在一起。我在意大利待的那一年对我太有意义了,希望你也能有这样的经历。"

我瞥了一眼护士呼叫按钮。跟霍华德一起住在意大利?给她注射的吗啡是过量了吗?

"丽娜,看着我。"她用"我是你妈"的霸道口吻说。

"霍华德?你是说你一直提到的那个人吗?"

"是的。我认识的男人里就属他最好,他会保护你的安全。"

"我哪儿不安全了?"我注视着她的眼睛,呼吸突然急促起来。病房里有帮助调整呼吸的备用纸袋吗?

她摇摇头,眼里闪着光,"生活会变得……艰难。咱们不一定现在就谈这个,但我必须让你亲耳听到我的心愿。你需要有人照顾。那之后,我觉得他是最佳人选。"

"妈,这没道理啊,我干吗要去跟一个陌生人住一起?"我急忙站起来,在床边柜抽屉里乱翻起来。这里必须要有纸袋子啊。

"丽娜,坐下。"

"可是妈——"

"坐吧。你会没事的,你会熬过去的。你会继续生活,而且活得很精彩。"

"不,"我说,"你会熬过去的,有时候病是能治好的。"

"丽娜,霍华德是很好的朋友,你一定会喜欢他的。"

"我才不信。既然他是好朋友,那我以前怎么从来没见过他?"我不再找纸袋子,瘫坐回椅子上,把头埋在腿间。

她挣扎着坐起身,把手伸出来,放在我背上,"我们的关系有些复杂,但他想认识你,而且很乐意让你跟他一起住。答应我,你要试一试,起码试几个月。"

有人敲门,我们同时抬起头,看到一位穿着淡蓝色手术服的护士。"我就来看看。"她嘀咕着,对我脸上的表情要么视而不见,要么是没注意。满分十分的话,屋里的紧张气氛大概有一百分。

"早上好。我刚刚要女儿去意大利。"

"意大利啊,"护士合起双手放在胸前,"我去那儿度蜜月了呢。gelato(意式冰淇淋)[①]、比萨斜塔、威尼斯的贡多拉船……你肯定会喜欢那儿。"

[①] 对于文中出现的意大利语,基本上用括号注明了中文意思,但正文中有解释的除外。

妈妈冲我得意地笑。

"妈,不要。我绝不去意大利。"

"哎呀,亲爱的,你非去不可呀。"护士说,"这可是一生难得的经历。"

结果护士说对了一件事:我确实非去不可。可是,至于我去了以后会有什么发现,没人给我哪怕一点点提示。

第一章

  远处的房子明晃晃地矗立着,像是一片墓碑汪洋中的灯塔。但这不可能是他的房子吧?没准儿我们只是在遵从某种意大利风俗:必须开车带新人穿越墓地。这样,他们对当地文化就有直观感受了。嗯,肯定是这么回事。

  我在腿上绞着手指头,房子越来越近,心也一直往下沉。感觉像是眼看着海洋深处的大白鲨浮出水面。此处应有震撼的音乐。可这又不是电影,这就是现实,而且只剩一个转弯了。*别慌,这不可能。妈妈不会把你送到一个公墓来住的,她应该提醒你的,她应该——*

  他打了转向灯,我倒抽一口凉气。她就是没跟我说啊。

  "你没事吧?"

  霍华德(恐怕我该叫他爸爸)带着关切的神情看着我。大概是因为我刚发出了一声惊呼吧。

  "那是你的……"我找不到合适的措辞,只好指了指。

  "嗯,是的。"他迟疑片刻,往窗外做了个手势,"丽娜,你不知道吗?这里的所有情况?"

用"这里的所有情况"都不能充分概括月光下的这一大片墓地。"外婆告诉我,我会住在一个美国所有的地产里。她说你是一个二战纪念碑的管理员。我没想到……"恐慌像热糖浆一样对我兜头浇下,我连话都说不全乎了。深呼吸,丽娜。最倒霉的日子你都熬过来了,这个,你也能熬过去。

他指了指园区最远处,"纪念碑就是前面那个建筑物。但是这里其余的土地,是二战期间在意大利牺牲的美国士兵的坟墓。"

"可这儿不是你自己家的房子,对吧?只是你工作的地方吧?"

他没接话,但开进了房前的车道,我的最后一丝希望随着车灯一起熄灭了。这不只是个房子,这里就是住所。走道边种着红彤彤的天竺葵,门廊上有一个秋千在来回晃动,嘎吱作响,仿佛刚有人从上面站起来。如果去掉周围草地上遍布的十字架墓碑,这里就是平常社区里的平常人家。可这里不是平常社区,这些十字架墓碑可不像是会走动的,永远不会动。

"他们希望管理员在现场长年驻扎,所以在二十世纪六十年代造了这栋房子。"霍华德把钥匙从点火器里拔出来,手指不安地敲着方向盘,"真抱歉,丽娜,我以为你知道的。不敢想象你现在作何感想。"

"这是个公墓啊。"我的声音有点虚。

他转身看我,但没太直视我,"我理解。你这一年遭了这么多罪,最不想面对触景伤情的事物。可我觉得,你慢慢会喜欢上这个地方的。这里非常安静,还有不少有意思的故事。你妈妈很喜欢这里。而且,我在这儿待了快十七年,其他什么地儿都不想去了。"

他说得很有信心,可我却瘫坐回座位里,心里冒出一大堆问题。要是她这么喜欢这儿,怎么从来都没告诉过我?她生病前怎么从来没提过你?还有,亲爱的各路神仙啊,她为什么偏偏把你是我爸这个芝麻大的细节给忽略了呢?

对我的沉默,霍华德稍作回味就打开车门,"进去吧,我给你拿行李箱。"

他一米九几的大高个儿走到车后,我趴着从车边镜里观察他。是外婆说了实情——他是你的爸爸,所以她希望你跟他一起住。也许我本来是可以预感到的,只不过,关于霍华德这位旧日好友的真实身份,我妈起码该提一下吧。

霍华德关上后备厢,我直起身,在背包里翻起来,给自己再争取几秒钟时间。丽娜,想想:你孤身一人在国外,一个大高个儿怪人冒出来成了你爸爸,而你的新家可以作为《僵尸末日》电影里的场景了。快采取行动啊。

可又能怎样?想不进房子,除了从霍华德手里抢车钥匙,我无计可施。最终,我解开安全带,跟着他到了前门。

房子里面正常得过头了——好像他觉得,不用点力就弥补不了这个地点的缺陷。霍华德在门口放下行李箱,跟我一起走进客厅。厅里有两把软垫椅和一张皮沙发,墙上贴着几幅旧的旅游海报,房子里满是浓浓的大蒜洋葱味,不过显然是好闻的香味。

"欢迎回家。"霍华德说着,打开主灯。我脸上又涌起一阵惊恐,他看到我的表情后有些难为情,"我是说,欢迎来意大利。你能来我很开心。"

"霍华德?"

"嗨,索尼娅。"

一个身形矫健的高个儿女人走进房间。她比霍华德大约年长几岁,咖啡色皮肤,两臂套着几只金手镯。很漂亮,但也很意外。

"丽娜，"她小心翼翼地念着我的名字，"你终于到了。航班顺利吗？"

我换了个站姿。有人要介绍一下吗？"还行，最后一程很长。"

"我们很高兴你能来。"她冲我粲然一笑，继而是一阵让人窒息的沉默。

最后我先发制人，"那……你是霍华德的妻子？"

霍华德和索尼娅对视了一下，然后笑得前仰后合。

丽娜·爱默生，天生的喜剧料子。

霍华德总算刹住车，"丽娜，这位是索尼娅，公墓的助理管理员。她在这儿工作的时间比我都久。"

"多了几个月而已，"索尼娅擦着眼泪说，"霍华德总把我说得像老古董。我的房子也在园区里，离纪念碑近点。"

"有多少人住在这儿？"

"就我们两个，但现在三个了。"霍华德说。

"还有大约四千位战士呀。"索尼娅笑眯眯地补充道。她斜眼看看霍华德，我回头一瞥，正好看到他慌忙用手指划过喉咙，示意她别说了。用手势交流，好极了。

索尼娅收起笑容，"丽娜，你饿了吗？我做了千层面。"

就是那个香味。"我是挺饿的。"我坦白。这么说算是委婉的了。

"很好。我做了拿手菜，千层面配超浓蒜香面包。"

"太棒了！"霍华德像价格竞猜节目里的家庭主妇一样振臂欢呼，"你打算好好款待我们一下了。"

"今晚情况特殊，我琢磨着要使出全力。丽娜，你可能想去洗个手，我去端菜，咱们餐厅见。"

霍华德往客厅另一方指了指，"卫生间在那儿。"

我点点头，把背包就近放在椅子上，逃也似的离开了客厅。卫生间很小，只能容下一个马桶和一个水槽，我把水开到能承受的热度，用水槽边上的一块香皂搓洗着手上的机场味儿。

洗手时，我瞥见镜中的自己，叹了口气。我的样子像是被人拽着穿越了三个时区。公平地讲，这倒是事实。我的皮肤平常是黝黑的，现在变得憔悴而苍白，黑眼圈也冒了出来。还有我的头发，它们总算是找到对抗地心引力的窍门了。我打湿双手，用力压平卷发，结果适得其反。我最终放弃了。我的样子活像打了鸡血的刺猬，可那又怎样？老爸就该迁就女儿，对吧？

卫生间外，音乐响了起来，我的焦躁感从小火苗烧成了熊熊烈火。非要吃饭不可吗？也许我可以躲在外面哪个房间里，把公墓这件事给消化一下，或者干脆不要消化了。可接着我的肚子狂叫起来，呃，我确实非得吃东西不可。

"来啦。"我走进餐厅时，霍华德站起来说。餐桌上铺了红格子桌布，门旁边一个iPod机子里放着一首有些耳熟的摇滚老歌。我坐到他们对面的椅子上，霍华德也坐下了。

"但愿你饿了。索尼娅烧菜可厉害了，我觉得她入错行了。"这会儿有其他人在，他说话放松多了。

索尼娅满面含笑，"才不是呢，我注定要在纪念碑工作一辈子。"

"看着是不错。""不错"的意思是太诱人了。一盘热气腾腾的千层面，配上一篮厚切的蒜香面包片，还有一盆沙拉，堆满了番茄和看着挺脆嫩的生菜。我使出洪荒之力才按捺住扑向饭菜的冲动。

索尼娅切开千层面，往我盘子当中放了浓稠绵软的一大块，"你随意自取面包和沙拉吧。Buon appetito.（祝你好胃口。）"

"Buon appetito."霍华德跟着说。

"Buon appe……啥的。"我嘀咕道。

等大家都分到食物,我立马拿起叉子向面前的千层面发起猛攻。我知道自己的吃相大概穷凶极恶,可我一整天除了飞机餐啥都没吃过,真憋不住了。飞机餐的分量少得可怜。我总算停下歇口气时,索尼娅和霍华德都瞪着我看,霍华德的样子略有些惊吓。

"那么,丽娜,你平时喜欢做什么?"索尼娅问。

我抓起餐巾,"除了用难看的吃相吓唬人吗?"

霍华德呵呵一笑,"你外婆告诉我,你很喜欢跑步。"

"哦,难怪你胃口好了。"索尼娅又铲起一片,我满心感谢地伸出盘子,"你在学校里跑步吗?"

"从前跑过。我参加过学校越野长跑队,但在我们知道后,我就放弃了资格。"他们都只是看着我。

"……在我们知道妈妈得了癌症后。训练很花时间,而且我不想为了比赛出远门。"

霍华德点头,"公墓这里应该非常适合跑步。空间很大,道路平稳。以前我一直在这儿跑步。后来就发福了、变懒了。"

索尼娅翻白眼,"哎,拜托。要是你努力点儿,才不会发福呢。"她把那一篮蒜香面包推给我,"你知道吗?我跟你妈妈是朋友。她人很好。好有才华,好活泼。"

没有,也没跟我说过这情况。我是陷进某个精心策划的绑架阴谋了吗?绑匪会给你吃两块你此生最美味的千层面吗?要是逼一逼的话,他们会把做法告诉你吗?

霍华德清清嗓子,把我拉回谈话中。

"不好意思,呃,没有。她从没有提到过你哎。"

索尼娅不动声色地点点头。霍华德瞥了她一眼,又看着我,"你大概很累吧。想跟谁联系一下吗？你的航班到达时，我给你外婆发了信息，不过你可以给她打个电话。我的手机开通了国际长途。"

"我能给艾迪打电话吗？"

"那是之前跟你一起住的朋友吗？"

"是的。不过我有笔记本电脑，我视频通话也行。"

"今晚恐怕不行。意大利的科技并不十分先进，我们的网速整天都很慢。明天有人过来检修，但现在你就用我的电话吧。"

"谢谢。"

他推开椅子，"有人想喝葡萄酒吗？"

"要的，谢啦。"索尼娅说，"丽娜？"

"呃……我还没到喝酒的年纪。"

他笑了，"意大利没有喝酒的年龄限制，所以这里有点不一样。不管怎样，不必勉强。"

"我不用了。"

"马上回来。"他去了厨房。

房间里安静了十秒钟，然后索尼娅放下叉子，"你来这儿我很高兴，丽娜。话说，你有什么需要的话，我很快就能赶过来，真不夸张。"

"谢谢。"我把目光定在她左肩上方某一点。大人们对我老是用力过猛。他们觉得，只要对我足够好，就能弥补我失去妈妈的事实。这有点感人，同时也有点烦人。

索尼娅朝厨房瞄了一眼，然后压低声音，"我想问你，明天什么时候你能去一趟我家吗？我有个东西想给你。"

"什么？"

"到时候再说吧。今天你就只管安顿好。"

我只摇摇头。我打算尽量少安顿，连行李都不想打开。

晚餐后，霍华德抢着把行李箱搬到楼上。"但愿你能喜欢这个房间。我两个星期前把它重新粉刷、布置了一下，我觉得效果真不错。我在夏天把大部分窗户都开着——那样凉快多了——但要是你愿意，也可以关上窗户。"他说得飞快，好像一整个下午都在排练欢迎词似的。他把行李箱放在第一个房间的门前。

"卫生间就在走廊对面，我在里面换了新香皂和洗发香波。你需要其他东西就告诉我，我明天去买，可以吗？"

"可以。"

"还有，就像我说的，这儿的网络时好时坏，可要是你想试试的话，这儿的网络用户名叫'American Cemetery（美国公墓）'。"

当然是这个名字了。"WiFi 密码是什么？"

"Wall of the Missing.（失踪者之墙。）连在一起写。"

"Wall of the Missing，"我复述着，"什么意思？"

"那是纪念碑的一部分。这里有一些石碑，上面刻了一些没找到遗体的士兵名字。你愿意的话，我明天可以带你去看。"

千万别，谢您了。"嗯，我很累，那么就……"我往门口挪过去。

他心领神会，把一部手机和一张纸条一起递给我，"我写了拨打美国电话的说明。你要输入国家代码，还有地区代码。有问题就跟我说。"

"谢谢。"我把纸条塞进口袋。

"晚安，丽娜。"

"晚安。"

他转身沿着走廊走远了，我打开门，把行李箱拖进房间。总算独自待着了，我感到肩膀上一阵松泛。好吧，你真的在这儿了，我想，只有你，加上那四千位新朋友。门上有锁，我一转，"咔嗒"一声让人安心。然后，我慢慢转过身，打起精神，准备面对霍华德所谓"真不错"的房间。

可接着我的心脏差点儿停摆，因为……哇哦。

房间堪称完美。床边柜上一盏可爱的金色台灯透着柔和的灯光，床是古典样式，上面放了无数个绣花枕头。房间两侧各放着一个上过漆的书桌和梳妆台，靠门边墙上挂着一块椭圆的大镜子。在床边柜和梳妆台上还摆放着几个空相框，像是在等我把它们填补好。

我站着呆看了一会儿。这实在太像我的风格了。一个从没见过我的人竟然有办法整出来一间我心目中的完美卧室？也许情况不至于那么糟糕——

此时，一阵风吹进房间，让我注意到敞开的大窗户。我忽视了一条铁律：**好得不像真的，就未必是真的。** 我走过去，探出头。月光下的墓碑像一排排牙齿般地发亮，周围一片漆黑，出奇地寂静。

我缩回头，掏出口袋里的纸条。该动手策划逃跑了。

第二章

虽说赛迪·丹尼斯也许是宇宙无敌的大恶人,她在我心中的位置却一直挺特殊的。毕竟,我交到一个好闺蜜是拜她所赐。

这话要从七年级开学说起。艾迪刚从洛杉矶搬来西雅图,有一天上完体育课后,她无意中听到赛迪在含沙射影地说,有些同学根本用不着戴胸罩。老实说,我们才上七年级,需要戴胸罩的女生大概就百分之一吧。只不过,我是尤其不需要戴胸罩的,所以大家都心知肚明,她说的是我。我不去理会她(换句话说,十二岁的我把头扎进储物柜里,默默地流着脏兮兮的眼泪),可艾迪把这当成了自己的事,在赛迪走出更衣室时给她来了一记锁喉抱颈。自那天她替我出了头之后,就没停过。

"一边儿去,没准儿是丽娜啊。"艾迪的声音听着有点远,好像把电话从脸边拿开了,"喂?"她对着扬声器说。

"艾迪,是我。"

"丽娜!伊恩,离我远点。"有些闷闷的叫声,然后像是兄妹之间打斗的声音。艾迪有三个哥哥,他们不娇惯她,反而不约而同地把她当成男孩看待。这很能说明她的性格。

"不好意思,"她总算回到电话里,说,"伊恩是白痴。有人踩坏了他的手机,现在爸妈要我跟他合用我的手机。我才不管出啥事儿了呢,就不把电话号码给他那些野朋友。"

"哎,行了,他们没那么差劲吧。"

"省省吧。你知道他们很差劲。今天早上,我撞到他们当中一个在我家吃麦片。他把一整盒麦片倒进拌菜的大碗里,用长柄汤勺捞着吃。伊恩应该都没在家。"

片刻之间,我欣然一笑,闭上眼睛。假如艾迪是超人,她的超能力就是"让闺蜜感到正常的能力"。在葬礼后暗无天日的几个星期里,就是她拉我出门跑步,逼着我吃饭、洗澡。交到这样的朋友,真是上辈子积德了。

"等会儿,咱们干吗浪费时间讨论伊恩的朋友?你大概见到霍华德了吧。"

我睁开眼睛,"你是说我爸?"

"我才不要叫他这个。两个月前咱们都不知道他是你爸。"

"不到两个月。"我说。

"丽娜,你急死我了。他什么样儿?"

我瞥了一眼卧室门。楼下还放着音乐,但我还是压低声音,"这么说吧,我必须离开这儿,十万火急。"

"什么意思?他是讨厌鬼?"

"不是。他人其实还不错。他个子像篮球队员,我很意外。可糟糕的事情不是这个。"我深呼一口气,要给她全套的夸张效果,"他是公墓管理员,也就是说,我必须住在公墓里。"

"什么?"

对她的震惊,我早做好心理准备了,把手机从耳边拿开七八厘米远。

"你要住在公墓里?他是挖墓的还是怎么着?"她轻轻吐出最后几个字。

"这儿大概不会再埋人了吧,所有的墓地都是二战时候的。"

"这也好不到哪里去啊!丽娜,我们一定得救你出来。你太冤了啊,先是没了妈,然后非要飞大半个世界,去跟一个突然说是你爸的人住一起。而且他还住在公墓里?拜托,这太过分了。"

我坐在书桌前,转动座椅,直到背对窗户,"相信我,早知道自己会落到这步田地,我就更用力反抗了。这地方太怪了,到处都是墓碑,感觉真的很荒。我在来的路上看到几栋房子,除了这些,公墓周围貌似只有森林。"

"别说了,我来救你。飞机票多少钱?不止三百块吧?因为上次咱们跟消防栓小撞了一下后,我就剩这么多钱了。"

"你撞得根本不厉害!"

"你跟修车工说去。看样子,整个保险杠都要换。都怪你,要不是你穷开心,我大概不会跟你一起疯。"

我呵呵笑着,抬起脚,盘腿而坐,"才不是我的错好吗,电台里一放小甜甜的老歌,你就情不自禁了。不过,你要我帮你付点修理费吗?我外公外婆替我保管钱财,不过我每个月有零用钱。"

"不,当然不用。你从意大利回来要用钱的。而且我真心觉得,我爸妈肯定愿意让你再住我家里。我妈觉得你是个好榜样呢,你会把盘子放进洗碗机,这事儿她念叨了一个月。"

"对啊,我是挺厉害的。"

"这还用说。OK,我会抓紧跟他们说的,但要等我妈冷静下来。为了伊恩,她负责了一个足球募捐的大活动,搞得好像在办社交舞会。讲真的，她实在太紧张了。昨天晚上我们没人吃她做的砂锅面条，她就大发脾气。"

"我挺爱吃她做的砂锅面条啊，有金枪鱼的那种吧？"

"算了吧，你才不会喜欢呢。你大概因为跑了一千五百千米，饿得不行了。还有，你也不挑食。"

"没错，"我承认，"不过艾迪，别忘了，咱们要操心的是，必须说服我外婆啊，她可是极力赞成我在这儿住下去的。"

"我一点都想不通，她干吗要把你送到地球的另一头，跟个陌生人住一起？她都不认识他。"

"她应该是没有其他法子了。开车去机场的路上，她跟我说，她在考虑跟外公一起住进老年护理中心，因为照顾他越来越吃力了。"

"所以你应该跟我们住一起，"她叹了口气，"别担心，蕾切尔外婆就交给我了。我带她出去买老年人都爱吃的奶油糖果，再跟她聊聊为啥我们班尼特家是你的最佳选择。"

"谢谢，艾迪。"我们都不说话了，虫鸣和霍华德的音乐填补了两人之间的短暂沉默。我想顺着电话爬回西雅图。没有艾迪我怎么活得下去？

"干吗不说话了？那个挖墓的在？"

"我在自己的房间里，可感觉这房子不隔音，不知道他能不能听见。"

"好极了，你现在都不能随便说话了。咱们最好想个暗号，我就能知道你有没有事。要是你被绑架了，就说'蓝鸟'。"

"'蓝鸟'？暗号不是不能太特别吗？"

"这下我可糊涂了。你说了暗号，可我不知道你是不是那意思。你到底有没有被人绑架？"

"没有，艾迪，我没有被人绑架。"我叹口气，"只不过，我被自己对妈妈的承诺给绑架了。"

"是的,可在被欺骗的情况下做的承诺算数吗?你别见怪,你妈要你去意大利的原因,她不是很坦白。"

"我知道。"我吁了口气,"希望是有原因的。"

"也许吧。"

我回头看窗外。月亮在漆黑的树林天际线上掠过。如果我还蒙在鼓里,会觉得这风景简直美呆了。"我要挂了。我用的是他的手机,这大概花费不少。"

"好吧,尽快再打给我。说真的,别担心。我们很快把你弄出来。"

"谢谢,艾迪,希望明天能跟你视频聊天。"

"我会在电脑前等着。意大利语'再见'怎么说?'choo'还是'chow'?"

"我不知道啊。"

"撒谎,你这人老是说要环游世界呢。"

"你好和再见都是'ciao'。"

"我就知道吧。Ciao,丽娜。"

"Ciao."

电话挂断了,我把手机放在桌上,喉咙发紧。我已经在想她了。

"丽娜?"

是霍华德!我差点连人带椅子翻倒。他刚才偷听了吗?

我慌忙站起来,把门开了几厘米的口子。霍华德站在走廊上,拿着几块堆得像婚礼蛋糕的白色毛巾。

"希望没打搅你。"他飞快地说,"我刚想到要给你这些。"

我观察他的脸,可他的表情不温不火的。看来血缘关系根本没啥意义,我看不出他有没有偷听我跟艾迪的通话。

我犹豫片刻,把门开大了些,从他手里接过毛巾,"谢谢你。另外,电话还你。"我从桌上抓起手机,递给了他。

"那么……你觉得怎么样?"

我脸红了,"什么?"

"你的房间。"

"噢。很不错,真的很漂亮。"

他脸上露出如释重负的灿烂笑容,这绝对是他今晚头一次发自内心的笑,好像是卸掉了一百斤重量似的。还有,他的笑容有点歪。

"很好。"他倚着门框,"我知道我的品位一般,可我想把房间弄得漂亮点。有个朋友帮我油漆了书桌和梳妆台,我跟索尼娅在跳蚤市场淘到了镜子。"

呃,这下我开始脑补一个画面了:他在意大利到处溜达,搜寻他认为我会喜欢的东西。为啥突然关心起我来了?据我所知,他从来都没给我寄过生日贺卡。

"其实没必要这么麻烦的。"我说。

"没什么麻烦。真的。"

他又笑了,继而是尴尬的长久停顿。整个晚上,我像是在跟一个毫无共同点的人初次约会。不,更糟糕。因为我们确实有一个共同点。我们只是不去谈它罢了。**我们准备什么时候谈它?**

但愿永远不要。

霍华德微微点头,"那晚安了,丽娜。"

"晚安。"

他的脚步在走廊上渐渐远去,我再次把门关上锁好。十九个小时的舟车劳顿袭上身心,我头痛得厉害。今天该结束了。

我把毛巾放在梳妆台上,踢掉鞋子,飞扑到床上,把绣花枕头弄得到处都是。**总算完事了**。床跟外表一样柔软，被单闻着很舒服，像是妈妈有时把被单挂在绳子上晾晒后的味道。我钻到被子里，关掉台灯。

楼下突然发出大笑声。音乐仍然开得很响，他们要么是在洗盘子，要么是在玩吵闹的室内槌球游戏，管他呢？折腾了一天，我在哪儿都能睡着。

我刚进入半睡半醒的混沌状态，霍华德的声音又让我恢复了意识。

"她真的很安静。"

我猛地睁开眼睛。

"考虑到实际情况，我觉得不奇怪。"索尼娅回答。

我一动不动。显然，霍华德没想到声音会从打开的窗户传过来。

他压低嗓音，"当然。只是有点意外。夏莉是那么的……"

"活力四射？确实是。不过说不定丽娜会给你惊喜呢。要是她以后表现出一股子她妈妈身上的那种泼辣劲儿，我一点都不会意外。"

他小声地笑了，"'泼辣劲儿'，这说法不赖。"

"让她慢慢来吧。"

"当然了。再次感谢晚餐——很美味。"

"乐意效劳。我打算明天上午去游客中心转转，你进办公室吗？"

"会进，也会早退。我想早点下班，带丽娜进城。"

"挺好。晚安，头儿。"索尼娅的脚步在碎石车道上发出"嘎吱嘎吱"的响声，过了一会儿前院大门开了，又关上了。

我逼自己闭上眼睛，可血管里像是汽水在到处乱窜。霍华德以为我会怎样？我会为了要跟一个从没见过的人住一起欢呼雀跃吗？我会为了住在公墓里兴奋无比吗？我不想来这儿，这又不是天大的秘密。是外婆使出了撒手锏：**你答应过你妈妈**。我只好答应。还有，他为啥要说我"安静"？我讨厌别人说我安静。大家老是把安静当成缺点说——好像就因为我不急于坦白一切,就显得不友好或是傲慢似的。妈妈就很理解我。*也许你挺慢热的,可你一旦热起来,就能嗨翻全场。*

眼泪在我眼眶里打转,我翻过身,把脸埋进枕头。六个多月过去了,有时我整整几小时可以假装没有她也没事,可我老是坚持不久。原来,现实跟我和艾迪撞上的那个消防栓一样冷酷无情、不依不饶。

而且,没有了她,我也只能这样过下去了。真的只能这样了。

第三章

"看啊,那扇窗户开着,肯定有人在屋里。"

说话声灌入耳朵,我猛然坐起来。我在哪儿?噢,对了,在一个公墓里。只不过现在阳光灿烂,屋子里热得像烤箱。

"你不觉得应该有指示标志吗?"是一个女人的声音,口音浓得像烧烤酱。

一个男人回答:"格洛丽亚,这里像是人家家里啊。咱们不应该探头探脑——"

"哟嚯!嗨?有人在家吗?"

我掀开被子下了床,被几个绣花枕头绊了一下。我还穿着衣服。我太累了,都懒得换睡衣。

"嗨——"女人再次拖长声音喊着,"有人吗?"

为了不吓到别人,我把头发盘了个髻,然后走到窗边,看到一对完全声如其人的男女。女人长着一头火红的头发,穿高腰短裤;男人戴着渔夫帽,脖子上挂了一个硕大的照相机。他们还戴了腰包。我忍住没笑出声。我和艾迪有一次参加万圣节扮装比赛,打扮成俗气的游客,结果获胜了。这两位活脱脱就像是我们当时的灵感来源。

"嗨,"现实生活版的俗气游客慢悠悠地说着,她指着我,"你说——呃,那个英语吗?"

"我也是美国人。"

"谢天谢地!我们在找霍华德·默瑟,那位管理员?上哪儿找他呢?"

"我不知道,我……对这儿不熟。"眼前的景色让我抬起头。窗外的树木如绿丝绒般郁郁葱葱,天空是我前所未见的湛蓝。

可我还是在公墓里啊。重申一遍:仍然、在、一个、公墓里。俗气女游客看看男的,又回头看我,把重心放在半边臀部上,像是在说"要赶我走,没那么容易"。

"我去看看他在不在屋里。"

"这就对了嘛,"她说,"我们在门口等。"

我拉开行李箱拉链,换了背心和运动短裤,穿好鞋,下了楼。底楼很小,除了霍华德的卧室,我唯一没见过的房间是书房。出于谨慎,我先敲了敲门,才推门进去。墙上挂满了画框,有裱好的甲壳虫乐队的专辑和一些照片。我停下看一张照片:霍华德和其他几个人正往一头漂亮的大象身上泼水。霍华德穿戴着工装裤、狩猎帽,很像是某个自然探险节目里的明星。**霍华德给野生动物洗澡。**显然,过去这十六年里,他没空想念我和妈妈。

"抱歉,两位俗气游客,霍华德没在家。"我走向前门,准备跟这两位游客说我爱莫能助。可我才走进客厅时,就像触了电一样跳起来。那个女人不但在门口候着我,还把脸贴在窗户上,把我当大虫子一样盯着看。

在这儿,在这儿!她指着前门,用嘴型说。

"开什么玩笑。"我用手捂着胸口。我的心在狂跳。我还以为公墓里的生命更加……死气沉沉呢。此处应有掌声——我的第一个正经公墓玩笑,外加对我的公墓玩笑翻的第一个正经白眼。

我推开前门,那个女人后退了几步。

"不好意思,亲爱的。吓着你了吗?你眼珠子都快蹦出来了。"她身上贴着名牌:你好,我叫格洛丽亚。

"我没想到你会……往里看。"我摇摇头,"对不起,霍华德不在。他说有个办公室来着,要不你去那儿找他?"

格洛丽亚点点头,"啊哈,啊哈。哎呀亲爱的,有个问题:还有三个钟头旅游大巴就要来接我们了,可我们实在想把该参观的地方都参观到。我就觉着吧,没时间到处去寻摸默瑟先生。"

"你看到游客中心了吗?有位女士在那儿上班,她可能知道他的去向。"

"我就说应该去那儿找,"男人说,"这儿是人家家里。"

"哪个是游客中心?"格洛丽亚问,"是入口旁边的那个房子吗?"

"不好意思,我真不知道。"原因大概是,昨晚我惊吓过度,除了一大片对我虎视眈眈的墓碑,什么都没注意到。

她挑起一条眉毛,"唉,我真不想麻烦你,亲爱的,可你对这地儿指定比两个亚拉巴马州①来的游客要熟点儿吧。"

"我真心不熟。"

"啥?"

我叹了口气,抱着最后一丝希望朝屋子里投去一瞥,可里面安静得像坟墓。(哎哟!第二个公墓玩笑。)看来我必须要面对住在纪念碑公园里的残酷现实了。我走到门廊上,顺手带上门,"我不太认识这里的路,但我尽量帮忙。"

---

① 亚拉巴马州:美国东南部的一个州。

格洛丽亚笑得很灿烂,"Grah-zee-aye（grazie"谢谢"的拖长发音）."

我走下台阶,他们跟在我后面。"这地方打理得不错啊。"格洛丽亚发现,"真不错。"

她说得没错。草坪绿油油的,像是喷了绿漆,几乎每个转角都有一组意大利和美国国旗,周围簇拥着像是在《绿野仙踪》里才会有的鲜花。墓碑是白色的,泛着光泽,在白天看没那么瘆人。可别搞错哦,它们还是很瘆人。

"往这里走吧。"我朝霍华德开车带我进来的路上走去。

格洛丽亚用胳膊肘碰碰我,"我跟老公是在游船上认识的。"

*呃,不要啊。*她不会跟我大谈人生故事吧?我朝格洛丽亚瞟了一眼,她满面春风。果不其然。

"那时候,他刚没了老婆,安娜·玛利亚,挺不错的人,可在家务事上有点儿怪——就是那种给家具贴上塑料的人。我老公克林特早几年就过世了,所以我们都去了一个相亲的游船。那儿有好吃的——大虾堆得跟山似的,冰淇淋也随便吃。你记得那些大虾吧,汉克?"

汉克好像没在听。我加快速度,格洛丽亚跟上来。

"那个船上有些老色鬼,可下流了,不过我运气不错,跟汉克分在一个桌上吃饭。船还没靠岸,他就求婚了——他就这么肯定。我们过了两个月就结婚了。当然了,我已经搬到他家了,但是我们急着要把事儿办了,因为我们不想那啥……"她停下来,意味深长地看着我。

"怎么样?"我迟疑地问道。

她的声音降了一个八度,"未婚同居呀。"

我绝望地四顾公墓。我要么得找到霍华德,要么得找个地儿吐去,大概两者都要。

"头等大事,就是把家具上的塑料都给撕掉。过日子总不能老让屁股粘在该死的沙发上吧,汉克?"

他喉咙里呼噜了一下。

"这算是我们第二次度蜜月吧。我老早就想来意大利玩儿,现在可遂了心愿了。你可真幸运啊,住在这儿。"

呱呱,呱呱。我心想。

路转过弯来,一栋小楼房出现在前面。它就在主入口旁边,有一个大型的牌子,上面写着:游客在此登记。看样子她理解成了:游客们,请找到最近的房子,朝窗户里大喊。

"大概就这儿了。"我说。

"早跟你说过了。"汉克开了金口,跟格洛丽亚说。

"你根本没跟我说过。"格洛丽亚"嗤"的一声,"你就像个丧家狗似的跟着我。"

我几乎冲向了门口,可没等我抓住门把,门就被推开了,霍华德走了出来。他穿着短裤和人字拖,活像要赶飞机去热带海岛。

"丽娜,我以为你还没醒呢。"

"这两位来家里找你。"

格洛丽亚走上前,"默瑟先生吗?我们是乔纳森夫妇,从亚拉巴马的莫比尔①来的。你还记得我发的电邮不?我们想要私人点、特别点的公墓游。是这样的,我老公汉克对二战历史很着迷。跟他们说呀,汉克。"

"很着迷。"汉克说。

霍华德若有所思地点点头,但嘴角有些抖动,"嗯,这儿的参观路线只有一个,但索尼娅肯定乐意带你们。要不你们进去吧,她会带你们出发的。"

格洛丽亚拍手,"默瑟先生,听口音,你是南方人啊。你从哪儿来

---

① 莫比尔:美国亚拉巴马州莫比尔县。

的？田纳西①吗？"

"南卡罗来纳②。"

"我刚才就想说来着。南卡罗来纳。另外,这位帮我们忙的可爱姑娘是谁?你女儿吗?"

他停了一小会儿,刚好让我留神听到,"是的,这是丽娜。"

另外,我们昨晚才见面。

格洛丽亚摇摇头,"神了,我从没见过父女俩长相差这么大。不过确实有可能,我的红头发是从我太姥姥那儿遗传的。有时候基因遗传会隔几代。"

我们都将信将疑地看看她。格洛丽亚的红头发只可能是染的,不过她的诚恳确实值得点赞。

她斜眼看我,又回头看霍华德,"你妻子是意大利人吗?"她把意大利的音发成了"爱大利"。

"丽娜的妈妈是美国人。她们俩长得很像。"

我冲他投去感谢的一瞥。不暗示妈妈已经是过去式,事情就不会复杂化。不过,我接着又想起他和索尼娅在门廊上的对话,于是转过身,把那感谢的一瞥硬生生地收回眼帘。

格洛丽亚把手放在臀部,"哎呀,丽娜,你跟这儿真的很适合,对不?看看那双黑眼睛,还有那么漂亮的头发。我敢打包票,大家都以为你是本地人。"

"我不是本地人,我就来玩玩。"

汉克总算开了口,"格洛丽亚,赶紧走吧。要是老这么闲聊,咱们就甭想看完这倒霉催的公墓了。"

"好吧,好吧。没必要把话说得那么难听呀。走吧,汉克。"她朝

---

① 田纳西:美国东南部的一个州。
② 南卡罗来纳:美国东南部的一个州。

我们鬼鬼祟祟地看了一眼,好像她老公是个大家都得陪着的熊孩子似的,然后打开门,"祝你们今天开心。A-river-dur-chee(arrivederci"再见"的拖长发音)!"

"我的天。"门一关上,霍华德就说。

"是啊。"我抱起胳膊。

"很抱歉啊。一般没人会去房子那儿,一般也不会那么……"他停下来,仿佛在思考形容乔纳森夫妇的委婉词汇。

最后他摇了摇头,"看来你是想去跑步吧。"

我低头看看自己的穿着。我习惯这么穿了,所以想都没想就说:"我一般起来就跑步。"

"像我说的,你大可以在公墓里跑步,可要是你想出去探探路,直接出了那边的前门就可以了。路只有一条,所以不会迷路。"

游客中心的门又开了,格洛丽亚探出头,"默瑟先生?里边儿这女的说参观时间只有三十分钟。我特别要求过,要两个钟头以上的。"

"我马上进去。"他看我一眼,"跑步愉快。"

他走开时,我匆忙上前一步,从玻璃门里看我们两人的样子。格洛丽亚也许是很搞笑,但她倒是不怕指出这个明摆着的事实。霍华德身高一米九以上,有着红金色头发和蓝眼睛。我脸色黝黑,衣服都是穿小号。不过有时候基因是隔代遗传的。

是吗?

我慢跑着,出了公墓前门,穿过游客停车场。往左还是往右?应该无所谓吧。我只想离开公墓一会儿。往左。不,往右。

经过纪念碑公园的道路只有两车道,我沿着路边的长条草地跑,逐步加速到接近短跑速度。我跑步往往能忘掉烦心事,可这事挺难甩掉。

为什么我一点儿都不像霍华德?

这事大概算正常吧——话说，很多人的长相都跟父母不一样。艾迪的金发在她家并不常见，还有一个我从小认识的男生，六年级就长得比父母都高了。可还是不对劲啊，我和霍华德至少该长得有点儿像吧？

我一直盯着地面看。**你很快就能适应的。他人真的很好。**这话是外婆说的，据我所知，她甚至从来没见过霍华德，至少没有当面见过。

一辆蓝色大巴呼啸而过，一阵热气扑面而来，我抬头一看，惊呆了。天哪……我这是在风景画里跑步吗？太有诗情画意了。路两旁的树木郁郁葱葱的，道路微微地蜿蜒着，两边是质朴无华的房屋和刷了浅米色油漆的建筑。山峦错落有致，向着远方绵延，有一半人家后面都有正宗的葡萄园。原来，这就是意大利人一直津津乐道的东西。难怪大家老是被它迷得七荤八素的。

又一辆车从我身后啸叫而来，喇叭声很响，把我从意大利迷情一刻中惊醒。我跳到马路边，回头看去。那是一辆红色小车，样子像极力要显出身价昂贵却露了马脚。它快靠近我时减速了。司机和乘客都是一头黑发、二十岁出头的样子。我们对视时，司机咧嘴笑起来，又按喇叭。

"着什么急啊，我又没挡着你的路。"我小声嘀咕。司机像是听见了似的，猛踩刹车，直接在路当中停下了。另外一位可能大一两岁，他摇下后座车窗，嬉皮笑脸的。

"Ciao, bella! Cosa fai stasera?（嗨，美女！今晚干什么？）"

我摇摇头，接着跑步，可那开车的又开上来几米，停在我身边的路上。

好极了。我有四年的跑龄，太了解这号人了。不知道是谁跟他们说"一个人跑步"就意味着"开车载我走"。跟他们说没兴趣还不够，他们只会觉得你是欲擒故纵。

我走到马路对面，转身朝向公墓，花点时间系紧鞋带。接着我深呼一口气，脑补了一声发令枪响。跑！

车里传来一声惊呼，"Dove vai（你去哪儿）？"

我连头都没回。要是有合理的激励，我几乎谁都能跑得过——哪怕是开着廉价的红色小车的意大利男人。如果有必要，我可以跃过栅栏。

那两个人又赶上了我两次，最后放弃了。我回到公墓前时，感觉连眼皮子都在滴汗。霍华德和索尼娅正背对大门站着，他们听到我的声音后都很快转过身，大概是因为我喘得像个得了哮喘的野人吧。

"你没跑多久嘛，怎么了？"霍华德问。

"我……被人……追了。"

"被谁追了？"

"有辆车……都是男的。"

"他们大概是鬼迷心窍了。"索尼娅说。

"等会儿。一车男的追你？他们长啥样儿？"他紧绷着下巴往马路看去，感觉像要拿着棒球棍之类的东西冲过去。

这对"她很安静"的评价多少是个弥补吧。

我摇摇头，总算喘过气来，"没啥大不了的。下次我就在公墓里跑吧。"

"或者在公墓后面跑步。"索尼娅说，"园地后面有门通到外面。爬山有益于锻炼，后面景色也很美，而且不会有车子追你。"

霍华德鼻子里还是喷着火气，于是我转移了话题，"乔纳森夫妇在哪儿？"

索尼娅哈哈一笑，"发生了点儿……矛盾，他们决定自己参观。"她往公墓方向指了指，格洛丽亚正推着汉克经过一排墓碑，"你爸爸刚告诉我，他晚上想带你进佛罗伦萨城里吃晚饭。"

霍华德点点头，脸色总算和缓下来，"我觉得，我们可以在Duomo（大教堂）附近转转，然后吃点比萨。"

难道我应该知道那是啥意思？我换了个站姿。我要是点了头，就是答应跟霍华德单独吃饭，肯定尴尬死了。要是不同意，我大概只好待在这里，处境不会好到哪里。至少那样我还能逛一逛佛罗伦萨，还有Duomo，管它是啥玩意儿呢，"好的。"

"太好了。"他的声音很兴奋，好像我刚表示超级想去，"这样我们就有机会聊聊有些事情。"

我紧张起来。不应该宽限我点儿时间，再听霍华德的要紧解释吗？待在这里就已经超过我的承受范围了。

我回头擦掉额头上的汗水，不想让他们看见我的苦恼样，"我回房子那里了。"我正要走开，索尼娅赶紧跟上我，"你能顺路到我那儿去一趟吗？我有一样属于你妈妈的东西，很想给你。"

我往边上挪了挪，与她又拉开一些距离，"不好意思，我实在要冲个澡。改个时间可以吗？"

"噢。"她的眉间皱起来，"当然可以。你有空的话告诉我一声。其实，我可以直接——"

"多谢。回头见。"

我一路小跑起来，索尼娅的目光沉沉地落在我背上。我不想没礼貌，可我也实在不想要她给我的那啥玩意儿。老有人给我属于妈妈的东西——特别是照片——我老是不知道怎么处理。它们像是我原先生活的纪念品。

我放眼向公墓望去，叹了口气。不用任何提醒，我就明白，生活已经改变了。

04

第四章

一进门,我就直接去了厨房。要是问霍华德,他应该会给个"Mi casa, su casa(我家就是你家)"的标准答案——大概还会用意大利腔说——所以我问都没问就直接去搜查冰箱了。

冰箱上面两层塞满了橄榄、调味芥末之类的东西——就是让食物好吃,但不是食物的玩意儿——于是我去翻冷藏柜的抽屉,总算找到一盒像是椰子酸奶的东西,还有一大块面包。没找到吃剩的千层面,我很郁闷。

我狼吞虎咽地吃下去半块面包,把一盒酸奶(没得说,史上最赞的酸奶)几乎舔了个干净之后,在橱柜里翻到一盒写着"CIOCCOLATO(巧克力)"的麦片。中奖啦!不管用什么语言写的巧克力,我都认识。

我吃了一大碗麦片,然后像清理犯罪现场似的把厨房弄干净。**现在干吗?** 嗯,要是在西雅图的话,我大概会换衣服跟艾迪一起去游泳,或者从车库里推出脚踏车,去买那种三倍巧克力奶昔,我基本就靠它活着。可在这儿?我连网络都没有。

"冲澡。"我脱口而出。有事做了。更何况,我真需要冲一把。

我上楼,从卧室拿了那一摞毛巾,去了卫生间。里面干净得不可思议,感觉霍华德像是每个星期都用洗洁剂擦洗过。也许这是他跟妈妈合不来的原因。她邋遢得惊天动地。比方说有一次,我在她书桌上看到一盒意面,时间太久了都发绿了。发绿哦。

我拉开淋浴帘子,可不知道接下来怎么弄。淋浴头很小,看着挺劣质的,下面有两个喷嘴,标着 C 和 F。

"冷和很冷?寒冷和冰冷?①"

我打开 F 喷嘴,让它流了一会儿水,用手试了试,还是冰冷的。好吧,那么也许是 C?

结果一样,温度大概只高了半度。我犯了嘀咕。霍华德说意大利的科技不太先进,难道也包括要洗冷水澡?还有其他选择吗?我长途旅行一整天,然后又做了史上最累的速度训练。我必须洗澡。"入乡随俗吧。"我一咬牙,跳了进去,"好冷,好冷!啊——!"

我抓起澡盆边上的一瓶东西,抹在头发和身上,火速冲洗完,跳了出来,然后把那一摞毛巾都抓过来,把自己裹得像个粽子。

有人在敲门,我愣住了。又敲门。"谁啊?"我问。

"是我,索尼娅。你……在里头没事吧?"

我苦笑,"呃,还好。就是水有点问题,这里没有热水吗?"

"有的,就是要等会儿。在我房子里,有时候要足足放十分钟的水,才会热。C 代表 'caldo',意思是 '热'。"

我摇摇头,"明白了。"

"那啥,不好意思又打扰你,我就想告诉你,我把日记本放在你床上了。"

---

① 原文为 cold 和 frigid,chilly 和 frosty 两组单词,都是 C 和 F 开头。

我愣住了。**日记?** 等会儿,我有可能听错了,她说的可能是"诗集"①。诗集当礼物很贴心呀。要是我送别人诗集的话,肯定会把它放在——

"丽娜……你听见了吗?我带给你一本日记,那个是——"

"马上就好。"我大声说。好吧,她说的肯定是"日记",可这不代表那是什么特别的日记,互相赠送日记本也是常事。我飞快地擦干,穿好衣服。等我打开门,就看到索尼娅端着一个盆栽站在走廊上。

"你给我一个新日记本?"我抱着希望问。

"噢,是旧的,是你妈妈的一个笔记本。"

我瘫软地靠在门框上,"你是说那种大皮本子,里头有很多文字和照片的?"

"对,就是这样儿的。"她的额头皱起来,"你已经看过了吗?"

我没回答她的问题,"我以为,你只会给我一张她拍的照片之类的。"

"我倒是有一张她拍的照片,不过它挂在我家客房的墙上,而且我也舍不得拿下来。它是那个失踪者之墙的近景,拍得很漂亮,下次你来可以看看。"

看来那个失踪者之墙在这儿很了不起。"你怎么还有一本她的日记?"

我的语气有点凶,不过她只微微点点头。"她九月份寄回来的。没有附纸条,包裹也没写收件人,可我一打开就认得它了。她住在公墓这里时,随身都带着那本日记。"

住在公墓这里?

"总之,我想过把它给你爸爸,可他一直都很忌讳谈到你妈妈。每次我提到她,他就变得……"

"怎么样?"

她叹气,"她搬走时,他挺难过,难过极了。即使这么多年了,我

---

① 原文为"gerbil"(沙鼠),与"journal"(日记)发音略同。

提到她时还是很紧张。总之,我保存了一些日子,然后你爸爸告诉我要接你来这儿住,这下我才明白了她把日记本寄来的原因。"

她看我的眼神有点奇怪,我这才猛然意识到,我朝她越靠越近,我们之间的距离只有五厘米不到。哎呀!我往后让了让,嘴巴里涌出一大堆问题。

"我妈在公墓住过啊?有多久?"

"没多久,一个月左右吧。就在你爸爸求职成功后,他也刚搬到这个房子里。"

"这么说,他们是真心在一起了?不是朋友间的一夜情啥的?"这是艾迪的想法。

索尼娅有点难为情,"呃……不是,我觉得不是……那样的。他们好像很相爱,你爸爸可喜欢她了。"

"那她怎么会走的?是不是因为怀孕了?霍华德还不愿意当爸爸?"

"不是,霍华德是当爸爸的好料子——我觉得……"她抬起手,"等等。他们难道没跟你说过发生的事情?你妈妈没解释过原因?"

我垂下头,"我什么都不知道。我妈过世之后,我才知道霍华德是我爸。"好了,我快要哭了。没了妈妈,我变成了人肉水龙头,那种正常的冷热水龙头。

"唉,丽娜,我不知道啊,对不起。我以为他们把来龙去脉都跟你说了呢。老实说,我都不知道是怎么回事。他们分手分得很突然,后来你爸爸又一直不愿意聊这事。"

"他谈到过我吗?这以前?"

她摇摇头,长长的耳坠晃来晃去,"没有。听说你要来这儿住的时候,我很惊讶。不过你确实要跟霍华德谈谈,他肯定能回答你的所有疑问。另外,那本日记大概也能回答。"她把那盆花捧给我,"早上我进城,你爸爸让我给你买了这个。他说你房间里缺点儿鲜花,紫罗兰是你妈妈的最爱。"

我从她手上接过花,将信将疑地注视着。花是深紫色的,有一股清香。我百分之九十九地肯定,妈妈对紫罗兰没什么特别兴趣。

"你希望我再把日记保存一段时间吗?感觉要消化不少东西。也许,你要先花点工夫跟你爸聊聊。"

我摇头。先缓后急吧,"不用,我想要的。"

其实是谎话。早几个月前我就发现,读她的日记我没法儿不崩溃,最后只得放弃,把她的其他日记都装箱了。可我必须要读这一本,这是她寄给我的。

我眨了几下眼睛,对索尼娅摆出淡定自若的笑容,而她看我的神情,像是一个倒霉的局外人跟一个情绪不稳的黄毛丫头困在了走廊上。事实也确实如此。

我清清喉咙,"应该不错。我可以看看她在意大利的经历。"

她的表情和缓了,"是的,一点不假。她把它寄来,肯定就是这个道理。你会跟她一样体验佛罗伦萨,也许这样的情感共通挺不错的。"

"嗯,也许吧。"假如我看完第一页没有崩溃的话。

"丽娜,你能来这儿真的很好。你随时可以来我家看你妈妈的照片。"她走到楼梯顶又回头看我,"忘了告诉你,最好从底下给紫罗兰浇水。在底盘上倒满水,把花盆放在上面就好了,那样水就不会浇过头了。它们大概这就要补充水分了。"

"谢谢,索尼娅。还有,呃……不好意思,我问了那么多问题。"

"我理解。我很欣赏你妈妈,她很特别。"

"嗯,是的。"我犹豫了一下,"你能先别跟霍华德说我们聊过吗?我不想让他以为我……呃……怨恨他或者什么的。"或者导致一些不太必要的尴尬谈话。

她点头,"我嘴巴很严的。答应我,你会跟他谈谈。他人很好,一定会回答你的疑问。"

"好的。"我看向别处,接下来是几秒漫长的沉默。

"希望你今天过得愉快,丽娜。"

她下了楼,出了前门,可我只是站在原地,呆呆地看着卧室门。简直十万火急,恐慌一触即发。

不过是她的一本日记。你能办到的,你能办到的。终于,我沿着走廊走下去,可在最后一刻转向了楼梯,紫罗兰摇摇欲坠。

我手上有一盆特别渴的紫罗兰。索尼娅是这么说的。就先办这事儿吧。我冲下楼梯,在橱柜里翻了两遍,找到了一个够放花盆的浅碟子。

"好了,小家伙。"我往碟子里倒进两三厘米高的自来水,把花盆放在上面。我的紫罗兰好像并不特别喜欢陪伴,可我依然在餐桌边坐下来,看着它们。

这不是缓兵之计。真的。

第五章

写日记是妈妈的爱好。哈,她爱好可多了。她还喜欢热瑜伽、路边摊,以及超难看的电视真人秀,她还有一次迷上了自制护肤品,搞得我们用椰子油和牛油果泥敷了一个月的脸。

不过写日记嘛……这习惯一直都有。她每年有两三次都会去西雅图市中心,到我俩最爱的书店里,花大价钱买一本厚厚的艺术笔记本,用它记录接下来几个月的生活点滴:照片、日记、购物清单、摄影创意、旧番茄酱包……凡是你能想到的应有尽有。

但奇怪的是,她允许别人看她的日记。更奇怪的呢?别人很爱看。原因大概是,它们既新奇又有趣,一本日记看过,感觉像去玩了一趟奇幻乐园。

我走进卧室,站在床脚边。索尼娅把日记本放在枕头正当中,好像担心放别的地方我看不到。日记本像砖头一样沉甸甸地压在床上。

"准备好了吗?"我大声说。我绝对没准备好,可还是走过去拿起来。软皮封面,中间是一朵烫金的硕大鸢尾花。这本跟家里她那些日记本完全不一样。

我深吸一口气,打开封面,暗自担心有彩纸屑飞到脸上,但只有几本小册子和一些票根掉到地上,还闻到一丝霉味。我把所有纸片都捡起来,开始翻看内页,先略过文字,只注意照片。

这张是妈妈肩挎照相机站在一座老教堂前面。这张是她笑嘻嘻地对着一大碗意面。然后这是……**霍华德**。我差点失手掉落本子。好吧,他当然会在她的日记里。我不是天上掉下来的,可是,我还是满心不情愿想象他俩在一起。

我细看照片。是了,绝对是他。年轻点,头发长点(他上臂是有一个刺青吗),但绝对是霍华德。他和妈妈坐在石阶上,她留着短发,涂了好莱坞经典口红,一脸心荡神驰的表情。

我重重地跌坐在床上。为什么她不能把自己跟霍华德的事亲口告诉我呢?以为日记就能说得更明白?担心我不想听他们的事?

我犹豫片刻,把日记本塞进床头柜的抽屉里,用力关上了。嗯,我没准备好。

现在还不行。

公墓某处的汽车突然喇叭声大作,简直像一千个迷你的格洛丽亚冲我兜头浇下。时差加上压力,让人头疼不已。多谢了,意大利。

我翻了个身,看看墙上的钟。下午三点。空余时间这么多,这太扯了。

我慢吞吞地下了床,走到行李箱边上,漫不经心地整理自己的东西——右旮旯里的衬衫、左旮旯里的裤子、那边的睡衣……我的行李打包打得很差劲,基本上就是乱塞一气。最终,我决定把几张跟妈妈的合照放进房间的空相框里,然后系好鞋带,往前门的门廊走。

我没想好去哪儿,就晃了会儿秋千。我能清楚地看到纪念碑,那是一个短而宽的建筑物,有一片墙面上镌刻着字。我敢打赌,它就叫失踪者之墙。它前面有个高高的基座,上面是一位天使举着橄榄枝的雕塑。有两个人站在前面拍照,其中一个人瞧见了我,挥了挥手。

我也挥挥手,然后急忙站起来,往后院的栅栏走去。我真的没精力应付另一对乔纳森夫妇了。

后门很容易就找到了,走出去后,我感觉索尼娅没开玩笑——公墓后山的坡很陡峭。我今天又一次跑得汗流浃背,但逼着自己继续跑。我要征服你,小山丘。我最后到达山顶,腿上和胸口火辣辣的。我正要一头瘫倒,只听到一阵咚咚咚的声音,急忙抬起头。有人在。

有个男生在玩足球。他跟我年纪相仿,可能稍微大一点,看样子像三个月没理发。他穿着短裤和足球衫,用膝盖来回颠球,跟着耳机里的歌用意大利语小声哼着。我有些犹豫不定。能趁他不注意溜走吗?或者抱头鼠窜?

他抬头看到我,跟我对到了眼神。好极了,这下我只得继续走,不然就很怪了。我朝他点点头,沿步道快走,像是开会要迟到了之类的。非常自然,在意大利的山顶上,大概总有人急着要去参加重要会议。他拔掉耳机,音乐很响,"嘿,你迷路了吗?美丽生活青年旅馆就在这条路上。"我停住脚步。

"你说英语?"

"一点点啦。"他用夸张的意大利口音说。

"你是美国人吗?"

"算是吧。"

我仔细看他。他说话像美国人,但模样是典型的意大利人。中等个头,橄榄色皮肤,高鼻梁。他在这儿干吗?可话又说回来,我在这儿干吗?看来,托斯卡纳乡间到处是迷路的美国小孩。

他抱起双臂,皱起眉头。他在学我的样子。不礼貌。

我放松姿势,"你说'算是美国人',什么意思?"

"我妈是美国人,可我大部分时间都住这里。你是哪里的?"

"西雅图。我来这里过暑假。"

"是吗?住哪儿?"

我朝来处指了指。

"公墓吗?"

"嗯,霍华德——我爸——是管理员。我刚来。"

他挑起一条眉毛,"瘆得慌。"

"其实还好。它算是个纪念碑公园。那些坟墓都是二战时候的,所以不会办新的葬礼。"我干吗替公墓说话?它是瘆得慌啊。

他点点头,随后又戴上耳机。

这大概就是暗示了。

"见到你很高兴,不知名的意大利美国人。回头见。"

"我叫洛伦佐。"

我脸红了。看来洛伦佐听觉一流,"见到你很高兴,洛伦①——"我想复述他的名字,但卡在第二个音节上了。他发的滚舌音,我的舌头则拒绝合作。

"对不起,我说不好。"

"不要紧,叫我阿'伦'就好,"他乐呵呵地说,"或者叫'不知名的意大利美国人'也成。"

哎哟。"不好意思。"

"你呢?是叫你'卡罗丽娜',还是你也有小名儿?"

霎时间,我感觉像在做梦。诡异的梦。除了妈妈和开学第一天的老师,从来没有人叫过我的全名。"你怎么知道我名字的?"我悠悠地说。

---

① 在意大利语中 R 通常发滚舌音,洛伦佐(Lorenzo)第二个音节即是。

这人到底是谁?

"我上 AISF 的。上次你爸进来咨询入学的事,这就传开了。"

"AISF 是什么?"

"佛罗伦萨美国国际学校。"

我松了口气,"噢,对,那个高中。"要是我打算暑假后留下来,理论上就要去上那个学校。**纯粹理论上。**根本不在可能的范围里。

"其实是幼儿园到高中一贯制,班级都很小。去年只有十八个学生,所以新生很招人注意。我们从一月就开始谈论你了。你很有些传奇色彩呢。有个叫马可的男生还声称他的生物课学习伙伴就是你。他的期末作业一塌糊涂,一直说都赖你呢。"

"好怪啊。"

"你跟我想的一点都不像。"

"怎么说?"

"你个子很小,长得像意大利人。"

"那你怎么知道跟我说英语的?"

"你的穿着。"

我低头看看。打底裤、黄色 T 恤衫。我又不是打扮成了自由女神像。"我穿得怎么像美国人了?"

"色彩鲜艳、跑鞋……"他随便挥挥手,"再过一两个月你就全明白了。这里很多人不穿件 Gucci[①]是不会出门的。"

"可你也没有穿 Gucci 吧?你穿的是足球服。"

他摇摇头,"足球服例外啊,它们可是最有意式风情的。另外,我是意大利人,自然是穿啥都有范儿。"

看不出他是不是开玩笑。

---

① Gucci:古驰,是意大利的知名品牌,一向以高档、豪华、性感而闻名于世。

"你二月不就该转学来 AISF 了吗？"他问道。

"我想在西雅图读完一学年再来。"

他从裤兜里掏出手机，"能给你拍张照吗？"

"为什么？"

"证明你的存在。"

我刚说"不行"，他就按了快门。

"不好意思，卡罗丽娜。"他说着，似乎也并没有不好意思，"你应该说大声点。"

"我的名字你读得不对。它写成'卡罗丽娜'，但要读成'卡罗丽—娜①'，或者叫我'丽娜'就好。"

"卡罗丽娜，卡罗丽—娜。我喜欢，读着很有意大利味儿。"

他又戴上耳机，把足球抛起来，开始颠球。这个阿伦真是差点儿礼貌。我转身走开，可他又叫住我。

"嘿，你愿意去跟我妈见见吗？她很想跟美国人说说话。"

"不了，谢谢。我得赶快回去跟霍华德碰头，他要带我去佛罗伦萨吃晚饭。"

"几点？"

"我不知道。"

"餐馆大都七点钟才开门。我保证，咱们不用去那么久。"

我转身向着公墓，但一想到要面对霍华德或者那本日记，又心惊胆战起来，"远吗？"

"不远，就在那儿。"他朝一片树林大概指了指，"没关系。我保证，我不是什么连环杀手。"

我哭笑不得，"你不说我倒还没觉得呢。"

---

① 卡罗丽娜（Carolina）读成 Caroleena，即 li 的发音要拖长。

"我瘦得很,做不了连环杀手。再说我很怕血。"

"噫——"我又回头看了一眼公墓,心里掂量着可选方案:看让人伤神的日记?还是去拜访一个社交无能、疑似连环杀手的小子他妈?选哪个都挺可怕。

"好吧,我跟你去。"我大发慈悲。

"很好。"他把足球夹在胳膊下,跟我一起朝山的另一头走去。他大概只比我高一头,我们俩走路都很快。

"你几时到的?"

"昨天晚上。"

"那你现在准是在倒时差,累得半死不活吧?"

"其实昨晚我睡得还不错。不过是的,有种闷在水里的感觉,而且头从来没这么疼过。"

"今晚再看吧。第二天晚上总是最难受的,到凌晨三点左右,你会完全清醒,一定要想点儿怪事去做,不让自己闲着。有一次我爬了一棵树。"

"为什么?"

"我的笔记本电脑阵亡了,其他的我只能想到玩纸牌接龙,可我玩得很烂。"

"我纸牌接龙玩得很不错。"

"我爬树很不错。但我不相信你。除非是作弊,没人真的很会玩纸牌接龙。"

"不是,我真的很会玩。我上二年级后就没人跟我玩游戏了,就自己学了玩接龙。我玩得好的话,一局六分钟就能结束战斗。"

"为什么你上二年级后就没人跟你玩游戏了?"

"因为我老赢啊。"

他停下脚步,傻呵呵地笑,"你是说,你其实很要强吧?"

"我可没那么说，我只是说我老赢。"

"啊哈。那你七岁以后就没玩过游戏？"

"只玩接龙。"

"不玩钓鱼？优诺牌？扑克牌？"

"都不玩。"

"有意思。看，那是我家。看谁先跑到门口。"他说着拔腿就跑。

"哎！"我奋起直追，加大步伐，最后超过了他，到门口才慢下来。我得意地转圈，"我赢啦！"

他退后几米，又是一脸坏笑，"你说得没错，你一点都不要强。"

我横眉怒目，"闭嘴。"

"我们以后可以玩钓鱼。"

"不玩。"

"麻将？桥牌？"

"你是老太婆吗？"

他笑了，"随你怎么说吧，卡罗丽娜。顺便说一下，这不是我家，那里才是我家。"他朝远处一个车道指指，"可我不跟你赛跑了。因为你说得对——你会赢。"

"就是说呀。"

我们继续走，只不过这下我觉得很傻。

"你爸什么情况？"阿伦问，"他不是一直都在公墓当管理员吗？"

"嗯，他说有十七年了。我妈去世了，所以我才过来跟他住。"啊！我想捂住嘴。丽娜，别说了。一提我妈，就会在同龄人当中制造尴尬，百试不爽。大人们觉得可怜，可小孩会觉得别扭。

他看着我，发丝遮住眼睛，"她怎么去世的？"

"胰腺癌。"

"病了很久吗？"

"不是。发现四个月就去世了。"

"啊，对不起。"

"谢谢。"

沉默了会儿，阿伦又说话了，"我们谈这事的样子很奇怪呢。我说'对不起'，而你说'谢谢'。"

我有一百次都这么想过，"我也觉得怪，可大家都习惯这么说吧。"

"那你什么感觉？"

"什么？"

"没了妈妈。"

我停下来。不但是有人头一回问我这个，而且看他的神情，是真想知道。有那么一刻，我很想跟他讲，那感觉像是住在孤岛上——即使周围都是人，我还是很孤独，痛苦排山倒海地从四面八方打击我。但我尽快把这些话咽了回去。即便有人问了，也并不想听到你对悲伤的奇怪比喻。最后我耸耸肩，"很难过。"

"肯定很难过。对不起。"

"谢谢。"我笑了，"哈，我们又说了。"

"对不起。"

"谢谢。"

他在一对雕花大门前站住，我帮他推门，门"嘎吱"一声开了。

"你没开玩笑，你家离公墓是不远。"我说。

"对啊。我一直觉得，住得离公墓这么近很怪，然后我就遇到一个住在公墓里的人。"

"我一定要赢过你呀。本性要强的我。"

他大笑，"来吧。"

我们走在两边种树的狭窄车道上，走到顶头，他伸出双臂，"到啦。Casa mia.（我的家。）"

我停下来，"这就是你住的地方？"

他神情严峻地摇摇头，"很不幸是的。你尽可以笑，我不介意。"

"我不笑。我觉得有点……好玩。"可我忍不住哼了一小声，再看看阿伦的眼神，我就失控了。

"笑吧，笑够为止。不过公墓的居民真没资格落井下石——不管是不是这个成语吧。"

我总算止住笑，喘了口气，"对不起。我不该笑的，可太意外了。"

我们都看上面那座房子，阿伦心灰意冷地叹气，我则极力憋着不笑。今天早上我还以为自己住在最怪的地方，可现在我遇到一个住在姜饼屋的人。不是说房子的设计大概受了姜饼屋的启发，是说看这房子的样子，好像直接掰下几片屋顶板，蘸点牛奶就能吃了。房子有两层楼高，石头砌的外立面，草屋顶有精致的姜饼镶边。院子里满是糖果色花朵，房子周围有一些种了迷你柠檬树的钴蓝色花盆。底楼的窗户大多是彩色玻璃做的，有旋转的薄荷花纹，前门上刻着一根巨大的糖果手杖。换句话说，只需想象一下最搞笑的房子，再加一把棒棒糖即可。

"这什么来历？"

阿伦又摇头了，"必须有来历，对吧？有个纽约北区的怪胎靠他奶奶的软糖秘方发了一笔财，就造了这个房子。他自称糖果伯爵。"

"所以他就给自个儿造了一个真的姜饼屋？"

"就是这样。这是他给新老婆的礼物。她大概比他年轻三十岁，而且后来跟一个在皮德蒙特松露节上遇到的男人好上了。他被她甩了以后，就把房子卖掉了。我爸妈正好在找房子，顺理成章，姜饼屋正好适合他们的怪异品位。"

"你们要赶走食人女巫吗？"

他疑惑地看我一眼。

"你懂的……像是《奇幻森林历险记》里的女巫？"

"噢。"他笑了，"没有赶，她逢年过节还会来串门儿。你是说我奶奶，对吧？"

"我非把你说的话告诉她不可。"

"祝你好运。她一个英语单词都听不懂，而且只要她在，我妈就故意装得不会说意大利话了。"

"你妈是哪儿的人？"

"得州①。我们一般会去她美国的老家过暑假，可今年我爸太忙，我们去不了。"

"所以你说话才这么像美国人？"

"是啦，我每年夏天都假装美国人。"

"成功吗？"

他咧嘴，"一般都可以。你不就觉得我是美国人嘛。"

"你说了话我才觉得像。"

"但这就够了呀，对吧？"

"算是吧。"

他领我到了前门，跟我一起进去，"欢迎来到Caramella别墅。'Caramella'的意思是'糖果'。"

"见了……书了。"

这里就是图书管理员的终极噩梦。整个房间放满了一排排顶天立地的书橱，书架上杂乱无章地塞着几百——或者有几千——本书。

"我爸妈都是书迷，"阿伦说，"而且我们想做好准备，万一有机

---

① 得克萨斯州：简称得州，是美国南方最大的州。

器人暴动,就要躲起来。大量的书就等于大量的燃料。"

"聪明。"

"来吧,她大概在工作室里。"我们走过书堆,穿过一扇双开门,里面是一间阳光房。地板上铺着防尘布,有一个旧桌子上放着颜料管和各种瓷砖。

"妈?"

一个女版的阿伦蜷缩在一张沙发床上,头发里沾着一些黄颜料。她的样子像是二十几岁,最多三十岁。

"妈。"阿伦伸手去摇她肩膀,"妈妈。她睡觉有点死,不过你瞧好吧。"他弯腰凑近她的脸,耳语道:"我刚在塔瓦尔努泽①看到博诺②啦。"她猛地睁开眼睛,忽地一下就站起身。阿伦笑死了。

"洛伦佐·法拉拉!不准瞎搞。"

"卡罗丽娜,这是我妈奥黛特。她是U2乐队的歌迷,他们二十世纪九十年代初在欧洲巡演时,她跟了好一阵子呢。很明显,她对他们依然爱得深沉呀。"

"我给你点深沉看看。"她伸手摸到一副眼镜,夹在鼻子上,打量了我一眼,"哎,洛伦佐,你在哪儿见到她的?"

"我们刚在公墓后山上遇到的,她暑假来这儿跟她爸爸住。"

"你是我们的人!"

"美国人吗?"我问。

"侨民。"

说"人质"更像点儿,不过头一次见面说这话不合适。

"等会儿。"她靠近前来,"我听说你要来。你是霍华德·默瑟的女儿吧?"

---

① 塔瓦尔努泽:意大利托斯卡纳地区的一个小镇。
② 博诺:U2乐队的主唱兼旋律吉他手。

"是的，我是丽娜。"

"她全名是'卡罗丽娜'。"阿伦插话。

"叫我丽娜就好了。"

"好了，谢天谢地，丽娜——我们这儿要多来些美国人，最好是活的美国人。"她说着，朝公墓方向随便挥挥手，"真高兴见到你。你学过意大利语吗？"

"我在飞机上背了五个短语。"

"是哪几个？"阿伦问。

"不好意思说给你们听。我的发音傻死了。"

他耸耸肩，"Che peccato.（真可惜。）"

奥黛特露出苦相，"答应我，在我家一个词儿都别说。我今年夏天一直假装自己不在意大利。"

阿伦嘻嘻哈哈，"那你成功了没？别忘了，你是有意大利的老公和孩子的。"

她没理他，"我去拿点喝的。你们俩随便坐。"她捏捏我的肩膀，走出房间。

阿伦看我，"就跟你说她见到你很开心吧。"

"她很讨厌意大利吗？"

"不可能。她是气我们今年暑假去不了得州，可每年都一样。到那儿后，她三个月都在嫌弃东西难吃，还有大家都在公共场合穿睡衣。"

"谁会在公共场合穿睡衣啊？"

"很多人。相信我，这会传染。"

我指指桌上，"她是艺术家？"

"嗯。她在陶瓷片上画画，大多是托斯卡纳风景。在佛罗伦萨有人在店里卖这些，游客要花大价钱买。如果他们知道这是美国人画的，估计要气死了。"他拿起一块递给我。她画了一栋山谷间的黄色小屋。

"真漂亮。"

"你该上楼看看。我家有一整面墙,她都一块块给换成了自己画的瓷砖。"

我放下瓷砖,"你有艺术天赋吗?"

"我?不,并没有。"

"我也没有。可我妈也是艺术家,她是摄影家。"

"酷啊,家庭写真吗?"

"不是,大多是艺术摄影。她的作品在美术馆和艺术展展览。她还在大学里教课。"

"很赞啊,她叫什么名字?"

"夏莉·爱默生。"

奥黛特回来了,拿了两罐芬达橘子汽水和一盒开封的曲奇饼干,"尝尝。这个阿伦一天能吃一大盒。你肯定爱吃。"

我拿了一块。是一种夹心饼干,一面是香草,一面是巧克力。意大利版的奥利奥。我咬了一口,感觉一群天使在歌唱。意大利食品是沾了仙气儿吗,怎么比美国同样的东西都好吃?

"再给她拿点,"阿伦说,"感觉她要把自己的胳膊吞下去了。"

"哎——"我才开口,奥黛特就把剩下的饼干都递给我了,我忙着吃,也顾不上认真辩解。

奥黛特微微一笑,"我就喜欢能吃的姑娘。那啥,说到哪儿了?噢——我还没正式自我介绍吧?我发誓,我在这里都成粗人了。我叫奥黛特·法拉拉,挺像'法拉利',但结尾是拉。很高兴认识你。"她伸出手,我擦擦手上的碎屑,跟她握了手,"我们能聊聊空调吗?还有汽车外卖餐厅?今年夏天我就惦记着这两件事儿了。"

"在美国时,你都不让我们吃快餐。"阿伦说。

"那不代表我不吃快餐啊。再说了,你到底站哪一边的?我还是 signore(先生)?"

"无可奉告。"

"Signore 是谁?"我问。

"我爸。搞不懂他俩怎么在一起的。知道那种奇异的动物交友视频吧,比如熊和鸭子成了好基友?他们俩就像那种。"

奥黛特忍俊不禁,"哎呀,拜托,我们俩差别没那么大啦。这下我倒是好奇了,假如是那种情况,你觉得我是熊还是鸭子呢?"

"我才不上当呢。"

奥黛特转向我,"你觉得我家阿伦怎么样?"

我吞下饼干,把剩下的递给阿伦,他看饼干的表情像是看自己的宝贝。"他……挺和气的。"我说。

"也挺帅的吧?"

"妈!"

我有点害臊。阿伦是挺帅的,不过不算是第一眼帅哥。他的眼睛是深褐色的,眼帘上的睫毛长得吓人;他笑的时候,上下门牙露着一条缝。可还是那句话,初次见面,这种话还是不说为妙。

奥黛特朝我挥挥手,"好啦,你能来镇上,我们太高兴啦。阿伦今年暑假肯定过得无聊透了。今天早上我才跟他说,要多出去走动。"

"拜托啊妈,我又不是整天都待家里。"

"我就知道,只要某个'ragazza(姑娘)'离了家,你就突然没兴趣出门了。"

"我高兴才出去,美美跟这没关系。"

"美美是谁?"我问。

"他心仪的姑娘。"奥黛特故意高声耳语。

"妈——!"阿伦吼着,"我不是九岁小孩了。"

电话铃响了,奥黛特挪动桌面上的纸和画具,"到底在哪儿? Pronto?(喂?)"

一个穿着皱巴巴的内裤和黑色时装鞋的小女孩出现在门口,"我拉便便了!"

奥黛特冲她竖了双大拇指,然后走进里间,用意大利语飞快地讲电话。

阿伦叹气,"盖比瑞拉,太难为情了。回卫生间去。咱家有客人在呢。"

她没理他,转头看我,"Tu chi sei?(你是谁?)"

"她不说意大利话。"阿伦说,"她是美国人。"

"Anch'io!(我也是!)你是洛伦佐的女朋友吗?"她问。

"不是,我刚才散步遇到他的。我叫丽娜。"

她盯着我看了会儿,"你有点像 principessa(公主)。瞧你的头发们那么乱,大概是长发公主①吧。"

"是头发,不是头发们,盖比瑞拉。"阿伦说,"另外,说别人头发乱,很不礼貌。"

"我的头发们是很乱。"我附和。

"你想看看我的 criceto(仓鼠)吗?"盖比瑞拉跑过来抓住我的手,"来吧,principessa。你肯定喜欢它,它的毛可软了。"

"好的呀。"

阿伦按住她的肩膀,"卡罗丽娜,别去。还有,盖比瑞拉,她并不想看。她快要走了。"

"我不介意。我喜欢孩子。"

---

① 格林童话里的人物。

"别去,真的,相信我。去她房间就像掉进了时间隧道。玩芭比娃娃不知不觉就玩了五个小时,还要跟闪亮公主①对话。"

"Non è vero.(这不是真的。)洛伦佐,你真讨厌!"

阿伦答了一句意大利语,盖比瑞拉委屈地看了我一眼,跑出房间,狠狠地甩上门。

"Criceto 是什么?"

"用英语说大概是……仓鼠?讨人嫌的小动物,在轮子上跑的?"

"对,仓鼠。她很可爱。"

"有时很可爱。你有兄弟姐妹吗?"

"没有。不过,我以前常给公寓楼里一家人看小孩儿。他们家有三胞胎的五岁小男孩。"

"哇。"

"他们妈妈出门时会说,'让他们活着就行,其他就别操心了。'"

"那你有把他们绑起来吗?"

"没有。我第一次照顾他们时,跟他们打了一架,后来他们可喜欢我了,而且我每次过去,口袋里都装满了水果糖。"

在妈妈的葬礼上,其中一个男孩问我去哪儿了,他兄弟说:"她妈妈要睡很长时间,所以她再也不能跟我们一起玩了。"

想到这里,我的喉咙有点紧,"我要走了。我不知去向的话,霍华德可能会担心。"

"嗯,没问题。"我们穿过客厅,阿伦在门口停下。

"嘿,明天你愿意跟我一起参加一个派对吗?"

"呃……"我别过头,迅速弯腰去系鞋带。*一个派对而已。你知道的,正常少男少女会去的那种。妈妈走了,我参加社交活动比登天还难。*

---

① 芭比娃娃的形象之一。

还有，最近我这自言自语的次数多得吓人。

"我要问问霍华德。"我最后直起身说。

"好的。我可以用踏板摩托车载你。八点左右？"

"看情况吧。我要是能去，就打电话给你。"我伸手去抓门把。

"等等，给你电话号码。"他从附近桌上抓来一支钢笔，把我的手弓起来，飞快地写下号码。他的呼吸很温暖，他写完后，还把我的手多抓了一小会儿。

哎哟。

他抬头看我，微微一笑，"Ciao，卡罗丽娜。明天见。"

"也许吧。"我出了屋子，头也没回地走了。我怕他看到我一脸的明媚。

第六章

阿伦握手事件让我心里有点小鹿乱撞,但我上了霍华德的车才两分钟,这小心思就偃旗息鼓了。太难为情了。

霍华德刚冲过澡,头发明显有梳过的痕迹。他还换了一条宽松裤和一件更有型的衬衫。我却没工夫打扮,还穿着 T 恤,蹬着球鞋。

"准备好了?"他问。

"准备好了。"

"好,那就出发去佛罗伦萨喽。你肯定会喜欢的。"他往 CD 播放器里插了张 CD(这年月谁还用 CD 啊),AC/DC 乐队①的歌《你让我整夜心神不宁》(*You Shook Me All Night Long*)开始响彻车中。你懂的,这是出自经典专辑,名叫《父女俩首次外出,别太拘谨了》。

霍华德说进城只要十来千米,可开了半小时才到。进城公路上都是踏板摩托车和迷你小轿车,路过的所有房子都很老。即使车里的气氛尴尬,我的兴奋之情还是像高压锅蒸汽一样渐渐膨胀起来。也许情况不太

---

① AC/DC 乐队:著名的澳大利亚摇滚乐队。

如意,可我这是在佛罗伦萨啊。太酷了吧。

到城里后,霍华德开进一条狭窄的单向街道,完成了一次史上最精彩的路边停车。要是他没那么喜欢在公墓工作,当驾校教练应该很出色。

"抱歉开了这么久。"他说,"今晚交通不太好。"

"不是你的责任。"我的鼻子都快贴到车窗上了。街上纵横交错地铺着灰色方石砖,两边是狭窄的人行道。色彩明快的高楼紧挨在一起,窗户上都有漂亮的绿色百叶窗。一辆自行车在人行道上飞驰而过,差点碰到我们的车边镜。

霍华德看着我,"要去走走观光路线,见识一下佛罗伦萨吗?"

"好!"我解开安全带,从车里跳出来。天气还是很热,空气里微微有股热烘烘的垃圾味儿,可一切都让人兴致盎然,所以完全没关系。霍华德在人行道上走,我跟着他。

那感觉,像是在一部意大利电影的场景里漫步。街边是鳞次栉比的服装店、小咖啡馆和餐厅,一直有人从窗户里、车里互相打招呼。走到一半时,礼貌的喇叭声响起,大家都走到路边,给挤在一辆摩托车上的一家人让路。有两栋楼之间还挂了一溜衣服,一件红艳艳的睡衣在迎风飘荡。这会儿随时都有可能跳出来一个导演,大叫:停!

"就是那儿了。"转过一个街角,霍华德指着街顶头一座显眼的银白色高大建筑。

"那是什么?"

"是 Duomo,佛罗伦萨的大教堂。"

Duomo. 它就像艘航空母舰。大家都向它涌去,离它越近,反而走得更慢了。最后,我们来到一个大广场当中,我仰头看着落日余晖映衬下的这座宏伟建筑。

"哇,这真的⋯⋯"很大?很美?很惊艳?都是,而且更棒。这大教堂得有几个街区那么大，墙面是粉色、绿色、白色大理石砌成的，上面有精美的浮雕。它比我见过的所有建筑都要漂亮一百倍、惊艳一百倍、宏伟一百倍。更何况，我这辈子还没用过"宏伟"这个词呢，以前没有东西能用这个词形容。

"它的全名叫圣母百花大教堂，可大家就管它叫 Duomo。"

"是因为那个穹顶吗？"教堂一侧的楼顶有巨大的橘红色圆形屋顶。

"不是，不过问得好。'Duomo'的意思是'大教堂'，这个词正好跟英语里穹顶'dome'这个单词发音很像，所以常有人猜错。建造大教堂历时将近一百五十年，那是现代科技出现之前全世界最大的穹顶了。我要是哪天下午不上班，就带你去登顶吧。"

"那是什么地方？"我往 Duomo 对面一个小很多的八角形建筑指了指。它有高高的雕金大门，一些游客在门前拍照。

"洗礼堂。那些门叫作天堂之门，是佛罗伦萨最有名的艺术品之一。艺术家叫吉贝尔蒂，他制作这些门花了二十七年。我也会带你去参观那里。"他指指洗礼堂旁的一条街，"餐厅就在那儿。"

我跟霍华德穿过大广场（他说意大利语里广场叫 piazza），他替我拉开餐厅门。接待台后面有一个男子，打着领带，把下摆掖进了围裙。他抬起头，站直身板。霍华德比他高了两头。

"今晚您几位？"他带着鼻音问。

"Possiamo avere una tavolo per due?（有两个人的桌子吗？）"

男子点点头，叫住一个路过的服务生。

"Buona sera.（晚上好。）"服务生对我们说。

"Buona sera. Possiamo stare seduti vicino alla cucina.（我们能坐在厨房边上吗？）"

"Certo.（当然可以。）"

看来……我老爸会说意大利语，很流利。他还能像阿伦那样发滚舌音。跟服务生到餐位的路上，我尽量不瞪着他看。我对他简直一无所知，这太奇怪了。

"你猜，我为什么喜欢这里？"落座后，霍华德问。

我环顾四周。餐桌上铺的都是廉价纸桌布，有一个开放式厨房，里面一个柴火比萨烤炉里炉火正旺。餐厅里放着甲壳虫乐队①《她拿到一张车票》（*She's Got A Ticket to Ride*）的音乐。

他指指天花板，"他们每天从早到晚都放甲壳虫乐队的歌，也就是说我可以同时享受两样最爱的东西：比萨和保罗·麦卡特尼。"

"噢，对的。我在你书房里看到裱在框里的甲壳虫乐队唱片。"我后悔不迭。这下他该以为我一直在偷看了。不过我确实偷看了。

他只是笑笑，"那是我妹妹几年前寄来的礼物。她有两个儿子，一个十岁，一个十二岁。他们住在丹佛，一般每隔一年左右来这里过暑假。"

他们知道我的存在吗？

霍华德肯定也想到了这个，因为我们沉默了一小会儿，接着突然都对菜单产生了浓厚兴趣。

"你想点什么？我总是会点意式火腿比萨，不过这里每样都好吃。可以点几个开胃菜，或者——"

"就点普通比萨可以吗？芝士的。"简单快捷。我还想到外面逛逛，而且，这顿晚餐我想速战速决。

"那么可以点玛格丽塔比萨。很简单，只有番茄酱、马苏里拉芝士和罗勒。"

"听着不错。"

"你肯定会喜欢这儿的美食的。这儿的比萨跟美国老家的完全不是

---

① 甲壳虫乐队：英国摇滚乐队，由约翰·列侬、林戈·斯塔尔、保罗·麦卡特尼和乔治·哈里森四名成员组成。

一回事。"

我放下菜单,"为什么?"

"饼底很薄,你可以独自享用一个大比萨。还有新鲜的马苏里拉芝士……"他叹息着,"简直无敌了。"

他眼中流露出真切的渴望。我是个重食轻友的吃货,这难道是他的遗传?我寻思着。也许,稍微了解了解他也不赖,毕竟他是我爸。

"那么……你'老家'是哪里?"

"说了你都不信,我是在南卡罗来纳州一个叫迪韦斯特的小镇长大的,它离漂亮、时髦可远着哪。"

"你是在迪韦斯特把交通路障都给弄乱,搞得交通堵塞吗?"

他诧异地看我,"你妈告诉你的?"

"嗯,她跟我讲了你很多故事。"

他呵呵一笑,"我在迪韦斯特时闲得无聊,所以很不幸,整个镇子都被连累遭了殃。她还跟你讲过什么故事?"

"她说你以前打冰球,虽然脾气挺好,可还是会在冰上跟人打起来。"

"这就是证据。"他转过头,摸了摸一个消失在下巴底下的伤痕,"那是在我最后几场比赛里发生的。我好像没控制住自己。还有什么?"

"你们去了罗马,有个餐馆的老板以为你是篮球明星,让你们免费撮了一顿。"

"我都忘了这事儿了!我吃过最美味的羊肉,只要我跟餐厅员工合个影就行了。"

服务生过来点单,并在杯子里倒上气泡水。我喝了一大口,吓得一哆嗦。只有我才觉得这碳酸水像液体烟火吗?

霍华德抱起双臂,"对不起,我想说一个明摆的事实:不敢相信你跟夏莉长得这么像。是不是一直有人这么跟你说?"

"嗯,有时别人以为我们是姐妹俩。"

"这我不意外,你的手都跟她一样。"我把胳膊放在桌上,两手交叠,而霍华德像是鱼咬住了钩似的,突然凑过来。

他瞪着我的戒指看。

我不自在地动了动,"呃,你怎么了?"

"她的戒指。"他伸出手,几乎碰到了戒指,在我手上方不远处游移。那是一枚古董戒指,雕刻着精美花纹的纤细金指环。妈妈以前一直戴着它,可后来她太瘦了,戴不了,后来我就一直戴着。

"她跟你说过,这是我送她的吗?"

"没有。"我把手放到膝盖上,脸开始发热。她什么事跟我讲过啊?

"这是订婚戒指吗?"

"不是,只是一个礼物。"

又是长久的沉默,我只好对餐厅装修产生空前关注。餐厅里到处挂着貌似意大利名人的签名照,墙上还钉着几件围裙。头顶上播放着《黄色潜水艇》(*We All Live in a Yellow Submarine*)。我的脸颊滚烫滚烫的,像一锅番茄酱。

霍华德摇摇头,"你在美国有惦记你的男朋友吗?"

"没有。"

"那就好。等长大了,你有大把时间让别人心碎的。"他犹豫了一下,"今天早上我在想,应该给那个国际学校打个电话,问问有没有跟你同年级的孩子在这里过暑假。这样大概不错,你可以看看有没有兴趣上这个学校。"

我不置可否地"嗯"了一声,又对附近一张照片产生了特别兴趣:一个女人戴着头冠,穿着厚厚的肩带。二〇一五年意大利方饺小姐?

"我想跟你说,要是你想找人聊聊的话——当然是除了我跟索尼娅之外——我有位住在城里的朋友。她是一名社工,英语讲得很好。她跟我说,如果你需要,那个……她很乐意跟你见面。"

好极了,又来了个心理顾问。我在美国见的那位基本上只会不停地嗯哼、嗯哼,以及问我心情如何,我听得耳朵都起茧了。答案肯定是"很难受"啊。妈妈走了,我感到很难受。心理顾问跟我说,心情慢慢会恢复的,可她的话到现在都没兑现。

我开始撕纸桌布的边,不去看手上的戒指。

"你在这儿……自在吗?"

我迟疑了一下,"嗯。"

"那啥,需要什么,尽管开口。"

"我没事。"我的声音很低哑,霍华德只是点点头。感觉像过去了十小时,服务生总算走了出来,把两个热气腾腾的比萨放在我们面前。这两个比萨都有大号餐盘那么大,味道香死人了。我切了一块,吃了一口。

一切尴尬立刻烟消云散——比萨的魔力。"我嘴巴里炸开了。"我说。至少是那个意思吧,我的话更像是"我嘴砸嗨了"。

"什么?"霍华德抬头。

我又塞了一口,"这、简直、不能、再赞了。"他说得没错,这比萨跟我原来吃的那些玩意儿根本是天壤之别啊。

"我就说吧,丽娜。对跑步的饿货来说,意大利就是天堂。"他冲我微微一笑,我们俩都在大吃特吃。《钻石天空中的露西》(*Lucy in the Sky with Diamonds*)的旋律填补了谈话的空隙。

我刚吃了一大口,就听他说:"你大概不理解,这些年我都干吗去了。"

我呆住了,手里拿着块饼。**他是在问我对他的看法吗?** 现在不应该是揭晓真相的时刻——埋头吃比萨的时候,你不会去跟孩子解释你缺席的理由。

我偷偷抬头瞥了一眼。他放下刀叉，靠近前来，嘴巴紧紧抿着。哎呀，不要。

我咽了咽口水，"呃，没有。我没怎么想过。"大写的撒谎。我往嘴里塞进一块饼，却无心品尝味道。

"我跟你妈妈的关系，她讲得多吗？"

我摇头，"没有，只有，呃，好玩的事。"

"明白。那个，其实我并不知道有你。"

突然之间，整个餐厅似乎沉寂了下来，只有甲壳虫乐队的歌曲。"那姑娘让我发疯，她要走了啊啊啊……"他们唱着。

我用力吞咽。我从来都没想过这种可能性。"为什么？"我问。

"我们之间的情况……挺复杂。"复杂。妈妈就是那么说的。

"她开始检查身体的那会儿，就跟我联系了。她知道自己病了，只是没确诊，我觉得她有预感吧。总之，我想让你知道，我本来是可以在你身边的。要是我知道的话。我只是……"他把一只手放在桌上，摊着手心，"也许我只是需要一个机会，我不指望发生奇迹。我知道这很艰难。你外婆告诉我，你很不愿意到这儿来，我理解。我只希望你知道，能有这个机会了解你，我真的很高兴。"

他看着我的眼睛，猛然间，我一心希望自己像比萨上的袅袅热气一样人间蒸发。

我推开椅子站起身，"我……我要去趟卫生间。"我一路小跑到餐厅前面，一踏进洗手间，泪水就涌了出来。

到这儿来太心塞了。今天之前，我还非常了解妈妈的为人，她绝对不是这种女人，喜欢紫罗兰，给女儿寄去神秘的日记，还忘了跟孩子她爸说：哦对了，你有个女儿！

听了整整三分钟的《太阳出来了》(*Here Comes the Sun*),不断深呼吸,我才控制住情绪,最终开了门,看见霍华德仍然坐在桌边,两肩低垂。我观察了他一会儿,怒气像是帕玛森芝士粉一样,在心头越积越多。

我们被妈妈分开了十六年,现在何必要在一起?

07
第七章

那天晚上，我睡不着。

霍华德的卧室也在楼上，他经过走廊时，地板发出"嘎吱嘎吱"的声响。**我不知道有你。为什么？**

墙上的钟发出恼人的滴答声。昨夜我没有感觉到，可这声音很快就不能忍了。我用枕头捂住脑袋，可不管用，而且有点闷气。微风从窗户里吹进来，紫罗兰花朵一直摇来晃去的，像是音乐会里那些痴迷的追星族。

好吧，我认输。我打开台灯，把戒指摘下来，在灯下凝视它。即使妈妈有十六年没见霍华德，她还是戴着他送的戒指。从没有间断过。

可为什么？他们真的像索尼娅说的那么相爱吗？如果是这样，是什么原因让他们分开的？

趁着一股劲头，我打开床边柜抽屉，摸到日记本。

我揭开封面：

     我的选择错了。

  我脊梁骨一阵发凉。妈妈是用粗黑的记号笔写的,那几个字像一行蜘蛛爬在封面内页上。这是给我的信号吗?对里面内容的一个提醒?

  我鼓足勇气,翻到了第一页。此时不看,更待何时。

5月22日

  提问:与华盛顿大学招生老师见面后(你得到正式通知,护理学院的秋季入学申请失败了),你会马上做什么?

  A. 回家跟爸妈坦白自己干的好事。

  B. 惊慌失措,跑回招生办公室,说自己一时理智失常。

  C. 出去给自己买日记本。

  答案 C

  没错,最终还是得跟爸妈说。没错,你约的时间也是故意的,因为完事后招生办公室正好下班。可一旦尘埃落定后,你肯定会记得自己干这些事的原因。这时,应该走到最近的书店里,破费点,买本漂亮的新日记本——因为,尽管这一刻让人恐惧,它也是人生(真实人生)开始的一刻。

  日记:定下来啦。从一小时又二十六分钟前开始,我再也不是护校学生了。不仅如此,三个星期以后,我就要收拾行李(等于我妈听说后砸剩下的东西),坐飞机去意大利(意大利!)的佛罗伦萨,在佛罗伦萨美术学院(FAAF[①]!),去做我一直梦想的事情(摄影!)啦。

  现在我只需要动点脑筋,想想向爸妈透露消息的办法。我想的大都是,假装有人从南极洲什么地方打来匿名电话。

[①] Fine Arts Academy of Florence 的缩写。

5月23日

唉,我跟他们坦白了。不知怎么的,情况比想象的还要糟。在旁观者的眼里,我与父母的艰苦斗争应该是这样的:

我:爸、妈,我有事要跟你们说。

妈:老天,夏莉,你怀孕了?

爸:蕾切尔,她连男朋友都没有。

我:爸,多谢讲明事实。还有,妈,我不明白,你怎么就想到怀孕了。(清嗓子)我想向你们报告我最新的重大决定。(这个措辞直接引用了一本叫作《机智沟通:让他们同意的说话之道》的书)

妈:老天,夏莉,你是同性恋吗?

爸:蕾切尔,她连女朋友都没有。

我:(放弃理性沟通)不是。我要告诉你们,我不会去上护理学院了。我刚被意大利佛罗伦萨一个艺术院校录取了,要去那儿学半年摄影,而且……三个星期后就开始了。

爸妈:(两人的嘴像鳟鱼似的张着,久久说不出话来。)

我:那么……

爸妈:(继续目瞪口呆)

我:拜托你们能说句话吗?

爸:(弱弱地)可夏莉啊,你都没个像样儿的相机。

妈:(恢复声音)你说你不去上护理学院是什么意思……

(邻居家的狗嚎叫起来。)

接下来的教训内容我就省了吧,归根结底就这么几点:我在自暴自弃,我在浪费时间、浪费奖学金,还要浪费他们辛苦挣来的钱,到一个女人不刮腋毛的国家过半年。(最后那则花絮是我妈提供的,不知道是真是假。)

我跟他们解释说，自己会解决一切开支。我感谢他们对我上学的支持，向他们保证，我会照常梳洗打扮。然后，我上楼回房，大哭了至少一个钟头，因为我太害怕了。可我有得选吗？一拿到美术学院的那封录取信，我就明白了，我最大的梦想就是它。我要去是因为不去更让人害怕！

我放下日记本。我脸上大部分地区正遭受季风雨的正面袭击，那些字老是互相挤在一起，挤成一大团模糊的东西。所以我读不了她的日记啊。看她的日记，像在偷听她跟朋友讲电话，可当我抬头一看时，她却不在……

要振作。我狠狠地揉眼睛。她寄给我这本日记是有原因的，我必须找出来。

6月13日

十三号出发，感觉不太吉利，但我来了。妈妈冷冷地跟我告别，爸爸送我去了机场。你好，未知的未来。

6月20日

我在这里了。我在佛罗伦萨的第一周可以写上五十页纸，但简而言之，我在这里了。FAAF 跟我想象的一模一样：小而拥挤，人才济济。我的公寓就在一间吵闹的面包房楼上，床垫大概是纸板做的，可天底下最美好的城市就在窗外，谁还在乎这个？

室友叫弗朗西斯卡，家在意大利北部，是来学时尚摄影的。她一身黑衣，能在意大利语、法语和英语之间轻松切换，一到家就去窗边抽烟，烟不离口。我爱死她了。

6月23日

来意大利的第一个休息日。我本想过个慵懒的上午,用新鲜巧克力酱配楼下面包房的面包吃,可弗朗西斯卡另有打算。我走出房间后,她吩咐我穿好衣服,又花了半小时跟一个人在电话里激烈争论,让我坐着干等。总算挂掉电话后,她逼我换掉鞋子。"不要穿拖鞋。这都过十一点了。"她又让我换了两次衣服("四月过后不要穿深色牛仔服""千万别根据手袋搭配鞋子"),累死了。

总算上街了,弗朗西斯卡给我来了一遍快速约会版的佛罗伦萨历史简介。"佛罗伦萨是文艺复兴的发源地。你应该知道文艺复兴吧?"我向她保证,人人都知道文艺复兴,可她还是解释了一通。"十四世纪,欧洲由于黑死病死掉了三分之一的人口,随后经历了一次文化重生。艺术作品突然呈现出爆发式的繁荣。一切都从这里开始,向欧洲其他地方传播开。油画、雕塑、建筑——这里是世界艺术之都。佛罗伦萨在历史上是最富有的城邦之一……"等等、等等、等等。

她在人流里穿来穿去,也不关心我有没有跟着,而后,突然之间,我看到了它。**那座Duomo**。精美的彩色哥特式Duomo。我累得直喘气,可即便我没有喘,它也会让我屏住呼吸。

弗朗西斯卡熄灭香烟,领着我走到Duomo的侧面入口,跟我说要爬上楼顶。我们爬了。四百六十三级陡峭的石阶,弗朗西斯卡却在台阶上蹦蹦跳跳的,好像高跟鞋上装了弹簧。最终登顶后,我拍照拍到停不下来。佛罗伦萨就像是一座被橘色晕染过的迷宫,向四方延伸着,高塔、楼房层出不穷,但没有一个高过Duomo的。远方有青葱的山丘,天空是完美的湛蓝。弗朗西斯卡看我这么惊叹,总算不再说话。当我张开双臂,迎着风、感受着那种新滋味——那种自由时,她竟然都没发火。下去前,我给了弗朗西斯卡一个热烈的拥抱,可她挣脱开我说:"好啦,好啦,是你自己跑到这里来的,我不过是带你见识了一下 Duomo。现在我们购物去。我从来没见过这么硌碜的牛仔裤。说真的,夏莉,看着它我都要哭了。"

"不可能。"我小声地自言自语。在第一次见到 Duomo 的当天看了这篇日记,这可能性有多大?我用手指抚过那些字句,想象着二十几岁的妈妈一路小跑,跟着独断专行、蹦蹦跳跳的弗朗西斯卡。这是我妈寄日记的原因之一吗?这样她就能带我一起畅游佛罗伦萨了?

我在读到的位置做好记号,关上灯,胸口沉甸甸的。是的,听见她的声音,难受的程度好比破船沉了水,但同时又感觉挺温馨的。她热爱过佛罗伦萨。也许,读她的日记,感觉像是跟她同游这座城市。

只是,我一定要慢慢地去读它。

08 第八章

我必须把日记的事告诉艾迪。第二天早上,我没换睡衣就跌跌撞撞跑下楼。关于时差,阿伦完全说错了。一读完那几篇日记,我就把日记本塞到被子里、放在身边,然后踏踏实实地睡了十三个小时。我感觉自己像一只睡饱的小鸟。

昨晚在我逃上楼前,霍华德说他把手机搁在外头给我用,不用问他要,我简直感恩戴德。要是把昨晚的回程写成一本书的话,名字可以叫作《史上最漫长、最沉默、最难受的旅程》,而且我真不愿意这本书出续集。越少交流越好。

回到房间,我关上门,开了手机电源。先拨国家代码?地区代码?那张操作指南在哪儿呢?试了三次,电话终于拨通了。接电话的是伊恩。

"嗨?"

"嘿,伊恩,我是丽娜。"

远处有刺耳的电子游戏声。

"记得吗……我在你家住过五个月?"我提醒他。

"噢对，嗨，丽娜。你在哪儿来着？法国？"

"意大利。艾迪在吗？"

"不在，不知道去哪儿了。"

"你们那儿不是才凌晨两点吗？"

"嗯，她好像到谁家里过夜去了。我们现在合用一个电话。"

"听说了。能跟她说我打过电话吗？"

"好嘞，别吃蜗牛哈。"咔嗒。

我唉声叹气。照伊恩以往的记录，艾迪绝不可能收到我的消息。可我特想跟她说说——日记的事、霍华德跟我说的话……所有事情。我像外婆家那只多动症猫咪一样在卧室里团团转。我实在不想接着看日记，但也实在不能闲着胡思乱想。我飞快地换上跑步的衣服，走出房门。

"嗨，丽娜。睡得怎么样？"

我吓了一跳。霍华德坐在门廊秋千上，腿上放着一堆文件，眼下有黑眼圈。正好撞到了。

"挺好，我刚起来。"我把脚抬起来、放在栏杆上，全神贯注地整理鞋带。

"唉，年轻就是好。我看到过日出，应该是快三十岁以后的事了。"他不再晃动秋千，有点结巴地说，"昨晚的谈话你怎么想？我怕跟你讲的方式不太对。"

"我没有不高兴。"我急忙说。

"我跟你妈妈的事，我很想多跟你聊聊。有些事，她没告诉你——"

我把脚从栏杆上撤回来，像是做了个火箭女郎①式的踢腿动作，"晚点再说可以吗？我真的要跑步去了。"**而且我想先听听妈妈的说法。**

他沉思，"好，当然可以。"他想看我的眼睛，"按你的节奏来吧。

---

① 美国纽约无线音乐厅的火箭女郎舞蹈团（The Radio City Rockettes）是一个世界知名的舞蹈团体。

你想听的话,就跟我说。"我匆忙走下台阶。

"早上在游客中心有你一个电话。"

我急忙转身,"是艾迪吗?"*拜托,一定要是艾迪啊。*

"不是,是本地电话。对方的名字很奇怪。阿来?阿润?是美国人。他说昨天你出门跑步时跟他见过。"

我头上像洒下一团五彩纸屑一般。他打电话了?"阿伦。全名是'洛伦佐'。"

"这就说得通了。他说晚上你要跟他一起去参加一个派对?"

"哦对的,看情况吧。"心里老想霍华德还有日记的事,我把其他事都忘了个干净。我还有精神头去吗?

霍华德皱起额头,"他是什么人?"

"他住在附近。他妈妈是美国人,他在那个国际学校上学,大概跟我岁数差不多。"

他脸色一亮,"那很不错啊。不过……哎呀,糟了。"

"什么?"

"我以为他是你跑步时追赶你的一个家伙,就拷问了他。可能吓着他了。"

"我跟阿伦是在公墓后头遇到的。他在山上玩足球。"

"哦,那我肯定要跟他道个歉。知道他姓什么吗?"

"法拉利还是什么的?他们住在一栋像姜饼屋的房子里。"

他笑了,"我知道了,法拉拉家。你碰到他可真巧。我不知道他家儿子跟你同龄,不然就想办法安排你们见面了。派对是跟其他同班同学吗?"

"可能的同学。"我马上说,"我还没想好去不去。"

他的笑容灿烂指数直线上升,像是没听见我说话,"阿伦要我转告你,他八点半才能来。我保证提前做好晚饭,让你有充足的时间吃饭。另外,要考虑给你配一部手机——这样你的朋友就不用打到游客中心去了。"

"谢谢,不过那样有点夸张吧。我就认识一个人。"

"今晚以后,你认识的人就更多啦。你暂时可以把我的手机号码给别人,他们就不用往公墓的座机打了。哦,好消息,网络总算修好了,视频通话应该没问题。"他把文件放在门廊上,"我要去趟游客中心,待会儿见。跑步愉快。"他转身走进房子,小声地吹着口哨。

我眯着眼看他的背影。霍华德是妈妈的错误选择吗?另外,那个派对怎么办?我真愿意跟一些陌生人见面吗?

"这身怎么样?"我靠近笔记本电脑,转着圈,让艾迪看清我穿的衣服。

她凑近了看,脸占满了整个屏幕。她刚醒,眼线花了,样子有点像金发吸血鬼,"嗯——,你想我客气点,还是诚实点?"

"两个都要行吗?"

"不行。这件衬衫看着像是被揉成一团而且在箱底压了三天。"

"这就是事实啊。"

"没错。我选那件黑白色裙子。你的腿迷死人不偿命,你大概只有穿那条裙子才不难看。"

"那是谁的错呀?是你不让我洗衣服,追着看《全美模特大赛》[①]的。"

"凡事都得有个轻重缓急啊。要是我有两米的个子,绝对会上那个节目。"她浮夸地叹了口气,擦着眼睛上的化妆品,"不敢相信,你要去参加派对。在意大利啊。我大概只能又在迪伦家对付一晚上了。"

---

① 全美模特大赛:美国一个选拔超模的知名真人秀。

"你喜欢去迪伦家呀。"

"我才不喜欢呢。大家只会七嘴八舌地出主意,可又没人肯做决定,最后整晚都在玩桌上足球。"

"想想好的一面吧,他家楼下冰箱里都是玉米煎饼和西班牙小油条,那些很不错呀。"

"你说得没错,吃批量生产的西班牙小油条,比在意大利参加派对好玩多了。"

我拿起电脑,在床上扑通躺倒,把电脑放在肚子上,"可我又不喜欢参加派对,忘了吗?"

"别这么说,你以前喜欢的。"

"后来我妈生病了,大家就都跟我没话说了。"

她抿起嘴,"讲真的,我觉得你想多了。大家不过是怕说错话,懂吗?而且必须承认,你老不爱搭理人。"

"这话啥意思?我可没有不搭理人。"

"哎,那杰克呢?"

"杰克是谁啊?"

"杰克·哈里森?毕业班那个曲棍球队的帅哥?约你约了两个月的?"

"他没有约我。"

"因为你一直躲着他呀。"

"艾迪,我那会老是在哭哭啼啼说我妈,半小时都忍不住。他可能喜欢那样的吗?"

她皱眉,"对不起。我知道很辛苦,可你现在应该可以了。讲真的,我要正经预测一下:今晚你会邂逅意大利最帅的男生并且爱上他。就是别爱得乐不思蜀啊。我觉得这三天好漫长。"

"我也觉得。那就黑白裙子?"

"黑白裙子。你以后会谢谢我的。回家后赶快给我回电话,再跟我聊聊日记的事。我大概要请个摄影师跟拍你了。你的生活日常都可以拍一档精彩的真人秀了。"

"丽娜!晚饭好了。"

我照了照镜子。我没听艾迪的意见,最后还是穿了自己最爱的牛仔裤。另外,我实在太紧张,也吃不下饭。

凡事大概都有头一回吧。

"听到了吗?"霍华德叫。

"来了!"

我抹了点唇彩,最后一次理了理头发。我花了三刻钟用烫发熨斗烫平头发,至少现在头发像个人样了,但我可不敢保证别人也这么觉得。只要有人投来奇怪的目光,它就会秒回原本的凌乱。"你有点像美杜莎[①]。"艾迪有一次语重心长地跟我说。

霍华德在楼梯底下迎接我,递给我一大碗意面。看得出,他在努力缓解紧张气氛,目前效果还不错。

"你这样子挺好看。"

"谢谢。"

"抱歉晚饭迟了。有点维修的事要处理,我以为要弄一晚上呢。"

"没关系。"我放下碗,"谢谢晚饭,可我其实不太饿。"

他挑了挑眉毛,"不饿?你今天跑了多远?"

"十一千米。"

"你没事吧?"

"大概有点紧张。"

---

① 美杜莎:希腊神话里长着恐怖蛇发的女怪。

"理解。认识新朋友是挺让人忐忑的,可你肯定很招人喜欢。"

嘀!我们同时往窗外看去,见阿伦正沿马路骑着一辆闪亮的红色踏板摩托车。我的心揪了起来。干吗同意去呢?能赖掉不去吗?"他就是法拉拉家的男孩?"

"是的。"

"他来早了。他不会用摩托车载你去吧?"

"嗯,应该是的。"我抱着希望朝霍华德瞥了一眼。也许他会不准我去!那样一切都迎刃而解了。可是,新爸爸有资格规定你能做什么、不能做什么吗?

霍华德三大步就穿过客厅,打开门,"洛伦佐?"我赶紧跟过去。

"嗨,霍华德。嗨,丽娜。"阿伦穿着牛仔裤和貌似很贵的球鞋。他把摩托车撑脚支起来,跳上台阶,朝霍华德伸出手,"很高兴见到你。"

"我也很高兴见到你。之前电话里误会了,实在抱歉。我把你跟其他人弄混了。"

"没关系。知道你不会用电锯追杀我,我就很开心了。"

我的天,霍华德还真拿他的新角色当回事。"丽娜,准备走吗?"阿伦问。

"嗯,可以了。霍华德?"我满怀希望地看着他。他在打量阿伦的摩托车,满脸严肃。

"你骑那玩意儿有一阵子了?"

"十四岁就开始骑了。我骑车很安全的。"

"有备用头盔吗?"

"当然有。"

霍华德不紧不慢地点头,"好吧,骑车当心,尤其是回来的路上。"他冲我努努头,"È Nervosa. Stalle vicino.(她有点紧张,要一直陪着她。)"

"Si, certo.(好,没问题。)"

"哎,不好意思,你们说什么?"我问。

"男人的对话。"阿伦说,"快走吧,要来不及了。"

霍华德把手机连同一张二十欧元钞票递给我,"拿着,以防万一。公墓的电话号码在手机里。我没接的话,索尼娅也会接。你几点到家?"

"不知道。"

"不管几点,我都送她回来。"阿伦说。

"那就说好一点吧。"

我看着他。一点啊?他真的是很希望我交到朋友。

霍华德坐在门廊秋千上,我跟着阿伦来到摩托车前,他从座位下隔层里拿出一个头盔给我。

"准备好了?"阿伦问。

"准备好了。"我费劲地跨到后座上,没多久,阿伦和我就在马路上飞驰起来,凉爽的风吹拂着我们。我紧紧抓住阿伦的腰,笑得像个傻瓜。那感觉,像是坐在一把电动扶手椅里,超快、超爽。我往后扫了一眼,发现霍华德在门廊上看着。

"你为什么叫他'霍华德'?"阿伦用盖过摩托车响声的声音喊道。

"那还能叫什么?"

"'爸爸'?"

"没办法。我跟他还不太熟呢。"

"不是吧?"

"就……说来话长吧。"我迅速转移话题,"派对在哪儿开?"

他没说话,往主干道打了方向灯,转弯往佛罗伦萨的反方向开去。"在我朋友埃琳娜家。我们一直都去那儿,因为她家房子最大。她妈妈是美第奇的后代,她家有个大别墅。埃琳娜要是喝醉了你肯定能看得出,因为她会告诉别人,要在以前他们都是她家的用人。"

"美第奇是什么?"

"佛罗伦萨很有势力的家族,他们就是文艺复兴的金主。"

我立刻脑补出一位仙衣飘飘的少女来。"我的穿着合适吗?"

"什么?"

我又问了一遍。

他在红灯前减速,扭头看我,"你的样子很棒啊,我们穿得差不多。"

"嗯,可你的样子……"

"怎么?"

"更酷点儿。"

他把头往后一扬,跟我的头盔碰在一起,"谢谢。"

第九章

埃琳娜家好远,远——极了。等阿伦打信号灯下主干道时,我的腿都麻了。

"快到了。"

"总算快到了。我以为要开到法国去呢。"

"方向不对。抓紧了。"

他加速,在一条长林荫车道上疾驰。我们在哪儿?十多分钟都没看见一栋房子或是大楼。

"瞧好吧。三——二——"

转了个弯,我就吓傻了,"这是什么?"

"呵呵,很吓人吧?"

"那是一栋房子?这儿有正常人住的地方吗?"

"什么?你在美国没见过姜饼屋人家吗?"

埃琳娜家的别墅就是一座宫殿。房子有几层楼高,特别大——博物馆那么大——巨型拱门的两侧耸立着高塔。我想数数窗户,但最后放弃了。就是那么大。

阿伦减了速,绕着一个圆形大喷泉(坐落在网球场大小的车道当中)开,到了人行道后又颠簸着往前开,最后停到了摩托车停车处。嘴巴干得像撒哈拉沙漠。在迪伦家地下室吃西班牙小油条才是我的节奏。

"没问题吧?"阿伦盯着我问。

我给了他一个完全没有说服力的点头默认,跟他路过一堵有浮雕图案的围墙,走到一扇门前。这种大门会让人联想到一个场景:愤怒的村民手持火炬和圆槌猛攻地主恶霸家的大门。我快吐了。

阿伦碰碰我,"真的没问题?"

"没事。"我深呼吸,"那……有多少人住在这里?"

"三个。埃琳娜、她妈妈,有时从寄宿学校回来的姐姐。埃琳娜跟我说,有些房间她从来都没去过,她和她妈有时好几天都照不到面。她家有个内部通话系统,想跟对方说话时不用每次都在家里走很多路。"

"真的?"

"真不开玩笑。我都从来没见过她妈妈。有人说她其实不存在。另外,这里经常闹鬼。埃琳娜每天都能见到一个鬼。"他使劲儿按下铜门铃,叮当声响起。

"你信吗?鬼?"

他耸耸肩,"埃琳娜相信。每天晚上,她都会在楼梯井碰见老老老奶奶亚历桑德拉。"

我对鬼一直没啥感觉。妈妈走了,就是走了。要有其他可能,我愿意付出一切代价。

突然,"咣当"一声巨响,我尖叫一声,失足往后倒,被阿伦接住了。

"别怕,就是门而已,开门时间很长。"

感觉过了十分钟,门才"吱扭、吱扭"地缓缓打开。我退后一步,担心迎接我的是老老老奶奶亚历桑德拉。还好，走到门口的是一个衣着随意的少女。她身材丰满，戴着钻石鼻钉，一头浓密的黑发。"Ciao，洛伦佐！"她搂住阿伦，跟他面贴面，发出亲吻声，"Dove sei stato? Mi sei mancato.（你去哪儿了？我想死你了。）"

"Ciao，埃琳娜。Mi sei mancata anche tu.（我也想你。）"阿伦让开，朝我做了个手势，"猜猜她是谁？"

她从意大利语切换到英语，跟阿伦一样快，"谁？快告诉我。"

"卡罗丽娜。"

她的嘴张得溜圆，"你是卡罗丽娜？"

"是的，叫我丽娜就行了。"

"Non è possibile!（这不可能！）"她说，"快来！"她抓起我的手，把我拉进去，把身后的门给踢上。这里的门厅像是《史酷比》某一集里的场景。走廊上亮着几盏昏黄的壁式电灯，墙上到处挂着织锦挂毯和古老的油画，还有，等会儿——那是一套铠甲吗？埃琳娜看着我。

"你家真是——"

"是啦，是啦。可怕、阴森恐怖，我知道。快跟我来吧。"她挽起我的手臂，带着我在走廊上走，"他们肯定很意外。等着吧。"

到了走廊尽头，她推开一扇对开大门，把我推进去。这房间里的装饰现代多了，有一套直升机那么大的组合式家具、一台大屏幕电视机、一个桌上足球台。噢，还有二十个人，差不离吧。他们都像看动物园的逃逸动物一样瞪着我。

我倒抽一口冷气，"呃，大家好。"

埃琳娜把我的手得意地举在空中。"Vi presento.（介绍一下。）这是卡罗丽娜。Ragazzi（各位），她真的存在哎！"

房间里响起一阵集体欢呼，我很快就被团团围住。

"你来了,你真的来了!"一个操法国口音的高个儿男孩热烈地拍我胳膊,"我叫奥利维尔,欢迎。"

"我赌赢了!他们都说你不会出现的。"

"晚来总好过不来。"

"Che bella sorpresa!(太惊喜了!)"

"我叫瓦伦蒂娜。"

"利维。"

"马塞洛。"

一半人都跑来抚摸我。当我是三维全息影像吗?

我摇摇晃晃地后退,"很高兴……见到大家。"

"大家伙别往她身上蹭呀!"阿伦把几个人推开,"搞得像从没见过新人似的。"

"我们是没见过呀。"一个牙套哥说。

他们连连发问,"你来多久了?""你秋天开学上AISF吗?""你去年怎么没来上学呢?""那个大高个子是你爸吗?"

我又退后一步,"呃……想让我先回答哪一个问题呢?"

哄堂大笑。

"你住哪儿?佛罗伦萨吗?"问我话的是左手边一个嚼着大块口香糖的红发女孩。听口音像是新泽西附近的。

"我家离阿伦家比较近。"

"是在美国公墓里。"阿伦点明了。

我瞪他一眼。好样儿的,这下我成怪人了。

他拍拍我胳膊,"别担心,这里所有人住的地方都很怪。"

他们七嘴八舌起来。

"我家在基安蒂租了一座中世纪城堡。"

"我家住在农房里。"

"威廉住在美国领事馆里。记得吗?他姐姐玩单脚踏板车时,把一位外国大官的脚给碾了。"

一个长发齐肩的意大利男生说话了,"Ragazzi(各位),她准以为我们都是怪人呢。抱歉,问了一大堆问题。"

"没关系。"我说。

"不,我们是挺怪的。我们很少见到新人。我们互相厌烦透了。"我左边一个拉美面孔的女生说。

突然,有人抱住我,把我举了起来。"喂!"

"马可!放下她,兄弟!"阿伦大叫。

"当心脚跟!"嚼口香糖的姑娘说。

马可难道是一条罗威纳犬?我挣扎开,回头看见一个男生,黑色的短发,肌肉发达。

"阿伦,给我介绍。快点。"他吼道。

"丽娜,这是马可。好了,赶紧把跟这人见过的事儿忘掉。信我吧,你日子会好过点。"

他咧开嘴,"你真来了!我就知道你会来,我一直都知道。"

"等会儿,你是我生物课的学习伙伴?"

"对啦!"他朝空中挥挥拳,又抱住我,给我又一个特大的熊抱。

"不能、呼吸了。"我喘着。

"把她放下。"阿伦下了命令。

马可松开双手,难为情地摇摇头,"不好意思,我平常不这样。"

"你平常就这样。"黑发女孩说。

"不,是因为这啤酒。"他把啤酒罐拿给我,"也不知道谁带的,难喝死了,味道像尿液,知道吗?"

"真不知道。"

"没关系。我本来可以给你一杯,可我刚跟你说它味道像嘘嘘。对了,你挺可爱的,比我想象中可爱多啦。"

"……多谢。"

"嘿!马可!快说谁是你老爸?"他转身大步走开。

"哎哟。"我说。

阿伦摇摇头,"不好意思。他喝高了可不算是理由,清醒时才更加没王法呢。"

"简直无法无天。"一个小个子眼镜男插嘴。

"你来了啊。"一个冷冷的声音穿过嘈杂声,我转头,跟一个美丽绝伦的女孩打了个照面。她又高又瘦,有一双蓝色大眼睛和几近白色的金发。她直勾勾地盯着我。"嗨,美美,回来啦。"阿伦的声音突然低了三个八度。

"我还担心你今晚来不了呢。"她说话带着口音。瑞典人?挪威人?一个人人肤如凝脂、个个发如柔丝的国度?

"大家都说你不怎么在。"

"我现在就在呀。"

"那就好,想你呢。"她冲我抬抬下巴,眼睛还盯着阿伦,"这位是谁?"

"卡罗丽娜,她刚搬过来。"

"嗨,叫我丽娜就好。"

她的眼睛溜了我一眼,然后朝阿伦靠过去,低声说了点什么。

"Si, certo.(好,当然可以。)"他瞥我一眼,"不过要……过会儿。等我几分钟哦。"

她走开了,大家好像一齐松了口气。"冰美人。"有人低语。

"她好美啊。"我跟阿伦说。

"真的吗?我都没注意过。"他脸上笑开了花,仿佛刚得到终身免费吃星爆牌①粉红软糖的特权。

"嘿,来吧。给你看点儿东西。"

"好的,那……大家回头见喽?"我跟其他人说。

"Ciao, ciao."其中一个人说。

阿伦已经往门口走了。"我们去哪儿?"我问。

"先吊吊你胃口。来吧。"他为我拉开门,"你先。"

我走到阴暗的走廊上,阿伦带上门。我们站在一个巨大的楼梯面前。

"啊,不是吧。不会是从这儿去见埃琳娜家的老老老奶奶吧?"

"不是,那在另一侧呢。来吧,我让你看看花园。"

他开始上楼梯,可我有些犹豫。"呃,阿伦?上头看着挺恐怖。"

"是的。来吧。"

我回头看了看门。选恐怖楼梯,还是选热情过度的各国少年?我还是在阿伦身上碰碰运气吧。我赶紧跟上他,脚步声在高高的天花板上回响。到了楼梯顶,阿伦推开一扇高高的窄门,我不情愿地跟了进去。

"这地方神了。"我嘀咕着。这个房间里堆满了东西,感觉像是一间屋子里装了十间屋子的内容,所以物品都盖了防落灰的厚布。有个大壁炉前竟然把守着一幅肖像画:一个戴着皮帽、表情严峻的男人。

"那是真的吗?"我指着肖像。

"肯定是。"

"感觉像鬼屋里的玩意儿。大概我一转身,他就会换个姿势。"

阿伦咧嘴,"住公墓的某人还说这话呢。"

"我不认为两天算是'住'"。

---

① 星爆牌:Starburst,美国水果糖品牌。

"往这里走。"他走向一排玻璃门,打开插销开门,豁然出现一个露台,"我让你看看花园,但更想把你从粉丝团里拉出来透口气。"

"嗯,感觉他们见到我超热情的。"

"我们大多人小学开始就混在一起了,所以能见到新人都兴奋得要命。我们应该学着矜持点儿。"

"呀,那些树篱是个迷宫呢。"我在露台上俯身。

前门两旁的树篱竟然属于一个精心排布的园林,其中点缀着古老的雕像和长椅。

"酷吧?他们家有位老园丁,半辈子都在打理这园子。"

"感觉在里面真的会迷路。"

"会的。有一次马可去里头溜达,我们找了三个钟头都没找着他,只好上楼到这儿用聚光灯找,结果人家枕着鞋子在呼呼大睡。"

"干吗枕着鞋子?"

"谁知道他。你想听点真心瘆人的事吗?"

我摇头,"并不想。"

"埃琳娜的姐姐马努埃拉不愿意住这里,是因为她自小就老见到一位祖先。诡异的是,那个鬼无论什么时候现身,都会跟马努埃拉同岁。"

"难怪她要读寄宿学校了。"我倚着栏杆,"看了这地方,我对住公墓的感觉好太多了。"

"那对讲鬼故事呢?"

我吓得一跳,差点从栏杆上翻下去。

"丽娜!你太容易吓到了。"阿伦说。

"对不起,两位,我不是故意要吓你们啊。"一个男生坐在躺椅上,伸了伸懒腰。

"哎,托马斯,偷听了不少吧?"

"我头疼，就想躲着清静清静。你跟谁在一起？"他站起身，懒洋洋地踱向我俩。

我的……我都不知道怎么结束这句惊叹句了，谁会长成这样？托马斯高高瘦瘦的，深棕色的头发，浓密的睫毛，线条硬朗的下巴是我听说过但从没有亲眼见识过的。还有他的嘴唇，看着它，我话都不会说了。

"丽娜？"阿伦挑了挑眉。坏了，他们刚才是在问我话吗？

"对不起，你说什么？"

那个男生咧开嘴，"我就说了我叫托马斯。你大概就是那位神秘的卡罗丽娜？"他有英国口音。

英国、口音。

"对，很高兴见到你，叫我丽娜就行。"我跟他握了握手，尽力站直。看来，"两腿发软"是真有其事。

"美国人？"

"嗯，西雅图的。你呢？"

"四海为家。我在这里住了两年了。"

门开了，埃琳娜和美美走进来。"Ragazzi, dai.（你们别这样啊。）我妈要是知道你们上这儿来会疯掉的。上次派对后，我被训了足足三刻钟。有个 idiota（白痴）把一块比萨放在一个两百年的书柜上了。快下楼，Per favore!（求你们了！）"

"对不起，埃儿。"托马斯和阿伦异口同声。

"我刚在给丽娜看看花园，"阿伦说，"托马斯在打瞌睡。"

"谁在派对上打瞌睡啊？你长得像男神算你走运，因为你 veramente strano（真是个怪胎）。讲真的，托马斯。"

像男神。我又偷瞄了托马斯一眼。是啦，完全能想象他在古希腊诸神中占有一席之地。

美美挽着阿伦,其他人都走出去了,只剩下托马斯和我。是我看走眼了,还是他也在盯着我看?

托马斯抱起胳膊,"我们有一帮人打赌你会不会出现。看来我要输掉二十欧了。"

"我本该早点来的,不过我打算在西雅图上完一学年再来。"

"可你还是欠我二十欧啊。"

"我可不欠你的,下次对我多点信心吧。"

他笑着扬扬眉,"这次我就放你一马。"

我的骨头软得像草莓果冻。他这绝对是在跟我调情。

"我听说你住在一个公墓里?"

"我爸是佛罗伦萨美国公墓的管理员,我暑假跟他住一起。"

"整个暑假?"

"是的。"

他脸上渐渐浮起一抹笑意。我也在笑。"托马斯!"埃琳娜在门口喊。

"对不起。"我们都跟着出去了。

这就是回归正常的感觉喽。哦,算有点正常吧。

"说说你人生第一场音乐会。"大家几乎都到了户外泳池边,托马斯和我坐在深水区边缘,把脚伸进池子。池水湛蓝,波光粼粼,漫天的萤火虫仿佛星星坠落凡间。

"吉米·巴菲特[①]。"

"是吗?开玛格丽塔维尔餐厅的那位?"

"我很意外,你竟然知道这个人。嗯,那里基本上是夏威夷花衬衫

---

① 吉米·巴菲特:美国乡村摇滚歌星,他有一首歌曲叫《玛格丽塔维尔》,并开了同名连锁餐厅。

的天下。我妈带我去的。"

一阵水花袭来,我们一齐躲开。派对上有一半人在玩一个闹哄哄的、用酒助兴的马可波罗泳池游戏①,然后马可一直卡在了,哈,马可那里。这比原本搞笑多了。

"OK,你最喜欢的电影。"

"你会笑我。"

"不会,我保证。"

"好吧。《辣身舞》②。"

"《辣身舞》……"他把头往后仰,"噢对,帕特里克·斯威兹演一个舞蹈老师,二十世纪八十年代的烂片。"

我泼他水,"才不是烂片。话说你对这片子怎么这么熟呢?"

"俩老姐。"

他往我这边挪了挪,从肩膀到屁股都紧挨着我。那感觉,跟我舔了九伏电池差不多。

"……所以,你是跑步健将,来自美国一个最酷的城市,电影品位不佳,有一次滑雪昏倒过,从没尝试过寿司。"

"还有攀岩。"我补充。

"还有攀岩。"

艾迪,你太对了。我开心地踩着水,又偷瞄托马斯一眼。这事没完了。谁知道长这么好看的男孩子竟然真的存在啊!另外,顺带一提,他刚才好像没事人一样,顺手搂住了我。

"那你为什么搬到这儿?"托马斯问。

"我过来跟我爸住。他,呃……对我来说有点陌生。"

---

① 一种水上游戏,蒙眼者叫喊"马可",其他人应答"波罗",根据声音辨别方向,直到抓到其中一人,使其蒙眼再开始下一轮。
② 《辣身舞》:Dirty Dancing,美国1987年出品的一部音乐歌舞片。

"懂了。"

"咣当"一声,突然间阿伦从我们身后的暗处冲了过来,"丽娜,十二点半了!"

"都这么晚了?"我把脚拔出水面,托马斯松开臂膀。我不甘心地站起身。

"咱们得赶紧走。他会杀了我的。他一定会杀了我的。"阿伦两手紧握在胸前,仰面倒在草地上。

"他不会杀了你的。"

"谁要杀你啊?"托马斯问。

"丽娜的爸爸。我头一回跟他说话,他就吓我,说专门给我备着一颗子弹呢。"

"他哪有这么说。"我看他,"等会儿,有吗?"

"他还不如这么说呢。"他翻身跪起来,接着站起身,"快,咱们得赶紧走了。"

"你头发里有几根草。"我说。

他像狗狗一样晃脑袋,把草叶子甩掉,"我刚滚下了一个山坡。"

"是瑞典的山坡吗?"托马斯问。

"我可没问它的国籍。"

我苦笑,"真到十二点半了?要不我们再多待二十分钟吧。"

阿伦举起双手,"丽娜,你就不管我的死活啊?"

"当然管了,可我不愿意走啊。"

托马斯也站起来,用手臂环住我,下巴用力抵在我的肩膀上,"哎呀,丽娜,现在还早呢。你不在我要无聊死了,你就不能申请延时吗?"

阿伦扬起眉头,"看来,这两个小时有情况了嘛。"

我止不住地笑,转过脸,不让阿伦看见,"抱歉,托马斯,我是得走了。"

他吹了口气,"没办法,那只好下次再一起玩喽。"

"Ciao, tutti.(大家再见。)"阿伦冲大家喊,"我要送丽娜回家,她家里有门禁时间。"

大家齐声喊:"Ciao,丽娜。"

"Ciao。"我也喊回去。

"慢点!"马库斯①从池子里冒出来,"入会仪式呢?她必须要做的。"

"什么入会仪式?"我问。

"必须跳一次水。"

阿伦哭笑不得,"马可,太傻了吧。咱们七年级就不干这个了。"

"喂,你们逼我做了的啊,那是去年的事。"奥利维尔抱怨道,"而且那会儿是十一月啊,我冻得蛋疼。"

"对,必须做。"另一个女孩插嘴,"这是规矩。"

"她穿着牛仔裤,"埃琳娜说,"È troppo(这太)难为人了。"

"不管,规矩就是规矩!"

托马斯偷偷走到我身边,"你跳,我也跳。"

我立刻脑补起托马斯湿身的场面来。

我回头看阿伦,"载着落汤鸡回家,你会有多记恨我?"

"你会恨自己恨得更厉害吧。"

"新人要放手一搏了!"马可呐喊。

我爬上跳水板,所有人都在拼命喝彩。**这是我吗?** 我在板子上起跑,高高跳起,做了一个举世无双的抱膝动作。

一年多了,我的劲头没这样足过。也许从没这样过。

---

① 马可:马库斯的昵称。

第十章

好吧,浑身湿漉漉地坐摩托车真是蠢到家了。到家之前,我一路都在筛糠。另外,池水又解放了我头发的天性,头盔一摘,它就在脑袋四周蓬起来,像一朵棉花云。

"你发抖是冷还是害怕啊?"

"冷。快点,阿伦,迟了一小时,他会怎样呢?"

前门突然开了,霍华德走出门,高大的身形在灯光下熠熠生辉。

这下我们俩都抖起来了。

"要我跟你一起进去吗?"阿伦低语。

我摇头,"多谢你送我,我玩得很开心。"

"我也是,明天见。祝你好运。"

我晃晃悠悠走到门口,牛仔裤黏在腿上,"对不起,我回来晚了,没注意时间。"

他眯着眼看我,"你头发湿了吗?"

"他们让我走了跳板。"

"跳板?"

"他们的入会仪式。我跳到泳池里了。"

他冷峻的神情里闪出一丝笑意,"这么说今晚挺圆满喽。"

"是的。"

"那我很高兴啊。"他往我身后看,"晚安,阿伦。"

"晚安,霍……卡罗丽娜的爸爸。"他把摩托车掉了个头,绝尘而去。

"嗨。"我跟霍华德进屋时,有一个女人说。

索尼娅跟其他四个人端着酒杯坐在沙发上。远处播放着爵士乐,他们的样子都有些微醺。看来霍华德也在开派对。公墓风派对。说不准,他们待会儿都会跳进纪念碑前的那些小池塘里去呢?

"大家伙儿,这是丽娜。"索尼娅说,"丽娜,这是大家伙儿。"

"嗨。"

"Che bella(好漂亮),真是个可人儿。"一位戴猫眼眼镜的年长女士咕哝着。

霍华德粲然一笑,"可不是吗?"

"我们是你爸的老朋友。"其中一个男士用精炼的英语说,"早在他年少轻狂时,我们就认识了。哈,我们可以爆的料多着哪。"

"嗯,"旁边的男人附和着,"你回来晚了,他没为难你吧?因为我跟你说哦,有一次我们在匈牙利背包游,他——"

"够了,"霍华德急忙说,"丽娜游过泳了,她肯定想上楼换身衣服。"

"真遗憾。"猫眼女士说。

"晚安。"我说。

"晚安。"他们齐声回答。

我费力地爬上楼梯。冷死了。

"她就是那位摄影师的女儿吧?"猫眼女士说。我僵住了。

"是的,她是夏莉的女儿。"沉默。

而且……也是你的女儿,是吧? 我等他说明,但有人换了话题。

这是啥意思?

一换掉湿衣服,我就跟艾迪视频,"你想说'早跟你说过'吧?"

"我一直想说'早跟你说过'啊。我的天!怎么样?很赞吧?"她在床上又蹦又跳。

我调低电脑音量,"对啊,很赞。"

"快说,你遇到了极品意大利帅哥。"

"遇到了。不过不是意大利人,是英国人。"

她尖叫起来,"简直更棒啊!他上网吗?我要人肉搜索他。"

"不知道,没问。"

"我来搜搜。他叫什么?"

"托马斯·希思。"

"连名字都好听啊。"她沉默了一小会儿,输入名字,"托马斯……希思……佛罗伦萨……"她猛抽一口气,"我滴美神妈妈呀,头发简直漂亮得没谁了。他像个模特,没准儿是内衣模特呢。"

"对吧?"

"你看过他裸上身的样子吗?快上网看照片儿。好了,这下你再不想回西雅图了。你怎么会回来呢,托马斯·希思是——"

"艾迪,冷静!他帅得掉渣都不重要。我不会久留的。"

"不重要是啥意思?你可以来一场夏日恋情嘛,而且,哇哦,我真心觉得,哇哦,这男的长得太好看了。你还有一个朋友叫啥?"

"阿伦,但他全名叫洛伦佐·法拉拉。"

"嗯,给我拼一下呗。"

"他妈妈说像'法拉利',但结尾是拉。"

"结尾是拉的法拉利……"她咬着嘴唇在键盘上打字,"卷发?踢足球?"

"就是他。"

她冲我笑,"好了,丽娜,你有俩选择呢。阿伦挺萌的啊,所以要是跟内衣模特没戏,跟阿伦机会还是大大的。"

"不行,阿伦不可能。我今晚见到他女朋友了,长得像女神,瑞典的女神,自带美颜效果的那种。"

"可怕,你逃命了吧?"

"差不多。看见阿伦带了个新人,她好像不太高兴。"

艾迪叹了口气,又倒回枕头上,"剩下的暑假,我就指着你过活了。公墓的事确实有点怪,可现在我百分百支持你待下去。你起码再坚持一小阵子嘛。就当是为我,拜托了!"

"再说吧。马特怎么样了?"

"还是不明白我有意思。谁在乎他呀?要是我把托马斯的头像打出来裱框,会有多奇怪?"

我笑了,"很怪,哪怕是你。"

"要么我做个托马斯的挂历?《英伦帅哥月份牌》。你能再搞几张他的半裸照片吗?下次见到他,你可以往他身上泼果汁。"

"呵呵,我肯定不干这事。"

她又叹气,"也对,那是挺怪的。日记看得怎么样了?"

"我正想再看点儿。"我停顿一下,"昨天晚上看得心酸,可又挺欣慰的。她真心喜欢这里。"

"你也会喜欢。我也会喜欢,通过你间接地喜欢。"

我摇头,"再看吧。"

"好了,你接着看日记吧。我想知道她选错了什么。这悬念真要人命。"

"晚安,艾迪。"

"早安,丽娜。"

7月2日

佛罗伦萨就是我心中的样子,而且独一无二。它既美轮美奂——鹅卵石、老房子、桥——同时又充满烟火气。在前所未见的迷人街道上漫步,你会突然闻到一丝露天阴沟的臭味,或是踩到什么恶心的东西。这个城市既让你神魂颠倒,又会把你拉回现实。只有在这里,我有拍不完的东西。我经常拍具有意大利独特风味的事物——小巷里晾晒的衣服、旧番茄酱罐里种的红色天竺葵——不过,我大多在用心地抓拍人。意大利人感情太奔放了,从来不用猜他们内心所想。

今天晚上,我在 Ponte Vecchio(旧桥)上看了日落。确信无疑,我终于找到了适合自己的地方。只是不敢想象,我穿越了半个世界才找到了它。

7月9日

弗朗西斯卡把我正式拉进了她的朋友圈。他们上学期也都在 FAAF 上课,个个聪明、风趣。我暗自猜想,他们是不是在被真人秀节目跟拍。这么多有趣的人怎么都碰到一起来了?以下是人物名单:

霍华德:完美的南部绅士(弗朗西斯卡叫他南部巨人),人帅心又善,还是英雄救美型的。他正在做一个研究佛罗伦萨历史的课题,不讲课时经常旁听我们的课。

费恩:来自玛莎葡萄园,梦想是要赶超海明威。他长着大胡子,酷爱高领衫，嘴上说是巧合，可我们都知道他半数时间都在读《太阳照常升起》。

艾德丽安：法国人，在我见过的真人里大概就属她最漂亮了。她不太说话，才华惊人。

西蒙和阿莱西奥：我把他们放一起说，是因为他们总是在一起。他们从小在罗马郊外一起长大，一言不合就打架——原因通常是，两个人从来都看不上彼此约会的女孩。

最后是……

我：特无聊。想当摄影家的美国人，自打到了佛罗伦萨就魂不守舍。

我和弗朗西斯卡的公寓已经成了正式聚会场所。我们都挤在小阳台上，久久地讨论快门速度和曝光之类的话题。这里是天堂吧？

7月20日

原来，潜移默化是学不会意大利语的，随便你把《傻瓜学意大利语》打开盖在脸上睡着多少次都不管用。弗朗西斯卡说学语言最简单不过了，可她说这话的同时在抽着烟，研究着光圈，还在自制香蒜酱，所以她心目中的"简单"可能不太正常。我报名参加了学校的意大利语入门班。它在多媒体室里举办过晚会，每周上三次课。费恩和霍华德也在这个班上。他们学得都比我超前多了，但我很高兴有他们做伴。

8月23日

我有一个多月没动笔了，可我有正当理由。要是我说恋爱了，肯定不奇怪吧。太老套了！可说真的，搬到了佛罗伦萨，吃了几口意面，然后在暮色中漫步，却尽量不去爱上你第一天就暗送秋波的男人吗？大概会失败。我喜欢在意大利恋爱，但说真话，我在哪儿都会爱上X。他英俊、聪明、迷人，符合我梦想的所有条件。另外，我们必须完全保密。说真心话，这样一来他更吸引我了。（是的，X。我真不觉得有人会看我日记，可我给他一个代号，以防万一。）

什么？ 我把日记本扔到腿上。仅仅三页纸，霍华德就从十全十美的"南部绅士"一跃变成了秘密情人 X。看来我真是小瞧了他。

我捧起笔记本电脑，又拨通了艾迪的视频，她立马就按了应答。她头上裹着浴巾，手上拿着吃了一半的速冻华夫饼，"怎么啦？"

"他们谈恋爱必须保密呢。"我压低声音。霍华德的客人像在往外走，但门廊上还是有亲切的送别声和"早日再聚"之类的话。

"霍华德和你妈妈？"

"嗯。她说他们在同一个朋友圈里，跟着她就突然叫他代号了，因为她担心有人会拿她的日记，发现他们在偷偷约会。"

"不可告人啊！"艾迪欢乐地说，"他们为什么要偷偷摸摸的？他是加入了黑手党吗？"

"我还不知道呢。"

"你弄明白了再打给我。我要走了！伊恩要开车送我去汽车行。总算要拿回车子了。"

"好消息啊。"

"这还用说。昨天晚上伊恩逼我把他的恶心衣服全给叠好，才肯送我去迪伦家。明天再打给我？"

"一定的。"

9月9日

既然要写自己的 storia d'amore（爱情故事），不妨从头说起吧。X

其实是我到佛罗伦萨以后认识的最早一批人之一。本学期开始时他讲了某一堂课，之后我就对他念念不忘。他显然很有才华，而且帅到我跟他打招呼、说再见都会结巴，但还有一件事——他很有深度。这样我就更想了解他。

我运气不错，跟他在课里课外都经常在一起，就是老有其他人，一直都有。要么是弗朗西斯卡坐在角落里煲电话粥，要么是西蒙和阿莱西奥又莫名其妙吵架后找我们评理，我们俩的谈话永远没法深入。我脑子里一直在纠结一个问题，他对我有没有意思？我有时候挺肯定，可有时候又不太肯定。也许我想太多了？

不过，我老发现他上课盯着我看，而且每次说话时，我们俩之间有种无法忽视的气氛，这样有好几个星期了。然后，正当我以为自己自作多情时，在"太空"见到了他。弗朗西斯卡说它是FAAF的官方夜店，可他以前从没跟我们一起来过。我出去透了口气再进去时，看到他独自一人倚着墙。

我知道机会来了，可当我走向他时，发现自己根本不知道从何说起。"嗨，说句傻话啊，你觉得我们俩之间感觉怪怪的、很来电吗？"

很幸运，我都没用得着开口。他一看到我，就伸手抓住我的手腕。"夏莉。"他说。就凭他说话的样子，我知道我不是自作多情。

9月15日

跟X在波波里花园见了面，两人独处了一阵子。这是一座十四世纪的公园，宛如城中绿洲。建筑、喷泉比比皆是，空间宽裕，令人忘却身处城市之中。我们都带了相机，拍完了各自想拍的东西之后，我们坐在一棵树下聊天。他的艺术知识太渊博了，还有历史、文学。（实际上他无所不知。）公园关门时间是七点半，可当我起身收拾东西时，他又拉我坐下,跟我一直亲吻到保安来赶我们。

9月20日

跟 X 恋爱,唯一的困难在于不能跟别人说。我知道学校不会允许我们约会,可要保密这么大的事太难了。我们俩有一半时间近在咫尺都不能接触,太折磨人了。

我不是很会保密,大家好像都看出我恋爱了。多半是来回路程惹的祸。晚上我们大多很晚才相会,我到凌晨三四点才回家。我跟弗朗西斯卡说我出去搞夜拍了,可她翻翻白眼跟我说,她对"夜拍"心里有数。

我有时会纳闷,大家会不会只是装糊涂。他们真有那么迟钝吗?我们就在他们眼皮子底下谈恋爱啊!

10月9日

我和 X 的约会地点越来越有新意了。我们知道其他人都要在家学习,所以就去了"太空"(就是同一个),我们跳舞跳到筋疲力尽,然后在城里闲逛。X 告诉我,他有个惊喜给我,于是我们沿着黑暗的街道曲折前进,最后我闻到一股迷人的香味——这味道混合了糖、奶油,还有其他某种东西。幸福吗?

最终我们转过街角,看到一群人围在灯火通明的门口。这里是一间地下面包房——这种店为数不多。通常,有商业头脑的面包师会在夜间干活,给餐馆做糕点,同时,他们也会收个几欧元,卖给你一块新鲜出炉的糕点,尽管这是违法的。这事的知情人不多,可要是知道了,嗯……这么说吧,他们很容易沦落为夜间动物。

排队的人都显得特安静、特紧张,轮到我们时,X 买了一个巧克力馅 connetta(蛋筒)、一个糖渍牛角包、两个 cannoli(奶油馅酥皮卷)。

然后我们在街边台阶上坐下，把它们全都给消灭了。我回到家时，弗朗西斯卡、费恩和西蒙都四仰八叉地挤在小沙发上，他们都逗我，问我拍到了什么样的夜拍照片。我真想跟他们坦白。

哇哦。

首先，我要去那个地下面包房啊。我都不知道 connetta 和 connoli 是啥，可还是对着日记本直流口水。可关键是，干吗搞得这么神秘啊？

我往回翻日记。学校真有禁止师生恋的规定啊？我觉得，对名副其实的教授可以这么规定，可研究生助教算吗？况且，我妈已经陷进去了。一个对男朋友这么痴迷的人，最后却突然不辞而别，把他们的孩子当成秘密保守了十六年，这怎么可能？

我在日记本里做好标记，然后走到窗边。今晚很美，幽灵船一样的云朵掠过月亮，而且这会儿霍华德的朋友都走光了，万籁俱寂。

突然，我发现隐约有东西在动，呆住了。那是什么啊？我探出窗外，心在胸腔里怦怦直跳。一个白色的影子正朝房子移动过来。看着像人，可移动得实在太快，像是……我眯眼看去。站在长滑板上的那人是霍华德吗？

"你这是在干吗啊？"我低声说。他用力蹬地，在车道上滑过，宛如海豹滑向大海，动作非常娴熟。

我非把这个人搞清楚不可。

第十一章

"丽娜,醒了吗?有你的电话。"霍华德在敲开着的卧室门,我忙把日记本塞到床下。我把昨晚看的日记又读了一遍,然后就搁下了。原因嘛,没错,我是想知道后续发展,但也想在快乐的情节里多沉浸一会儿。这有点像上次我看《泰坦尼克号》看了一半停住,逼着艾迪把上半部又看了一遍。

"是谁?"

"阿伦。我要给你搞个手机了,目前你尽管用我的手机吧,我用座机就好。"

"谢谢。"我起了床,走过去。他的样子很精神,不太像X,也看不出他鬼魅夜行的蛛丝马迹,或者地下恋爱的过往。

他把手机递给我,"你能让阿伦别怕我吗?他刚才在电话里说了无数次'先生',都创世界纪录了。"

"我试试,不一定管用。你头一回跟他谈话时,真把他给吓惨了。"

"我有正当理由哦。"他微笑,"稍后见吗?我五点左右下班。"

"好的。"我把耳朵贴近电话,霍华德退回走廊了。Ciao,*神秘的 X*。

"嗨,阿伦。"

"Ciao,丽娜。你还活着我真高兴。"

我漫不经心地探出门,看着霍华德走下楼梯。他跟妈妈在公园里亲热过?父母这种事我真不该知道。另外,他们第一次在"太空"相遇时,他叫她名字的样子到底是有多特别?这不就像艾迪老妈背地里爱看的肥皂剧里的老套情节吗?

"你在吗?"阿伦问。

"嗯,不好意思,我有点分神。"我关上门,坐到床上。

"那他没生气?"

"没有。他在开派对,应该都没发现我们晚了。"

"Fortunato.(运气不错。)你跑步了没?"

"没呢,我正准备去。你想来吗?"

"已经在路上了,在公墓门口会合吧。"

我换了衣服,跑出去跟他碰头。阿伦穿着一件亮橙色 T 恤衫,像老头儿一样在原地慢跑。他的头发一如既往地遮住了眼睛,因为是跑过来的,他身上热乎乎的、脸蛋红扑扑的。

"这一身怎么就不像美国人了?"我拽拽他的 T 恤问。

"穿在意大利人身上就不像美国人了呀。"

"半个意大利人。"我纠正。

"半个就够了,信我吧。"我们沿着道路跑起来。

"话说,你妈妈得了'镜头文化'摄影大奖呢。"他说。

我看他,"你怎么知道?"

"有种东西叫互联网,很管用。"

"是啊,我来意大利之前好像记得有这玩意儿来着。"那天早上我想跟艾迪视频通话，跟她汇报夜里看日记的最新进展，可试了不下十次，到现在都一直收到那句烦死人的"没有服务"。还好现在我能随便用霍华德的手机。

"我找到报道她的几篇文章。你没跟我说她很厉害啊。"

"镜头文化奖是她事业的起步。从那时起，她就做全职摄影了。"

"我很喜欢那张照片，从来没见过那样儿的。叫啥名字来着？《擦除》？"他蹿到我前面，抱住自己，往后看去。那幅照片拍的是一个女人，她刚把肩膀上文的一个名字给去掉了。

我笑了，"不错啊。"

他又退回我身边，"我还看到她病中的自拍照片，很有张力。有些照片里看到你了。"

我的目光一直盯着地面，"我不太喜欢看那些。"

"可以理解。"

突然出现下坡路，我不由得加速，阿伦也跟上了。

"那么……你很快会再跟朋友们一起玩吗？"我问。

"你说托马斯吗？"

我脸红了，"还有……其他人。"头等大事是查霍华德和妈妈的往事，但未必要牺牲我跟托马斯的机会吧？

"是马可，对吗？你其实想再见到他，对不对？"

我又笑了，"大概吧。"

"托马斯没拿到你的电话号码吗？"

"我都没有电话号码。你一直打到公墓那儿找我的，你忘了？"何况他又没问我要，大概因为他陪我跳了泳池后才想起自己还戴着昂贵的手表。

"我还打你爸爸的手机找你，即使很吓人。"

"你是怎么搞到号码的？"

"索尼娅。可我花了一小时才鼓足勇气打过来。"

我叹气，"阿伦，你跟霍华德的头一回谈话是挺糟糕的，可拜托你别再耿耿于怀了好吗？其实他人挺好的，他又不会为了你对我好去伤你。"

"有没有巨人妖怪为了不是你干的坏事跟你嚷嚷过？要不耿耿于怀，可没那么容易。"

"巨人妖怪？"我笑了。

"这里的人没那么高的。我敢打赌，他到哪儿都会被人盯着看。"

"有可能。"

有一辆小得要命的卡车超过我们，发出一阵断断续续的嘟嘟声。阿伦挥挥手。"嘿，你今晚想跟我一起进城吗？咱们可以吃点冰淇淋，或者逛逛之类的。八点半左右？"

"你那位瑞典模特会批准吗？"

我当玩笑话说的，他却一脸认真，"应该没问题的。"

阿伦来接我时，我和霍华德快吃完晚饭了。他用新鲜番茄和马苏里拉芝士做了一大碗意面，吃饭时，我像个十足的怪胎一样目不转睛地看他。英俊、聪慧、迷人。但是，等你怀了他的孩子后他就不是了吗？他突然就变得很恶劣，于是你逃到世界的另一头，躲了他十六年？下午我有三次拿起日记本，每次都不得不放下。简直太闹心了。

"没事吧？"霍华德问。

"没事，我只是在……想事情。"自从我们约定不谈我妈的事以后，感觉轻松多了。其实他挺好相处的，有点像悠闲海滩男跟历史迷的结合。

我又叉了点意面，"这个真好吃。"

"哈，这可用不着什么厨艺。有这么好的食材，想搞砸还真不容易。

那个,你明天想干吗?我可以请一天假,咱们出去游玩的时间能充裕点。"

"好的。"

"晚上你跟阿伦去哪儿?"

"他只是说要进城。"

"丽娜?"阿伦把头探进厨房。

"说曹操,曹操到。"我说。

"抱歉,我晚了。"他看见霍华德,吓了一跳,"而且我应该敲门,先生。"

霍华德微微一笑,"嘿,阿伦,要吃点晚饭吗?我做了 pasta con pomodori e mozzarella(番茄马苏里拉芝士意面)。"

"Buonissimo.(美味。)不过谢谢了,我吃过了。我妈想学着做一顿肯德基晚餐,做了一大锅土豆,快烂成糊了。我还没缓过来呢。"

"哎哟喂。"

霍华德笑了,"我也干过这事。有时你就是想吃肯德基啊。"他拿起盘子进了厨房。

阿伦在我身边坐下,从我盘子里捞了根面条,"话说,晚上咱们去哪儿?"

"我怎么知道?你是本地人啊。"

"嗯,你应该没怎么进过城吧,有你特别想看的地方吗?"

"不是有个斜塔吗?"

"丽娜,那在比萨啊。"

"别急,我逗你玩的。不过我的确想看一样东西。跟我到楼上去一下。"我把餐盘拿到厨房,跟阿伦一起去了我房间。

"这真是你房间?"进去后,他问。

"嗯,怎么了?"

"你的行李还没拿出来啊？这里空荡荡的。"他打开梳妆台的一个空抽屉，又慢慢合上。

"我东西都在那儿。"我指着行李箱。东西都堆在箱子上，像是爆炸现场。

"你不是打算在这儿待一阵子吗？"

"就待一个暑假。"

"那还有两个月呢。"

"最好能短点。"我朝开着的门看了一眼。哎呀！我的声音回荡在整个公墓里，这是幻觉吗？

"他应该听不到。"

"但愿不会。"我穿过房间，跪着把日记本从床底拿出来，开始翻看起来，"我刚读到这个地方……Pont Ve-chee-o？"

"Ponte Vecchio 吗？"他难以置信地看我，"你开玩笑吧？"

"我知道我念错了。"

"嗯，对啦，你是念得一塌糊涂，可你还没去过那儿啊？你到佛罗伦萨有多久了？"

"星期二晚上来的。"

"也就是说，你星期三上午就应该去看 Ponte Vecchio 呀。穿衣服吧，我们这就出发。"

我低头看看穿的衣服，"我穿好了呀。"

"不好意思，我打比方而已，那就拿好包吧，我们马上就走。必须要看的。全世界我最爱的地方里，它排前十位。"

"还开着吗？都快九点了。"

他哭笑不得，"对啊，开着，快点吧。"

我抓起霍华德前一晚给我的钱，把妈妈的日记本塞进提包。阿伦已经在下楼梯了,可他在楼梯底下来了个急刹车,我直接撞到了他身上。

霍华德坐在沙发上,腿上端放着笔记本电脑,"你们这么着急去哪儿啊?"

"丽娜还没去过 Ponte Vecchio,我带她去。"阿伦清清嗓子,"请求您的同意,先生。"

"同意。这想法很不错。丽娜,你肯定会喜欢的。"

"谢谢。希望吧。"

我们朝门口走去,正当阿伦走到门廊上时,霍华德说:"我会留神注意你的,阿伦。"

阿伦没转身,但他像后脊梁触了电般地挺直身体。霍华德朝我挤了挤眼睛。

好了,这下阿伦再也没法放松了。

今晚很热,而且比起上次跟霍华德一起去的那晚,佛罗伦萨的人流似乎多了一倍。骑摩托车稍许快些,因为我们可以在停滞的车流中穿梭,但我们还是花了很久才到。可我并不在意。坐摩托车太爽了,凉爽的空气嗖嗖掠过,感觉像是熬过漫长炎热一天的奖赏。等阿伦停好摩托车时,月亮已经升起来了,滚圆厚重,像一颗熟透的番茄。而我像是游了一个长长的泳,很清凉。

"今晚怎么这么多人?"我问着,把头盔收到座位下面。

"夏天来了,大家都爱出来,而且游客都是成群结队来的。成群结队哪,我跟你说!"

我摇头,"阿伦,你有点怪。"

"别人也这么说。"

"我们到底要看什么?"

"一座桥。'Ponte Vecchio'的意思是旧桥,在阿诺河上。来吧,往这里。"他在街上往前挤,我尽力跟上他。不久我们就到了河边的宽阔步行道上。阿诺河幽暗而神秘地向两方延伸着,璀璨的灯光带将两岸点亮得像时尚 T 台,向两面伸展,消失在尽头。

我缓缓神,消受着此情此景。"阿伦……这太漂亮了。真不敢相信有人能住在这儿。"

"比如你?"

我瞟他一眼,他在微笑。切。"嗯,是啦,差不多吧。"

"再等会儿,你待会看到一个场景后,就再也不想离开这里了。"

行人一直把我们俩推开,于是阿伦跟我挽着手臂,沿着河边往前走。我们经过一个背对河坐着的长发男子,他在弹奏一把破吉他,用浓重的口音唱着约翰·列侬的《想象》。

"香香着所有德伦①。"阿伦哼着,"我爸有本书,是教意大利人学唱英语歌的。我觉得吧,这人挺需要这本书。"

"喂,起码他唱的感觉很对啊,声音很怀旧。"阿伦紧挽着我的手臂,交叠处开始发热,可还没等我回过神,他便抽开身,把双手搭在我肩上。

"准备好惊掉下巴了吗?"

"什么?"

"准备好看 Ponte Vecchio 了吗?"

"当然,我们来不就是为了这个吗?"

他转身指了指,"往这里。"

河边步道将我们引向了一座小小的人行桥。它是沥青铺成的,路边摊的毯子上堂而皇之地摆放着冒牌包包和墨镜,一些游客流连其中。太一般了吧。

---

① 歌词原意为"想象着所有的人"。

"就这个?"我问道,尽量不显得失望。大概日落时更酷吧。

阿伦笑坏了,"不,不是这座桥。相信我,你看到自然就明白了。"

我们朝桥中间走去,一个皮肤黝黑的男人走到他的地摊前面,挡住我们的去路。"小哥,想给女朋友买个 Prada 的漂亮包包吗?店里卖五百欧,这个十欧就卖给你。包你得到她的真爱。"

"不了谢谢。"阿伦说。

我轻轻推他,"别呀,阿伦。好像挺划算的,十欧就能买到真爱?"

他微微一笑,在桥中央停下,"你没看到吧?"

"看到啥——哇。"

我跑到栏杆边。在我们前面四百多米处,横跨在河上的,是一座巧夺天工的桥梁。三个石拱优美地挺立在水面上,桥上横跨了一排架空的彩色建筑,边缘悬在水面上。桥中央凿了三个迷你拱门,在夜幕中,整座桥被照得通体金色,倒影的光彩反过来又投射在桥身上。

彻底惊掉下巴了。

阿伦冲我粲然一笑。

"哇哦。没话说了。"

"就是说吧!快来。"他左顾右看了一下,然后做了个类似撑竿跳高的动作,跃过栏杆。

"阿伦!"

我探过去,一心以为会看到他用狗爬姿势往 Ponte Vecchio 游呢,可却跟他来了个面面相对。他正蹲在一个桌面大小的平台上,是从桥边下面一米半处突出来的。看样子,他很是扬扬自得。

"我以为会听到落水声呢。"

"呵呵,快下来吧,别给人看见就好。"我回头看了看,每个人都只顾着看假 Prada 包包,没人注意我。

我爬上去，跳落在他身边，"这样合法吗？"

"当然不合法，可这里风景最棒。"

"太赞了。"只低了一米多，桥上嘈杂的人声竟消失了，而且我敢说，Ponte Vecchio 更加璀璨、更加雍容了。它给人以一种庄严肃穆的感觉，像是去教堂。但我真想在这里待一辈子。

"有什么感想吗？"阿伦问。

"它让我回想起，有一次我跟妈妈自驾去加州一个罂粟花保护区。我们去对了时间，所有的花同时盛开了，很神奇。"

"就像这个？"

"嗯。"

他往后挪到我身边，我们头靠着墙，只是看着。**我终于找到了适合我的地方**。仿佛她就在河对面向我挥手。我的眼睛有些迷蒙，Ponte Vecchio 上的灯光幻化成巨大的金色光晕，我只好花了半分钟，假装阿诺河上的莫名灰尘进到了我的眼睛。

阿伦难得一次非常安静。想哭的冲动过去后，我看着他，"那它为啥叫'旧桥'呢？这里一切都很老旧啊。"

"它是二战中唯一仅存的桥，而且即使按意大利的标准，它的年代也特别特别久远，有中世纪那么久。那些像房子的建筑从前是肉铺。他们会直接打开窗户，把血和下水全都丢到河里。"

"不会吧。"我又看了那些窗户一眼。它们大都装着绿色百叶窗，夜晚都关着。"那么漂亮的房子，派那种用场可惜了。它们现在做什么用？"我问。

"高档珠宝店。还有，你看到桥的最顶上那些一格一格的窗子了吗？"

我点头，"嗯？"

"它们通向一个走廊，叫作瓦萨里长廊，是美第奇家族的专用通道，可以在佛罗伦萨通行,但不用真在城里走路。"

"埃琳娜的同类。"

"Esattamente.(正是如此。)那样他们就不用跟平民老百姓混在一起了。就是科西莫·美第奇赶走了所有肉铺老板。他希望这座桥更高贵一些。"他望着我,"话说,你看的是什么书?你藏到床下的那本。"

你信任他。我还没来得及琢磨,这话就涌上心头。才认识阿伦两天又如何?我确实信任他。

我从包里拿出日记本,"这是我妈妈的日记。她怀我的时候就住在佛罗伦萨,里面写的都是她在意大利的生活。她去世前把日记寄到了公墓。"

他瞄了一眼日记本,又回头看我,"不会吧,太沉重了。"

沉重。就是这话。我打开封面,再一次看着那些不祥的话语,"我到这儿第二天开始看的。我想搞清楚,霍华德和我妈妈之间发生了什么。"

"什么意思?"

我思索着。区区几句话能把一团乱麻的故事说清楚吗?"我妈妈在这里上学时遇见了霍华德,她从来都没把生了我的事告诉他。"

"真的啊?"

"她生病后讲了他很多事,还要我答应到这里来跟他住一阵子。但她其实从来都没告诉我,他们之间出了什么问题,所以我觉得,她把日记留给我,是想让我搞明白。"我转头,看见阿伦瞪着眼睛。

"这么说,昨天晚上你说跟霍华德不太熟,还真是太委婉了。"

"嗯。我正式认识他就……"我掰着手指数了数,"四天。"

"不会吧。"他难以置信地摇头,头发跟着飘起来,"我来捋捋清楚,你是美国人,住在佛罗伦萨——不,住在一个公墓里——跟一个你刚知道是你爸的人?你比我还奇怪呢。"

"喂！"

他用肩膀碰碰我的肩膀，"不，我不是那个意思。我只是说，我们都有点与众不同。"

"你为什么与众不同？"

"我有点像美国人，又有点像意大利人。我在意大利时觉得自己太美国，等到了美国，又觉得自己太意大利了。而且我比年级里其他人都大。"

"你多大？"

"十七岁。我很小的时候，我家在得州待过几年。搬回来后，我意大利语说得不太好。我在年级里本来就有点大，为了让我跟上进度，学校只好又让我留一年级。过了几年，我爸妈总算把我弄进了美国学校，可学校不允许我跳级到我应该上的年级。"

"你什么时候满十八岁？"

"三月份。"他望着我，"那你真的只待一个暑假吗？"

"嗯。霍华德和我外婆都希望我多待些时间，可这情况明显很尴尬啊，我都不了解他。"

"但也许你渐渐能了解他呢？撇开他用电锯恐吓我不说，我觉得他人还不错。"

我耸耸肩，"就是感觉太离奇了。要是妈妈没生病，我没准儿现在还完全不知道他。她一直只告诉我，她年纪轻轻就怀了孕，所以不想把我爸牵扯进来。"

"直到现在？"

"直到现在。"我应和着。

"你离开佛罗伦萨后住哪儿？"

"可能的话，跟我朋友艾迪住一起。我二年级后都住在她家，她会求她爸妈同意让我明年住在她家。"

他看着日记本,"那你在日记里看到什么了?"

"这个嘛,目前就知道他们的恋爱要保密。他在她的学校里当助教,学校大概不允许吧。她是认真要保守这个秘密的。比如,他们开始约会后,她就不写他的名字了,因为怕有人看她日记,发现他们的事。她就叫他'X'。"

他摇头,"不可告人啊。嗯,你要的答案大概就在日记里了。貌似地下恋情大都挺短命的。"

"也许吧。不过我刚到这里时,索尼娅告诉我,妈妈跟霍华德一起在公墓住过一段时间,所以也不全是地下恋情。而且她说,妈妈是有一天直接走人的,跟索尼娅都没有告别。"

"哇哦。肯定发生了什么事。大事。"

"比如……我妈怀孕了?"

"对哦,这事儿是挺大的。"他若有所思地咬着下嘴唇,"这下我倒是好奇了。有新情况随时告诉我,行不?"

"好的。"

"这么说她很喜欢 Ponte Vecchio 喽。她还写了什么地方?"

我从他手上拿过日记本,翻看着,"她有几次提到这么个夜店,'太空'。"

"太空电器吗?"他笑了,"不会吧。我两周前才去过那儿。埃琳娜很喜欢那里。她认识一个 DJ,所以我们去那儿一般都不要钱。还有哪里?"

"Duomo、波波里花园……霍华德还带她去过一个地下面包房。你知哪儿有这种店吗?"

"地下面包房?"

我把日记本递给他,"看这里。"

他快速浏览了那篇日记,"我从没听说过这个,但听起来很赞啊。太遗憾了,她没有记下地址——我超爱吃新鲜的 cornetta(蛋筒)啊。"

他的手机响起来,他从口袋里掏出手机,犹豫了一下,按了静音。电话铃紧接着又响起来,他又按了静音。

"是谁啊?"我问。

"没谁。"

没等他把电话塞回口袋,我就看到了屏幕上的名字:美美。

"哎,你想吃个 gelato 吗?"

我皱皱额头,"那是啥?"

他苦笑,"Gelato,意式冰淇淋。它将是你此生最美妙的食物。你到了以后都在干吗呀?"

"跟你一起玩呀。"

"可你只给我一个暑假的时间。"他晃晃脑袋,站起身,"来吧,丽娜,咱们有任务啦。"

第十二章

简直了……意式冰淇淋像是把普通蛋筒冰淇淋的味道乘以一百万倍,还洒了灵芝犀角的碎屑。我连着吃了四个冰淇淋球,阿伦赶忙拦住我,不然我大概停不下来。

我进门时,霍华德正在看一部老的 007 电影,光脚搁在茶几上,旁边放着巨无霸桶的爆米花。

"影片刚开始——想看吗?"

我朝屏幕瞄了一眼。老派 007 正往一栋楼房游去,他的伪装只是一个连着充气玩具鸭的头盔。我一般来说很爱看俗套的老电影,不过今晚有心事,"不了谢谢,我想补点觉。"但愿也能补点答案。

11 月 9 日

今晚是我有生以来最开心的一晚,我要感谢一座雕塑。

我和 X 站在 Piazza della Signoria(领主广场)上看詹波隆那①的一座

---

① 詹波隆那(1529–1608),是文艺复兴后期雕塑家,以风格主义的大理石雕刻和青铜雕刻闻名。

雕塑，名叫《强奸萨宾妇女》。我对雕塑的名字很困惑，因为它并不符合实际情况。雕塑中有三个人物：一个男人把一个女人举起来，另一个男人蹲在地上仰视她。这里显然有一种抑郁的气氛，但三个人物都很从容，甚至很和谐。

我跟 X 说，这个女人看样子只是被举了起来，并没有受到伤害啊。一如往常，他也知道这个故事。罗马开始有人定居时，男人们意识到自己的城市文明缺少一个至关重要的元素——女人。可上哪儿去找她们呢？离得最近的唯一一批女人在附近一个叫萨宾的部落里，而当罗马人前去请求跟萨宾女孩通婚时，遭到了矢口拒绝。于是罗马人使出他们拿手的诡计，先邀请萨宾人赴宴，然后当晚在中途把男人们制伏，把又踢又叫的女人们全部拖回了城里。萨宾人后来闯进了罗马城，但那会儿为时已晚了。女人们不想被解救走了，她们爱上了掳走自己的人，而且觉得在罗马生活其实很不错。雕塑名字让人困惑是由于英语翻译的错误。拉丁语单词"raptio"很像英语单词"rape"（强奸），可它其实是"kidnapping"（强掳）的意思，所以实际上雕塑的名字应该叫《强掳萨宾妇女》。

已经很晚了，我跟 X 说我得往家赶，可他突然跟我说他爱我。他说得云淡风轻，好像经常说一样。我过了会儿才反应过来，让他再说一遍。他爱我。带我走吧，姑娘我有人爱了。

11 月 10 日

睡了两个小时，早上就去上课了。X 迟到了，尽管他睡得可能比我还少，可不知怎么地，他看起来容光焕发。他不顾我们在学校装作朋友的约定，给了我一个大大的灿烂笑容，谁都能看得出。我真希望时间停止，永远活在此刻。

11月17日

有时候我感觉时间分成了两半：跟X相会的时间、等待跟X相会的时间。自从在Piazza della Signoria那晚以后，我们之间的关系有点起起伏伏。有些日子我们如胶似漆，可有些日子他又表现得像我们真的只是朋友。最近我感觉他保守秘密过于小心谨慎了。大家都知道有啥要紧的吗？他们应该会为我们高兴啊。

11月21日

我六月刚来意大利时，感觉半年就像是一辈子。现在感觉时间在指尖不停流逝，我只剩下一个月了！校长派楚肖内先生跟我说，他们非常愿意再接收我一个学期。我死也想多争取点时间学习、跟X在一起，可没钱怎么办得到呢？而且，这对爸妈会是彻底打击吗？每次跟他们说话，他们都会提起护理学院，听得出，我让他们很失望。

今天下课回家时，我收到一封爸妈的来信。他们随信附了两封大学的来信，通知我春季学期再不回去就取消入学资格。我就粗粗地看了一下，把信塞进柜子里。我真心希望这事尽快了结。

啊哦，麻烦初现端倪了。像是地震前会感觉到的微微颤动，叫什么来着？微震？在这几篇日记里我完全能感觉到微震。他说他爱她，可又不让她向朋友透露两人的关系？他为啥要这么坚持保密呢？她好像并不太担心。

我躺回床上，用胳膊遮住眼睛。年轻时的霍华德好像冰火两重天。他是拿保密当借口，不用真心负责吗？妈妈喜欢他比他喜欢妈妈，是不是要多得多？这实在太揪心了，可怜的妈妈。可这跟索尼娅的话怎么对得上？她告诉我，霍华德对妈妈可是很痴迷的。

我看了一眼床边柜上的照片。我忍不住会想在 Ponte Vecchio 得到的那种感觉。妈妈去世后,好些人跟我说她一直会在我身边,可我从来没真切地感受到过。直到今晚。

我翻身下床,从梳妆台上抓起霍华德的手机。

"Pronto?(喂?)"阿伦声音有点慌。

"抱歉,你睡了吗?"

"这下更睡不着了。看到霍华德的号码,我可吓坏了。"

我微微一笑,"我征用了他的手机。他说我可以先用着,以后再说。我有个问题问你啊。"

"你想问我能不能带你去'太空'?"

我眨眼,"呃……对啊。你怎么知道我会问什么?"

"就是预感呗。我早想在你前头了,回家就给埃琳娜发了信息。她说那位 DJ 朋友这周应该上班,所以我们进去不用买门票。明天想去吗?我可以问其他同学要不要去。"

太好了,"阿伦,太棒了。再次谢谢你带我去 Ponte Vecchio。"

"还要谢谢我给你介绍新的好朋友吧?你一口气吃的冰淇淋应该创了最新世界纪录。"

"明天我要努力再创新纪录。我吃的最后一种叫啥来着?有巧克力碎块的?"

"Stracciatella.(巧克力碎屑。)"

"我第一个女儿就取这个名字了。"

"她真走运。"

12 月 6 日

收到了护理学院的电邮,告知说学校已经正式取消了我的入学资格。

爸妈给我寄来那些信件后,我试着申请过延期,可老实说,我试得挺马虎的。现在我面前没有障碍了。当我把这消息告诉 X 时,他貌似有点吃惊。他大概不知道我是认真想留下来。

12 月 8 日

特大喜讯!学校提出让我再待一个学期,学费减半。派楚肖内说我是学校最有前途的学生之一!而且他和其他老师都觉得,再学一学期对我将来的职业生涯很有帮助。将来的职业生涯,好像是理所当然的!我急着想告诉 X。我差点在电话里告诉他,可还是决定当面跟他说。我们见面最快要到明天晚上,但愿我能忍那么久。

12 月 9 日

告诉 X 了。这消息应该出乎他的意料,因为他瞪着我看了一会儿。然后他把我抱起来,转起了圈。我太开心了。

12 月 27 日

X 回家过节去了,弗朗西斯卡邀请我去巴黎,住在她朋友家的空置公寓里,把我从几乎是最漫长、最凄惨的圣诞节假期拯救了出来。

巴黎是摄影师的梦想城市。我们不出门拍摄的时候,就一起待在公寓阳台上,裹着毛毯,吃着自称是买给家里人的大盒巧克力。平安夜那天我说服弗朗西斯卡去了埃菲尔铁塔底层的溜冰场,尽管她只是坐在场边,又抱怨天冷,我还是溜了一个多小时,感觉太美妙,有些头晕目眩。

只有一点不好,我太想 X 了。弗朗西斯卡提过他几次,我使尽全身解数才忍住没把我们俩的事跟她坦白。我们仿佛在过着双重生活——对外是朋友,私下是恋人。他不在的圣诞节好难过,而且我也很担心。要是我们都不能把恋情昭告天下，那么我们的关系怎么能发展呢？我还能熬过半年的地下恋情吗？

1月20日

新学期又热火朝天地开始了，如今，对多留一学期最初的兴奋过去后，我陷入了现实的困境，简直是在不停地盘算。每天晚上我都拿出笔记本，设想不同的情况。如果少上几节课，我能在意大利待多久？如果我只吃番茄酱意面呢？如果我的学生贷款得到批准了会怎样？（老天保佑）所有解决方案都不容乐观。我可以留下，但很勉强。

2月4日

学生贷款今天总算兑现了。一颗石头落地。撮了一顿，以示庆祝。天气很不错（寒冷但晴朗），食物好吃极了。连西蒙和阿莱西奥都表现得很好——他们只吵了一次（创纪录了），而且只是为了争最后一口番茄乳酪沙拉。费恩最终没回来上新学期。他原先犹豫不决，到最后一刻才决定接受缅因大学的一个教职。弗朗西斯卡在他经常坐的位子上放了一本《老人与海》，这样起码他的精神还与我们同在。朋友们依然不知道我和X的事，我又有了那种熟悉的别扭感，不过渐渐有些习惯了。他似乎并不介意，该怎么着就怎么着吧，感觉不是我能控制的。

3月15日

今晚发生了一件怪事。

这学期艾德丽安没怎么跟我们一起玩。晚上她大都不出门，而且最近似乎连上课都躲着我们，所以今天晚上我们几个人去她公寓堵她，把她拉出来吃饭。吃完后，大家都往我们的公寓走，可到了后面，她拖拖拉拉地没进门。后来我去找她，走出房门后看见她站在楼梯间里讲电话，哭得伤心极了。我本想偷走开，可地板发出了声响，她看了我一眼，那神情令我整个呆住了。她没说再见就走了。

3月20日

运气好得可怕，我和艾德丽安要结对做一个"佛罗伦萨外拍"作业。我说"可怕"是因为自从那晚起，我们之间很尴尬。

我对作业的想法是去阿诺河拍摄渔夫，可艾德丽安跟我说，她心里已经有了一个完美主题。她说话的口气不容商量，所以我只好背起相机跟着她上街了。我试探着问她有没有事，可她很明显不想谈那一晚的事，或者可以说，她什么都不想谈。最后我只好放弃对话，只是跟着她在城里转。

我们默默走了至少有十分钟，然后她转到一条小路上，走进一家旅游购物小商店。店里的一角有两个中年男人在打牌，见到艾德丽安后冲她点点头。她直接往店里面走，在收银台后面有一个挂珠帘的门，里面有个小房间，一个小厨房加双人床。一个穿着花睡衣的女人坐在一台黑白电视机前，她看到我们后举起手说："Asppetta.Cinque minuti."（翻译："等一下，五分钟。"看吧，我的意大利语还是有进步的。）

我正想搞清楚状况，艾德丽安拿出相机，拍起房间和女人来，后者好像没注意。最后，艾德丽安转向我，用简练的英语说："她叫安娜，是位女巫师。她儿子在前面开店，她白天读牌算命。没有其他人拍佛罗伦萨的巫师，这个主题很独特。"

我甘拜下风，确实很独特，而且这背景太有意思了：阴暗的内室、珠帘，安娜抽着烟，香烟袅袅升上屋顶。于是我也拿出相机，拍起照来。电视节目总算结束了，安娜起身关掉电视，拖沓地走向一个靠墙的桌子，示意我们坐下。我们紧挨着桌子坐下后,她拿起一摞纸牌,一张一张地排在她面前,用意大利语自言自语着。艾德丽安放下相机,出奇地安静。几分钟过后,安娜抬头看我们,带着浓重的口音说:"你们俩有一个会得到爱,你们俩都会得伤心病。"

我有些愕然,没想到真的要解牌算命。可我的反应跟艾德丽安比根本不算什么,她看样子很受打击。等她平静后,她开始用意大利语连珠炮地问问题,最后把安娜给惹恼了,打断了她的话。艾德丽安最后给了她点钱,我们就走了。回去的路上她没对我说一个字。

3月23日

我们大家去乌菲兹美术馆听了一个讲座。霍华德主动提出陪我散步回家,我不由跟他谈起艾德丽安和女巫师的事。他有几分钟没说话,然后加快脚步,说是要给我看样东西。我们往Duomo广场走,到了以后他领我走到大教堂左侧,让我抬头看。夕阳刚开始西沉,Duomo的影子覆盖了一半的广场。我不知道要看什么——只能看到那些精雕细琢的墙壁——但他只是一直叫我找某样东西。最终,他拿起我的手指,引导它指向教堂墙壁上一个突出的东西。"那儿。"他说。我看见了——就在那些精美的石雕和圣人石像之中,有一个牛头雕塑。它张着嘴,瞪着地面,像是在看着什么。

他告诉我,关于那个牛头有两个传说。第一个传说是,动物对于建造Duomo做出了很大贡献,添加牛头像是一种表达敬意的方式。

另一个传说则更有意大利风味。当Duomo在建造时,一位面包师在工地附近开了间店,夫妻俩把面包卖给石匠和建筑工人。面包师的老婆后来认识了一个领头的石匠,两人好上了。面包师发现他们偷情后,就拉他们去见官,两人被羞辱了一番并被判定永生不得相见。为了报复,石匠雕刻了牛头,把它装在 Duomo 上的一个地方,好让它一直瞪着面包店的面包师,让他一辈子都记得,他老婆爱的是另一个男人。

我特别喜欢他对佛罗伦萨这么了解,而且听了故事,我就完全放下艾德丽安的事了,不过我现在又不禁怀疑起他讲这个传说的动机。他是想要告诉我什么吗?

霍华德。她写他名字的地方几乎在发光。怎么不叫他 X 了?是笔误,还是恋情要公开了?另外,难道说艾德丽安跟霍华德讲故事的时机有些关联吗?

我站起来,走到窗边。外面仍然暖和得几近炎热,月亮像探照灯一样照亮了整个墓园。我把紫罗兰挪到一边,胳膊肘撑在窗沿上,探出窗口。很奇怪,不到一个星期的时间,我就已经不太怵那些墓碑了。它们有点像你在街上经过的路人——就在那里,但不真实,像是远处的嘈杂声。

树林边出现了一行车灯,我注视着那辆沿着弯曲的马路蜿蜒行驶的车。艾德丽安为什么要带妈妈去女巫师那里算爱情运?她有没有可能也对霍华德有意思?她在楼梯间讲电话的对方可能是他吗?

我叹了口气。这本日记到现在什么都没交代清楚,反而越来越让人摸不着头脑了。

第十三章

"在佛罗伦萨我想带你看的地方太多了,想不好先去哪儿呢。"

我瞟了他一眼。霍华德和我再次出发进城了,可我真不知道该怎么看待他。大概是因为,他把车窗都摇下来,把史密斯飞船乐队①的《甜蜜情感》(Sweet Emotion)开得巨响,还不时地在方向盘上打拍子,让人很难联想到神秘莫测的情场高手X。还有,他唱歌烂透了。

我靠着车门,稍微闭着眼睛。昨晚想霍华德跟妈妈的事想到很晚,后来天刚蒙蒙亮,一群分外活泼、活像意大利版童子军的男孩又在公墓里兴高采烈地走动。我大概就睡了几分钟吧。

"你不介意的话,我们还是先去 Duomo 吧?我们可以爬到顶上去,看看整个城市的风景。"

"好的。"我睁开眼。要是提起面包师、牛头像的故事会怎样?他会记得吗?

"我以为你可能会邀请阿伦一起来呢。"

"我不知道有这选项。"

---

① 史密斯飞船乐队:Aerosmith,二十世纪七十年代最受欢迎的硬摇滚乐队之一。

"我一直都是欢迎他的。"

"可他很怕你。"这挺可笑的。我飞快地瞥了他一眼。撇开霍华德的历史污点不谈,感觉他像是在向五十年代的好爸爸看齐。新刮干净的脸庞、干净的白色 T 恤、迷人的微笑。

打钩、打钩、再打钩。

他加速超过一辆半挂车,"昨晚我不该难为他。看得出他是个好孩子,能有个我放心的人陪你出去玩,很不错。"

"嗯。"我在位子上动了动,忽然想到我们昨晚的通话,"其实今天晚上他又要请我去个地方。"

"哪里?"

我迟疑了一下,"一个,呃,夜店。上次派对上的几个人会去。"

"你到这儿才不到一个星期,社交生活就挺丰富了嘛。看来,我得把咱们的出游计划都安排在白天了。"他笑道,"不得不说,我很高兴你认识了那个学校的学生。你来的前几天,我给校长打了电话,她说很乐意带我们转转。要不叫阿伦一起来吧,他肯定能回答你想问的问题。"

"无所谓。"我马上说。

"哦,那改日吧,不必马上就去的。"绕过一个环岛后,他在一排商店前停下了。

"这是哪儿?"我问。

"手机店。要给你搞一部。"

"真的吗?"

他微笑,"真的。我可想念跟别人通电话了。快来吧。"

手机店窗户上积着灰,我们进去后,一个活像是侏儒怪①嫡系后裔的小老头儿从书本上抬起头。"默瑟先生?"他问。

---

① 侏儒怪:《格林童话》里的人物。

"Si.（是的。）"

他灵敏地从高脚凳上跳下来，在桌子后面的架子上翻找起来，最后递给霍华德一个盒子，"Prego.（请。）"

"Grazie.（谢谢。）"霍华德给他一张信用卡，把盒子递给我，"我让他们都调试好了，能用了。"

"谢谢，霍华德。"我抽出手机，开心地打量着。这下可以把自己的号码给托马斯了。万一他要的话。他今晚一定要去"太空"啊。他一定要管我要号码啊。我父母的戏份够多的了，可我还是止不住想他。

霍华德把车停在去比萨店那晚的同一个区域。到了 Duomo 后，他开始唉声叹气，"排队比平常还严重。人家还以为前头在免费派送法拉利轿车呢。"

我定睛看着进 Duomo 的队伍，估计有上万名汗流浃背的游客在排队，有一半人感觉快要崩溃了。我歪着头仰视整个建筑，没看见牛头像的影子。我自己可能找不到。

他转向我，"我们先去吃个冰淇淋，等排队的人少点了再来，怎么样？有时候早上人更多些。"

"你知道卖 stracciatella 冰淇淋的地方吗？"

"地道的意式冰淇淋店都有 stracciatella。你什么时候吃到的？"

"昨晚跟阿伦一起。"

"难怪我感觉你有变化了。好吃到颠覆三观吧？这样吧，咱们去买个冰淇淋蛋筒。早上要先吃点好的，才有勇气去排队。"

"我觉着挺好。"

"我最喜欢的店要走点路，介意走会儿吗？"

"不介意。"

我们走到冰淇淋店大概花了十五分钟。店几乎跟霍华德的汽车一般大小。虽说刚到早餐时间，店里还是客满为患，都在美滋滋地大口享用着我目前心目中的天下第一美味，他们的样子都好享受。

"很火。"我跟霍华德说。

"这个店最棒了，真的。"

"Buon giorno.（你好。）"一位身材上窄下宽的女人在柜台后面向我们招手，于是我挤到前面。这里的选择很丰富。色彩缤纷的冰淇淋配着水果碎粒或是巧克力削片，在金属盘子里堆成小山，每一种看起来都能让人今天开心十倍。巧克力、水果、坚果仁、开心果……要怎么选啊？

霍华德走到我边上，"我给你点行不？要是你不喜欢我挑的，保证再给你买一个。"

这才万事大吉。"好的。大概也不存在难吃的意式冰淇淋吧？"

"对啊。泥土味的冰淇淋大概也不会差吧。"

"哈哈。"

他抬头跟营业员说："Un cono con bacio[①], per favor.（请来个香吻冰淇淋。）"

"Certo.（没问题。）"

她从柜台的架子上拿了一个蛋筒，在里面堆满貌似是巧克力的冰淇淋，递给霍华德，他又递给我。

"这不是泥土味的吧？"

"不是，尝尝看。"

我舔了一口。超浓郁、超绵密。像丝绸，只不过是用冰淇淋做的。"好吃。巧克力……果仁？"

"巧克力榛果，叫作 bacio，也是你妈妈最爱的口味。我们大概来了有上百次吧。"

我的心猝不及防地摔到了地上，胸口留下一个巨大的空洞。不可思

---

① bacio 是一种名为"吻"的巧克力。

议,我可以若无其事地照常生活,但突然之间——一声巨响——我好想她,想得手指盖都疼。

我低头看冰淇淋,眼睛在刺痛,"谢谢,霍华德。"

"不客气。"

霍华德自己也点了份冰淇淋,然后跟我一起走到外面街上。我深吸一口气。我没料到霍华德会突然谈到妈妈,可我正在佛罗伦萨的夏天吃 bacio 的冰淇淋。她肯定不希望我难过的。

霍华德若有所思地看着我,"我想带你去 Mercato Nuovo(新市场)看一样东西。你听说过 porcellino(小猪)喷泉吗?"

"没有。不会是我妈游过泳的地方吧?"

他笑起来,"不是,是另一个喷泉。她跟你讲过德国游客的事?"

"对。"

"我这辈子都没笑得那么厉害过。下次带你去那儿,但我不会让你游泳的。"

我们沿着街道走。Mercato Nuovo 更像是户外旅游集市——设了很多卖纪念品的摊位,比如印着搞怪文字的 T 恤:

我是意大利人,所以我无法保持冷静。

我不是在大吼大叫,我只是意大利人。

我最喜欢的是:

赌两个肉丸,我是意大利人。

我想停下来淘些滑稽玩意儿寄给艾迪,可霍华德略过了市场,把我领到一个地方。那里有一圈人围着一个猪的铜像,水从它嘴里喷出来。它的鼻子和獠牙都很长,鼻头金光锃亮,像是被磨光的。

"Porcellino 是猪的意思?"我问。

"对,这里是小猪喷泉。它实际上是原作的复制品,不过在十七世纪就出现了。传说，要是抚摸它的鼻子，你就一定会回到佛罗伦萨。想试试吗？"

"好的。"

我等一个带小男孩的妈妈走开，就上前用没拿冰淇淋的手好好摸了摸猪鼻子。然后，我就站在原地不动。那只猪正用圆溜溜的小眼睛俯视着我，露出狰狞的臼齿。不用问就知道，妈妈曾经就站在这里，腿上溅满恶心的喷泉水，满心希望永远待在佛罗伦萨。可你看接下来发生了什么？她都没能回来看看，而且再也不会了。

我转过身，看看霍华德。他注视着我，眼中流露出一种悲喜交加的神情，似乎刚跟我想到一起去了，于是突然之间，他现在吃冰淇淋也没那么香甜了。

我应该直接问他吗？ 不行。我想听听妈妈的说法。

Duomo 的排队情况并没有改善。事实上排队队伍甚至更长了，到处都有崩溃大哭的小朋友。而且，佛罗伦萨的热度在持续加码，从大家脸上流掉的，除了化妆品、防晒霜，还有凉快的奢望。

"我们应该待在家里的。"我们后面的小男孩哭闹着。

"Fa Caldo.（太热了。）"前面的女人说。

Caldo，我听懂了一个意大利单词。

霍华德看看我。去过小猪喷泉后，我们都很安静，不过，是悲伤的安静，而不是尴尬的安静。"保证值得一看。最多再排十分钟。"霍华德说。

我点点头，接着努力按捺心中汹涌的悲伤。霍华德跟妈妈为什么就不能有个幸福结局呢？这是她完全配得的。讲真的，他似乎也配得。

我们总算排到队伍前面了。Duomo 的石材有种产生凉风的神奇功效，我们走到里面后，恨不得躺在石头地板上开心大哭一场。可接下来，我看了一眼被众人磨光的石头台阶，突然又因为完全不同的原因想哭一场了。妈妈形容过自己爬了很多台阶，可她偏偏忘了说一个细节：台阶很窄。窄得好比老鼠洞。

我紧张地动了动。

"你还好吧？"霍华德问。**不好。**我点头。

队伍缓慢进入楼道里，可当我走到底下时，却迈不开脚了。就是不能动。它们就是不想爬楼梯。霍华德转身看我。他要猫着身子才能钻进楼道。"你没有幽闭恐惧症吧？"他问。

我摇摇头。我只是从来没想过要跟一群大汗淋漓的游客一起在石头管道里往前挤。

我后面的队伍开始堵塞，有人低声嘟哝了一句。妈妈说景色很美。我硬着头皮踏上台阶。这么窄的楼道难道没有火灾危险吗？要是地震了怎么办？另外，后面这位喷着鼻水的女士，能别离我这么近吗？

"丽娜，那个小猪的故事我还没讲全呢。"我抬头看，霍华德又退回到我上面那级台阶，用鼓励的眼神看着我。他要试着分散我的注意力。

干得漂亮，霍华德。干得漂亮。

"跟我讲讲故事吧。"我又往下看看台阶，凝神调整呼吸，总算又开始往上爬了。我身后响起一小阵喝彩。

"很久以前，有一对夫妻生不了孩子。他们试了很多年，丈夫怪妻子是扫帚星。有一天他们吵起来，女人站在窗边哭，而一群野猪正跑过房子。猪们刚生了猪崽，女人大声说，她多想像猪一样生个娃啊。有位仙子碰巧听到了，打算满足她的愿望。几天后，女人发现自己怀孕了，可等到她分娩时，她和丈夫都惊呆了，因为生出来的孩子像猪不像人。但是夫妻俩生了儿子太高兴了，不管怎样都疼爱他。"

"这故事不像真的。"后面有个女的说。我皱皱眉，还有四百级台阶啊？

14

第十四章

这些台阶爬得太值了,正如妈妈所描述的,佛罗伦萨的景色美不胜收:湛蓝的天空下一片红色屋顶的海洋,嫩绿色的山丘热烈地环抱着整个城市。我们顶着大太阳在上面坐了大概半小时,霍华德一一指出了佛罗伦萨的主要建筑,而我则在积蓄勇气,准备回头往下爬楼。不过实际上下楼简单多了。下来后,我们在一个小餐馆吃了午饭。离开佛罗伦萨时,我有了一个不安的发现。不管在日记本里读到了什么,我倒是有点喜欢霍华德了。这算是背叛吗?

九点刚过,阿伦的摩托车就停在了门口。"阿伦来了!"霍华德在楼下喊。

"能跟他说我还没准备好吗?另外,别吓唬他!"

"我尽量。"

我照照镜子。那会儿回到家后,我赶紧摸索着用了霍华德的老爷洗衣机,之后把衣服晾在门廊上。幸好外面还挺热,衣服一会儿就干了。

我不能再穿皱巴巴的 T 恤了。要是托马斯去,我得打扮得漂亮点。尽管我的头发挺倔强的。我又试了一次烫发熨斗,可我的卷发变本加厉地叛逆起来,对熨斗嗤之以鼻。它们至少快被拉直了吧。

他一定、一定、一定要去啊。我转了一圈。我穿着一件针织连衣短裙,是一年多以前妈妈在一个二手店给我买的。衣服挺漂亮,可我其实从没机会穿过,现在有了。

"今晚挺帅气嘛,阿伦。"楼下传来霍华德吓人的低吼声。

我哭笑不得。阿伦回答了,但除了几次"是,先生",我听不清他们的谈话。

几分钟后,有人敲我的卧室门。"丽娜?"

"等一下。"我刷好睫毛膏,再次照了一下镜子。很久没有这么花工夫打扮了。

你今晚最好给我出现,托马斯·希思。

我拉开门。阿伦的头发湿了,像是刚冲过澡,他穿着件橄榄绿的 T 恤,很衬他褐色的眼睛。

"嘿,丽娜。你准——"他停住了,"哇哦。"

"哇哦什么?"我脸红了。

"你的样子好……"

"好什么呀?"

"Bellissima(美丽)。你的裙子真不错。"

"谢谢。"

"你应该多穿裙子,你的腿真……"

我越发脸红,"行了,不要再谈我的腿了。还有,别盯着我看!"

"不好意思。"他最后看我一眼,然后像是轮到休息的企鹅一样,对着墙角生硬地转了四十五度。

"我觉得你卷发更好看。"

"是吗?"

"嗯。我觉得你昨天晚上的打扮不像你的风格。"

"哈。"我的脸火烧火燎的。

他清了清嗓子,"话说……日记看得怎么样了?他们一拍两散了吗?"

"嘘!"

"他刚走了,去旅客中心检查什么东西,听不见我们的。"

"哦,那好。"我把他拉进房间,关上门,"还没有。他们谈恋爱还是偷偷摸摸的,而且他好像有点忽冷忽热。不过我读到的大都是些好事儿,都挺肉麻的。"

"给我看看可以吗?"

"日记吗?"

"嗯。没准儿我能帮你搞清楚哪儿不对劲呢。而且,也许我还能发现能带你去的佛罗伦萨的一些地方呢。"

我大概就犹豫了半秒钟。很难拒绝这么好的提议,"好的。但你必须保证,保证不跟霍华德说。我想读完日记再跟他谈。"

"保证。其实'太空'到十点才开门,我现在就看怎么样?"

"好主意。"我从床边柜里掏出日记本,"基本上一半文字一半照片,所以应该挺快的。我标了读到的位置,所以那后面的别看。"我转过身,他又在盯着我的腿了,"阿伦!"

"对不起。"

我走过去,翻开封面,"看看她在封面内页上写什么了。"

他轻声吹口哨,"'我的选择错了'?"

"嗯。"

"感觉不妙啊。"

"她写这个,应该是给我一个提示。"

他翻着日记,"我应该花半小时就够了。我看书很快的。"

"很好。那啥……你碰巧知道谁跟我们一起去'太空'吗?"

"你是问托马斯会不会去吧?"

"呃,其他人。"

"不知道呢,我只知道埃琳娜群发了信息。"他抬头看我,"美美应该会来。"

"不错。"

我们沉默了一下,同时移开视线。

"那……我去门廊上等吧。"我抓起电脑,冲出房间。我好像也忍不住要盯着他看。

奇怪。

阿伦到门廊来找我。我祈祷意大利的网络仙子能对我关照点儿,能让我查查电邮,或者看看 YouTube 上的猫咪视频之类的,可我没这种好运气。我只好躺在秋千上,不停地蹬栏杆,一直晃动着。

"你妈妈让我想到你。"

我坐起来,"怎么会?"

"她很好玩,也很勇敢。她冒那么大风险从护理学院退学,这很酷啊。她拍的照片真不错。即使她那时刚起步,都看得出她将来会大有作为。"

"你看过那个意大利女人写真系列吗?"

"嗯,很酷。还有,你跟你妈妈长得一模一样。"

"谢谢。"

他坐到我身边,"现在九点半,准备好去'太空'了吗?"

"准备好了。"

"我跟霍华德说,我们出去时会按喇叭。我们之前聊得不错,关系应该大有改善。"

"我让他和气点。"

"所以他就一直冲我笑?我有点吓到了。"

丽娜乘摩托车的规定:

1. 千万别湿淋淋地坐摩托车。

2. 千万别穿着短裙坐摩托车。

3. 要注意信号指示灯。不然,每当骑车提速时,你都会撞在他身上,接着尴尬地挣脱开,然后你会担心他认为你是故意的。

4. 如果刚好没遵守第2条规定,一定要避免与男驾驶员们的眼神接触,不然每当你的裙子飞起来时,他们都会热烈地按喇叭。

阿伦转到一条单行道上,停在一栋两层楼房边,那周围绕了一长串队伍,"这儿就是了。"窗户里传来律动的音乐。

我的心沉到了拖鞋上,"这是真的夜店啊。"

"嗯。"

"必须要跳舞吗?"

"阿伦!"埃琳娜正卖力地跑向街对面的我们,可她穿着高跟鞋跑得很困难,场面有点失控。"彼得罗把我们列到名单里了。Ciao,丽娜!很高兴又见到你。"她跟我贴了脸颊,发出亲嘴声,"你的裙子很漂亮。"

"谢谢,也谢谢你带我们进去。我很想见识一下'太空'。"

"啊,是哦。阿伦说你爸妈来过这里?他们今晚不在这里吧?"

我笑了,"不,绝对不会。"

"今晚都有谁来?"阿伦问。

"大家都说要来，咱们等着看谁真的出现吧。别担心，洛伦佐，肯定会有人来的。Vieni（来吧），丽娜。"她挽着我的手臂，把我拉到街对面的排队队伍前面。拉着人到处走大概是她的爱好吧。

"Dove vai?（上哪儿去？）"我们插到前面时，后面排队的男人叫道。

她甩甩头发，"别理他。我们可是重要人物。Ciao，弗兰科！"

弗兰科穿着黑色 T 恤，身材比例失调，上半身肌肉发达，腿却好像很少练。他把出口隔离柱上的丝绒链条解开，放我们进去。

我们走进一条灯光昏暗的走廊，里面是些大型的挂衣架。这是衣帽间吗？

"继续走，"埃琳娜说，"主会场在这个方向。"

我一直走着，像瞎子似的把手臂伸在前面。这里真的很暗，还很吵。最后，我们出现在一个长方形的房间里，边上有个长长的吧台。同时在放两首歌——一首英语、一首意大利语——而在房间另一边，有人在合唱一首卡拉 OK。大家要么不说话，要么得大吼才能让对方听见。

"丽娜，你要喝的吗？"埃琳娜指着吧台问。

我摇摇头。

"我们在这儿等其他人吧。等进了内场，根本没法儿找到人。"

"这还不是夜店里吗？"我问。

她笑了，以为我在装天真，"不是，等着瞧吧。"

我环顾四周。霍华德第一次说出那句臭名昭著的"夏莉……"，就是在这个房间吗？我有点想看到他慵懒地靠在墙上，比其他人都高出两头。可这里一点儿都不像他来的地方。这里大概不允许他穿着夹脚拖鞋进来。

阿伦碰了碰我，"想跟我一起唱吗？我们可以选首意大利语的歌，我可以假装也不会说意大利话。应该很搞笑。要吗……"

他不说话了，因为美美和马可正向我们走来。美美穿着一件迷你裙，头发在脑后束成一条松松的长辫，样子可没美杜莎的头发那么凌乱。我瞟了阿伦一眼。他也喜欢她的腿吗？

好吧，他也喜欢。他要学会矜持着点儿。

"嗨，各位。"马可喊道，音量总是那么响，"丽娜！"他张开双臂向我扑来，但我闪开了，"我大概太急了。"

"你回回看到我，都要举我起来吗？"

"是的。"他转身举起埃琳娜，"你问埃琳娜。"

"马可，够了！放我下来，不然把你丢去喂野狗。"

"新的说法嘛。"马可冲我挤眼睛，"她变着法儿地恐吓我。"

为了让声音盖过音乐，美美大声喊道："阿伦，你怎么不给我回电话？我都不知道你来不来。"

我听不到他的回答，可她对他笑了笑，开始摆弄起他的衬衫纽扣。我本不该在意的，可心里却有些不是滋味。她喜欢他，可也没必要当众卿卿我我吧。

"丽娜？"

我慢慢转身。一定要是……"托马斯？"

他穿着宝蓝色T恤衫，上面印着"禁止"等字样，不知怎的，比我记忆中更帅了。我把美美玩纽扣的事完全抛到了脑后。

"埃琳娜说你会来。我想打电话问阿伦——"

"嘿，你个跟踪狂。"阿伦突然从侧面发起攻击，把他撞得东倒西歪。

"搞什么啊？阿伦！"他直起身子说。

"我有你十次未接来电。"

"接一次电话会死啊。"

阿伦耸耸肩,"对不住了,哥们儿。我忙着呢。"

美美默默走到阿伦边上,像看陌生人一样瞪着我。

"嗨,美美。"我说。

"嘿。"她斜着眼睛。

"我是丽娜,我们上次在埃琳娜家见过。"

"我记得。"

埃琳娜闯进我们这个气氛紧张又诡异的小圈子里,"Ragazzi(大家伙儿),别聊天了!我想跳舞。"

"你跳舞吗?"托马斯问我。

"不怎么跳。"

"我也是。我们逛逛玩玩就好,可以去阿诺河边溜达溜达。我知道一个很酷的地方——"

"不行!"阿伦抓住我的手,"托马斯,不要剥夺她这次体验的机会。她在'太空'要练练舞技。"

"我没什么舞技要练啊。"我抗议道。

"肯定有。"他压低嗓门,"还有,拜托啊,这里是故事开始的地方,对吧?"

我点点头,又看看托马斯,"我最好留下来。我可不想错过出丑的机会。"

"最不济,你使出《辣身舞》里的招数就好啦。没人带小孩来这儿吧?"

"我就说吧,你对那部电影太了解了。"

"Ragazzi!"埃琳娜叫着,"我认真的,快走吧!"

我们跟着她穿过一个窄门,托马斯把手放在我腰上,让我心里一阵小鹿乱撞。跟着,我们都挤上一个斜坡,走进一个大房间。刹那间,我眼前一片模糊——天旋地转的。然后追光灯打在我们身上，天哪！

我们在一个超大的房间里，高度起码有七米五，里面人山人海，个个都穿着名牌服装。整个舞池里设置了好几个平台，所以有些人站在高过人头一米五的地方，而且人人都在跳舞。我说的可不是美国舞会里风靡的购物车舞、洒水车舞那种舞步。他们才真的是在跳舞，简直跟在舞池里嘿咻没差别。

妈，看你把我带到什么地方来了？

"欢迎来到'太空'，"阿伦朝我耳朵里喊，"我看今天人是最多的，大概是旅游旺季的原因吧。"

"大家跟着我！"马可像跳水运动员似的双臂平举，在人潮中劈开一条路，我们都紧跟在后面。

"Ciao, bella.（你好，美女。）"一个男人在我耳旁偷偷说。我把头扭开。我挤过的人个个身上都汗淋淋的。这地方有点恶心。

我们最后到了舞池中央的一小块地方，大家都跳了起来，都不带犹豫的。其他人都不用热身就能踩准节拍吗？

我手心开始出汗。要给自己来点精神喊话了。丽娜，你是自信的女人，完全可以搞得定。要不试试用性感的舞姿跳《过关斩将》[①]？或者《一起做动作》[②]？不要傻站着了，你的样子太可笑了。而且，我犯了一个致命错误，看了看美美，这下糟糕了百万倍。她把手举在头顶，样子很潇洒，又酷又魅的那种欧洲范儿。我想找个洞钻进去。

"你行的。"阿伦叫着，向我竖了个大拇指。

我左右为难。好，动起来吧。要么学着埃琳娜跳跳？前后摇摆。扭扭屁股。别把自己搞得像十足的傻瓜。我瞟了托马斯一眼。他正别扭地跳着来回舞步，把我看得心都化了。他也太萌了吧？他也不会跳舞。也许，

---

① 《过关斩将》：美国电影，1987年出品，施瓦辛格主演。
② 《一起做动作》：Hokey Pokey，一种简单的儿歌舞蹈。

过会儿我可以答应他在城里走走。

然后,怪事发生了。音乐实在太响了,像是在骨头里、牙齿间撞击、震颤着,大家都很开心,于是我突然之间就跳开了。是真的跳舞,而且还挺爽的。哦,大概没阿伦那么爽,他正跟美美跳贴面舞呢,可我也不赖。DJ把话筒凑到嘴边,用意大利语喊了句什么话,大家都欢呼着,把酒杯举过头顶。

"他是我朋友!È mio amico!(他是我朋友!)"埃琳娜喊道。

"丽娜,你跳得很棒!"阿伦喊。美美正在做疯狂抖臀的动作,像是需要全神贯注,但她听到阿伦的话后抬起头,给了我一个五味杂陈的表情。

我能感觉出她不待见我。

托马斯用肩膀推推我,"你以前去过这种地方吗?"

"没有。"

"很奇怪,在美国要年满二十一岁才能进这种夜店。"我们靠得很近,我都能看见他头发里的小汗珠。连他的汗水都很诱人。我真心恬不知耻。

阿伦放开美美,走到我的另一边,"开心吗?"他上气不接下气。

"开心。"

"很好,我一会儿就回来。"美美抓起他的手,两人消失在人群中。

托马斯做了个鬼脸,"他对你挺呵护的啊?"

"是因为我爸。他老是吓唬他,所以阿伦害怕我出事让他背锅。"

"你不会出事——有我呢。"

这话有点老土,可我咧开嘴笑了,像傻妞。托马斯简直让我失去脸部肌肉的控制力了。

他仰着脖子,往人群里看,"他在那儿,好像在跟美美谈心呢。"

我踮起脚尖,乘机把手搭在他肩上。阿伦和美美靠着墙,她抱着双臂,看样子很恼火。不过那大概就是她正常的表情。

"所以他们是在一起吧?"

"嗯。阿伦喜欢她有两年了吧。看来有坚持就有回报,对吧?"

我点头,"对。"

"哎,我要去给我爸打电话,然后去点杯喝的。你要喝吗?"

"好的,谢了。"

他对我露出一个让人骨头酥麻的笑容,消失在了人群里。

"丽娜,跟我跳舞!"埃琳娜抓起我的双手,让我转了一圈,"你跟托马斯是怎么回事?是amore(爱)吗?"

我笑了,"我不知道,我这才第二次见他呢。"

"嗯,可他喜欢你,我能看得出。他从来都没对谁有过意思,可前一晚你走后,他问我能不能要到你的电话呢。"

"哦啦啦!"马可说,"新来的女孩跟托马斯。"

埃琳娜朝他翻白眼,"你说话像个小孩。"

"哦,是吗?小孩能做这个吗?"他折起胳膊肘,做起机器人的动作来。

"马可,basta(够了)!你学得很烂。"

"想看我学蠕虫吗?"

"不要!"

歌曲切换成一首节奏更快的了,我们三个很快就拉起手,如同小朋友似的蹦蹦跳跳着。难怪妈妈会喜欢这里,很好玩。只不过室温越来越高了,这里难道没有空调吗?

"托马斯去哪儿了?"埃琳娜问。她的刘海儿被汗水贴在了额头上。

"他去点喝的了。"

"他去了好一阵子了。"她给自己扇风,"太热了,我浑身都在出汗。"

突然间,我脚下一个打晃,差点跌倒。

埃琳娜拉住我的胳膊,"你怎么了?"

"就是头晕,太热了。"

"什么?"

"我太热了。"

"我也是!"马可喊道,"我火力全开!"

"我要坐一会儿。"

"丽娜,有沙发的,在那儿。"她指向阿伦和美美站过的地方,"要我陪你过去吗?"

"不用,没事。"

"我会告诉托马斯你的位置。"

"多谢。"我往房间边上走去。那些沙发感觉像是滋生传染病的温床,可我不管了。突然有种要昏过去的感觉。

第一个沙发被一个四仰八叉的瘦皮猴男人占据了一大半。他戴着金链子、一副硕大的墨镜,每隔几秒钟就抽动一下,好像有苍蝇停在身上似的。一个看样子年纪大些的男人坐在另一头抽烟,他看到我笑着用意大利语说了些什么。

"对不起,我听不懂。"我挤了过去。

我的脑袋里在随同音乐跳动。但愿有空位子,不然我就要跟这位冒牌嘻哈歌手挤在一处了。

那儿有个位子!我冲到一个空位子上,可才到那儿就停下了,因为有双手在碰我的屁股,而且不是无意的。我转过来,就是那个沙发上年纪大点的家伙。他的头发又长又油,其他就不说了,他还一身臭气,味道像是泡在伏特加里的死麝鼠。至少，我想象中人身上的臭味是像那样子的。

"Dove vai, bella?（去哪儿，美女？）"

"走开。"

他伸手用指头滑过我裸露的肩膀，我立马弹开，"别碰我。"

"Perche? Non ti piaccio?（怎么？不喜欢我？）"他有颗门牙是灰的，而且年纪比我原先想的大多了，比这里所有人都大十岁左右。

甭管沙发了。我转身想跑，可他扑过来，抓住我的胳膊，很用力。"你住手！"我要抽回手臂，可他抓得更紧了。"埃琳娜！马可！"我再也看不见他们了。阿伦在哪儿？

我再次用力挣脱，可这家伙擒牢我的腰，把我拉过去，直到我们的骨盆抵在一起。

"放开、我！"用头撞他？用膝盖顶他胯部？遭人袭击时该怎么做啊？他嬉皮笑脸地避开我每一个拼命的招数。

我该如何逃出魔爪？到处都是人，可完全没人注意。"救命！"

猛然，有人抓住我的双肩，把我往后拉，这家伙手一松，我乘机挣脱开身子。是美美，像一位愤怒的美女战士。

"Vai via, fai schifo!（滚开，你真差劲！）"美美冲男人大吼道，"Vai!（走开！）"

他举起双手，嘻嘻哈哈地走开。

"丽娜，你干吗不直接赶他走？"

"我试过，他就是不松手。"

"下次要再凶点。直接管这种人叫 stronzo（浑蛋），把他们推开。我一直这么干。"

"Stronzo？"我浑身打战，感觉像是被拖进了垃圾箱——还是很恶心的那种。

她叉起双臂,"你跟阿伦之间是怎么回事?"

我用力定定神,"对不起,什么?"我搓着自己的胳膊,试图抹去灰牙佬碰到我的感觉。

"你跟洛、伦、佐之间是怎么回事?"她慢慢说着,吐字夸张,以为我听不懂似的。

"我不懂你的意思。"他在哪儿啊?

她看了我一会儿说:"你知道我跟阿伦在一起吧?他陪你散心,只是因为你妈去世,他替你难过罢了。"

兴许是跟那个变态家伙做斗争时残余的肾上腺素作祟,我没多想就脱口而出,"他昨晚不接你电话,是这原因吗?"

她瞪大眼睛,气势汹汹地逼近我,"他在家里照顾妹妹。"

"不是,他跟我一起在 Ponte Vecchio。"*我的发音千万要准确啊。*

"你在这儿啊!"托马斯走到我们当中,双手各拿着一杯汽水。他朝美美看了一眼,蔫儿了,"哇哦,我错过什么了?"

"你闭嘴,托马斯。"她转身,气呼呼地走开了。

"刚才是怎么了?"托马斯问。

"我可不知道。"

"丽娜!"阿伦朝我挤过来,"你在这儿啊。想走吗?这里得有一千度吧。我估计空调坏了。"

我心里一阵轻松,猛然间滚滚热泪呼之欲出,还好我忍住了,"你去哪儿了?"

"找你呢。"他俯身向前,"你怎么啦?"

"我想走,马上。"

"我也要走了。"托马斯说,"我跟你们一起出去。"

感觉像花了一小时，我们才挤了出去。总算冲到人行道上后，我们都吸了一大口凉爽的空气，好像刚从海洋深处浮出来一样。

"解脱了！"托马斯说，"简直是慢性窒息啊。"

我靠在墙上，闭上眼。我绝不要再去那儿了。绝不!

阿伦碰碰我的胳膊，"丽娜，你没事吧？"

我半是摇头、半是点头。**没事？**我还记得死麝鼠泡酒的味道呢。

"话说，你觉得'太空'怎么样？像是恋爱发生的理想场所吗？"

"什么恋爱？"托马斯问，"我和丽娜吗？"他意味深长地看了我一眼，可我没太注意。

"他是说我爸妈。"我深吸一口气，"有个老家伙骚扰我，他抓住我就是不撒手。"

"什么意思？在'太空'里吗？"阿伦急忙转过去，好像要看穿墙壁一样，"什么时候？"

"就在你找到我之前。美美救了我。"

"刚才是出了这事啊，"托马斯问，"你没事吧？好恶心的家伙。"

"你受伤没？"阿伦问道。

"没，就是太可怕了。"

阿伦的样子很气愤，"你怎么不喊我呢？我能把他给废了。"

"我不知道你在哪儿。"

托马斯的电话响了，他低头看了一眼，叹口气。"我爸老打我电话。家里有亲戚来了，我答应他不会出来太久。"他抬头看我，"可要是拿不到你的号码，我就不走了。"

"噢，好的。"我演练过这一幕，可等要告诉他新号码时，我却不记得了，只好去查记在纸上的号码。

"太好了，我明天给你电话。"他紧紧拥抱了我一下，又拍了拍阿伦的肩膀,"回头见。"

"回见。"阿伦回头目送托马斯,我乘机擦了擦眼睛。我的睫毛膏糊了。

"他的T恤真无聊,你不觉得吗?"

"什么?"

"'禁止进入阿姆斯特丹'。重点是,阿姆斯特丹不会禁止任何人。"

"我也不知道。"

"里面出了这档子事,我很抱歉。我不该留下你一个人。"他仔细看我,"等会儿,你是在哭吗?"

"没有。"我脸上滚下一大颗泪珠,跟着又一颗。

"哎呀,不妙。"他双手扶住我的肩膀,看着我的眼睛,"真抱歉,咱们再也不去了。"

"对不起,我觉得自己很傻。那人实在太恶心了。"可这只是我哭的一半原因。我深吸一口气,"阿伦,你干吗把我妈去世的事儿告诉美美?"

他睁大眼睛,"我不知道,随口就说了。她问我你搬到这里来的原因,我就跟她说了。怎么了?她说什么了吗?"

"你知道,你不用可怜我的。我又不是一定要你看日记,骑车带我到处跑。我自己可以搞清楚的。我明白,你有自己的生活。"

"啊,说什么哪?我没有可怜你啊。我是说,你没了妈妈是挺让人难过的,可我跟你一起玩,是因为我喜欢呀。你……与众不同。"

"与众不同?"

"那什么,就像我们昨晚谈过的。我们很相似,知道吗?"

我用胳膊蹭蹭脸,好像这样能彻底解决睫毛膏的问题。"你确定?"

"嗯,我确定。怎么会提到这事?"

"美美——"我停下了。有必要吗?这姑娘只是在吃醋。而且每当阿伦看见她,就表现得跟中了彩票似的。

"美美怎么了?"

"算了。咱们能去 Piazza Signoria 吗?我想看看那个雕塑。"

第十五章

去广场的路上,我们一直没说话。已经过了十一点,整个城市感觉不太一样。有点空荡荡的,很像我泡完夜店尴尬大哭之后的感觉。阿伦把车停在路沿上,跟我一起下了车。

"就这里吗?"

"就这里,Piazza Signoria。"他看我的眼神,好像我是一盒易碎品。不过,我脸上鼻涕还没干,这么想也情有可原。

我走到广场上。边上是一座城堡级的巨型建筑,前面有一个喷泉,里面是一个男人的雕像,周围簇拥着一些小的人形雕像。广场上有一些游玩的人,但总的来说空荡荡的。

"那是什么建筑?"我问。

"Palazzo Vecchio。"

"旧的什么……旧宫吗?"

"Esattamente(完全正确),你越来越厉害了。"

"是啊,能认出'旧'这个词,我的意大利话太流利了。"我们相视一笑。我眼睛肿得像水泡，可起码不再哭哭啼啼了。唉，真走运，阿伦没把我丢在最近的出租车站。

"这里发生过什么事呢？"阿伦问道。

"就在这里，他第一次说了爱她。他们在看一个雕塑，名字里有个'强掳'。"

"噢对，《强掳萨宾妇女》，应该在那边室内的一片区域吧。"

我们穿过广场，路上经过一些雕像，然后走进一个拱门入口，里面基本上是一个雕像林立的大平台。

我一眼就看到了，"在那儿。"

《强掳萨宾妇女》是用白色大理石雕成的，放置在一个高高的底座上，三个人物交缠成一个高大的柱体。我慢慢围着它转。妈妈说得对，三个人本身并不开心，可他们相互关联，而且绝对是相互衬托的。另外，他们都是裸体，筋肉饱满突出。詹波隆那可不是闹着玩的。

阿伦指了指，"你看那个女人回头看另外一个男人的样子，她肯定不想走，而且地上那个人看起来特别紧张。"

"嗯。"我抱着胳膊仰视雕像，"只有我觉得霍华德在这里跟妈妈表白很奇怪吗？"

"也许那就是自然而然发生的，月亮让他心神荡漾之类的吧。"

"可他当时在研究艺术历史，而且刚跟她讲了雕塑的背景故事。要是这个雕塑对他意义不太大，就奇了怪了。"

阿伦迟疑了一下，"说到霍华德……我得坦白一件事。"

"什么？"

他深吸一口气，"那个地下面包房，我稍微问了他一下。"

我转过身，"阿伦！你跟他说了日记的事啊？"

"没有，当然没有。"他把头发从眼睛上拨开，避开我的注视，"在你打扮的那会儿，我编了个瞎话，说我妈刚搬来这里时发现了一间地下面包房，我问他知不知道哪儿有一间。我本来打算去过'太空'后带你去，给你一个惊喜的。"

他最后抬起头，用楚楚可怜的大眼睛看我，我叹了口气。这就像是在跟海豹宝宝置气。"他告诉你地址了吗？"我问。

"没有，怪就怪在这儿，他说从来没去过。"

我斜了他一眼，"什么？你跟他形容过那里吗？"

"嗯，我尽量含糊其辞，不让他想到我在暗示他跟你妈妈的约会，可他的样子像是完全没印象。"

"就是说，他不记得带她去过那儿？"

他摇摇头，"不是，不单是这样。他好像从来没听说过佛罗伦萨有地下面包房。"

"什么？这不像是会忘掉的事情啊。"

"就是说啊。"

"他是在撒谎吗？"

"有可能，可为什么呢？"他又摇摇头，"这两个小时，我一直在琢磨他忘记面包房的原因，到现在都没想明白。你别介意，你爸妈的故事真是一笔糊涂账啊。"

我靠在一个圆柱上，"砰"的一声滑坐到地上。"还用得着你说，你以为我干吗看那本日记呢？"

他在我旁边坐下，靠过来，跟我胳膊挨着胳膊，"不管怎样，我真的很抱歉。"

我嘘了口气，"没关系。而且你说得对，是有点奇怪，我一直这么想。"

"你可以从日记里找些其他事情问他，旁敲侧击。"

"比如《强掳萨宾妇女》吗?"我们抬头看雕塑。

"嗯,你问他时看看他的反应。"

"好主意。"我看着地面,这下轮到我犹豫了,"话说……我也做了件事情,挺抱歉的。"

"什么?"

"在'太空'的时候,我跟美美有点……吵起来了,我跟她说,我们在 Ponte Vecchio 时,你没接她的电话。"

他瞪大眼睛,"Cavolo.(天哪。)是不是就因为这个,她骂我 cretino(白痴)然后就走了?"

"嗯。话说,我不知道 cretino 是啥意思,可我很抱歉。托马斯跟我说你暗恋了她很久,希望我没添乱。"

"我回家后给她打电话,应该没事的。"感觉他像在说服自己。

我深吸气,"嘿,你知道的,要是你不能再跟我一起玩,我能理解的。这样貌似把你的事情搞复杂了。"

"不会,复杂得好。"他掏出手机,"快十一点半了,回公墓吗?"

"嗯,我要回去看日记了。"

"还有那位神秘人。"

回到家后,我看到了令人费解的一幕:神秘人正从烤箱里拿出一盘松饼。

"你在做烘焙啊?"

"对啊。"

"都快半夜了。"

"我可是很擅长深夜在厨房里搞事情哪。还有,你回来可能想吃个点心,我的蓝莓松饼可是一绝。不过,我说'一绝'意思是'能吃'。坐吧。"

这是命令。我拉出一把椅子,坐下了,"那么,你们晚上去哪儿了?"

我迟疑片刻,然后单刀直入,"'太空',是阿诺河边上的一个夜店。"

他呵呵一笑,"那地方还开着啊?"

哟,至少他还记得"太空","对啊。你去过吗?"

"很多次,你妈妈以前也常去。"

我探身,"那你们是……一起去的?"

"经常。我们晚上通常应该学习的。不知道它现在是什么样儿的,那会儿可是外国学生必去的地方。好多美国人。"他拿了几块松饼放在盘子上,然后端到桌上,拉开一把椅子。

"'太空'有点龌龊,我不太喜欢。"

"其实我一直也不喜欢,而且我跳舞也不怎么行。"这么说,我的舞技是拜他所赐。

我拿了一块松饼掰开,热气悠悠地飘到脸上。**此时不问更待何时**,"话说,霍华德,我想问你一个问题。你懂不少艺术史,对吗?"

"对。"他微笑,"这方面我确实知道得不少。你知道你妈妈跟我认识时,我在教艺术史吧?"

"知道。"我又低头看松饼,深吸一口气,"呃,去过'太空'后,我跟阿伦骑车兜风,在一个广场停留了会儿。Piazza Signoria?对了,那儿有个很有意思的雕塑,可我们不太懂它的来历。"

"嗯——"他站起身,从料理台上拿了一碟黄油,又坐下了,"那儿有很多雕塑。知道是谁创作的吗?"

"不知道。它在一个露天画廊里,类似室内的露台,可以直接走进去。"

"噢对,Loggia dei Lanzi(佣兵凉廊)。我想想看……那儿有美第奇家族的狮子,还有切利尼的作品……它是什么样子的?"

"它有两个男人和一个女人。"我屏住呼吸。

"女人被抓走了?"

我点头。

他微微一笑,"《强掳萨宾妇女》。那个雕塑确实挺有意思的,因为雕塑家——詹波隆那——本人并不把它当作一件真正的作品。他做这个是一种艺术示范,为了证明三个人物可以合成在一个雕塑里。他甚至懒得给它命名,可它后来倒成了他最有名的作品。"

好吧,有意思,但不是他跟妈妈讲的那个故事。我再做尝试,"你知道我妈妈看到过它吗?"

他扬起头,"我不知道。我不记得跟她聊过詹波隆那。怎么?她跟你说过吗?"

我不记得。他的脸平滑得像新鲜的巧克力酱。他肯定没有撒谎,可他真有可能忘掉了吗?他是遭遇了某种脑部创伤或是有了心理障碍,所以不记得跟妈妈谈恋爱的细节了吗?

我突然冒出一个新的想法。假如他没有忘记呢?假如他不是不肯承认呢?假如……呢?我跳起来,把手里的松饼都捏碎了,"我要上楼去了。"

没等他问原因,我就跑出房间。

上楼时,我脑子里闪过妈妈的话:**是的,X。我真不觉得有人会看我的日记,可我给他取了个代号,以防万一。**

我一进房间就锁上门,摸出日记本。我打开台灯,翻阅起来。

霍华德:完美的南部绅士(弗朗西斯卡叫他南部巨人),人帅心又善,还是英雄救美型的。

我喜欢在意大利恋爱。但说真话,我在哪儿都会爱上 X。

霍华德主动提出陪我散步回家，我不由得跟他谈起艾德丽安和女巫师的事。

"不会吧。"我喃喃自语。

霍华德不知道地下面包房或者詹波隆那雕塑的意义，以及妈妈说漏了嘴叫了他真名，这都是有原因的。

他不是 X。

"艾迪，快接，快接啊！"我轻声说。

"喂，我是艾迪！请留言，我会——"

"啊！"我把手机扔到床上，来回踱起步来。她去哪儿了？我走到窗边站住。妈妈曾经跟霍华德之外的某个人谈过恋爱。她不计后果地陷入了一场热恋，可最后怀了其他人的孩子。这就是她的错误选择吗？是她跟另一个人相爱，却怀了霍华德的孩子吗？她是因为这个才急着离开意大利的吗？

我重重跌进椅子里，又跳起来。阿伦能接电话！我扑到床上，从被子里摸出手机，拨了他的电话。

电话响了两声，他就接了，"丽娜？"

"嘿，听我说哦，我按你的建议做了。我问他那个雕塑的事了。"

"他说什么？"

"雕塑的历史背景，他全都了解。可我接着问他有没有跟妈妈一起看过，他却不记得了。"

"他这是怎么了？要么记性太差，要么——"

"要么他从没去过。"我急不可耐地插话。

"什么？"

"阿伦,想想看。也许,他不知道那个地下面包房,不记得在萨宾雕塑前表过白,**因为他并不是 X**。"

"噢。"

"对吗?"

"噢——嗯……对啊。行,跟我说说看。"

"据我猜测,事情应该是这样的:我妈妈来到意大利,交了几个朋友,包括霍华德。然后,几个月之后,她爱上了一位 X 先生。他们有点不愉快,也许经常吵架吧,或者因为学校有禁止谈恋爱的怪规定,他们的压力太大,所以分手了。后来,我妈妈为了疗情伤,跟这位南部好男人好上了,没准他一直都对她有好感呢。她尝试了一番,可对 X 念念不忘。接着,她有天发现自己怀孕了,就发慌了,因为孩子的爸爸是一个她不爱的人。"

"这完全说得通啊!"

"是吧,这就能解释我们这么多年不找他的原因。我是说,他是个好人,而且从妈妈讲的所有故事看,他们肯定是好朋友,可爱情是没办法假装的,双方都会伤得很深。"

"可怜又可怕的霍华德。"阿伦低声说。

"正因为这个,她才写'我的选择错了'。可能这是她最后悔的事:跟自己不爱的人生了个孩子。"

"可你就是那个孩子。你真觉得她会在日记前面这么写吗?"

"哦,可能不会。"我坐下了,"可阿伦,这太悲哀了!想想看,霍华德说起她的样子,看得出他很爱她的。而且,妈妈给我讲了他们在一起的那么多趣事,可这都不够——她爱的是其他人!"

"有点像那首老歌《爱情真臭》[①]。"

---

① 英文原歌名 *Love Stinks*,是美国摇滚乐队 J. Geils 在 1980 年同名专辑中的一首歌,是《泼辣新娘》《史密斯夫妇》等电影的配乐。

"从来没听说过。"

"你没听说过?这歌在几个电影里都有,说的是每当你爱上谁,结果对方都另有所爱,而且形成了恶性循环,到头来有情人都没有成眷属。"

"天啊,太心塞了。"

"就是说啊。"他停了一下,"你准备跟霍华德说你知情吗?X 的事情?"

"不会。我是说,没错,我们终究会谈一谈,不过要等我读完日记再说,我要证实自己的猜测。"

4月5日

今晚也挺戏剧化的。西蒙搞到 Piazza Santa Maria Novella(新圣母广场)附近一个新夜店的入场券,我们一伙人再加上另外几个学生在十一点左右会合。我在工作室里工作到很晚,所以就独自去了。到了那儿,我先看到了艾德丽安和霍华德两个人。他们在房子旁边,艾德丽安背对着墙,霍华德靠近她,低声说着什么,那情形很是亲昵。一时间,我对眼前所见没反应过来。我从来都没见他俩单独聊过。这算怎么回事?

我趁他们不注意进了夜店,找到了其他人,接着他们两个人分别单独进来了,装得没事人一样。后来,事情变得特别蹊跷。玩到一半,艾德丽安骂阿莱西奥是骗子——说他没有信守承诺陪她去看一个艺术展——可不知怎么的,这把霍华德惹恼了。他跟她说,她最没资格骂别人骗子,要是她还有一丝尊严,就该把事实说出来。艾德丽安回呛他说,不关他的事。然后,西蒙站出来,让他们俩都冷静冷静。

看来不止我一个人有秘密啊。

4月19日

X出远门整整一周了，不过明天就回来了。明天。我根本没心思想其他事。下课后，我跟弗朗西斯卡说，我必须买到战袍。你懂的，就是那种一生难求的衣服，穿上后包你人见人爱。（我的情况是，向他宣布特大喜讯时，我要穿得美美的。）

请弗朗西斯卡出马真是太正确啦，因为，只要是购物，她就耐心得跟圣人似的。我们逛了五个小时，但总算找到了。那是一件米色太阳裙，特别柔美，领口是心形的，裙摆刚好到膝盖上。弗朗西斯卡还说服我剪了头发。谁会知道，减掉多余几寸头发就能显出颧骨了呢？

还有，你问我特大喜讯是什么？这周早些时候，派楚肖内问我愿不愿意留到八月底，协助他为新学期做准备工作，我能拿到报酬，还能续签学生签证。这就是说，我会一直待到暑假结束！！

4月20日

想到要见X就特别兴奋，今天一大早就醒了，我手机里有一通留言。他打算延长参会时间，要星期一才回来。于是我想到一个绝妙的主意——去罗马给他一个惊喜！即使他整天都要参加研讨会，我们至少在同一个城市。白天我可以去玩。特快火车只要一个半小时，那么要是我能赶上今天下午四点的火车，就能在他的酒店里等他公事结束回来了。我恨不得马上看到他的表情！

4月21日

这是我第三次想要坐下来，把在罗马发生的事写下来。不敢相信我会这么写：一切都结束了。

我在网上一直没查到X开会的地点，所以到了以后打他手机，说我在火车站，有好消息宣布。就在那时，火车站的喇叭里开始播放通知，等周围安静下来后，我感觉有些不对劲。他让我在原地等着。

半小时后，他冲进火车站，真的很不对劲。我让他在火车站找个咖啡馆坐坐，然后，接下来二十分钟，我就听他说话。最重要的一点：他觉得自己的工作停滞不前，需要一些新的创意空间，所以决定离开学校，在罗马另寻出路。哦，还有我们结束了。

结束了。

我就坐在那儿，他的话在我周围旋转。我的大脑似乎无法消化。然后我才恍然大悟，这是到头了，他要跟我分手。

突然间，我再也听不到他的辩解了，只有那些残酷的事实。我整整九个月都在跟朋友们扯谎，我跟父母的关系搞得很僵，我为了离他近点儿，彻底改变了自己的生活，可我们的关系对他而言，跟对我而言，从来都不一样。我曾有一闪念想说服他不要分手——跟他说我已经有办法在佛罗伦萨待得更久了——可即便在拒不接受事实的短暂一刻，我都明白那是徒劳的。当一个人要跟你断情缘时，你是没办法留住他的。

我站起来时，X 还在说。我用若无其事的语气跟他说了再见，好像自己并没有碎成渣。接着我去了柜台，买了下一班回程火车票。我在罗马都没待满一个小时，都没机会穿上那件裙子。

4 月 22 日

早上醒来，以为自己做了个噩梦，可就跟前几天一样，现实坐等着我完全清醒，以便再次把我击垮。我是哭到睡着的，眼睛肿得不行，只得敷了条冷毛巾，等样子过得去了才去上课。一整个周末，我都抱着一丝丝希望，X 今早会出现在课堂上，可他自然是没来。真的都结束了吗？从来都没这么痛过。从来没有。

4月25日

原来弗朗西斯卡一直都知道。昨天晚饭后,她搂住我说,X不值得我这样,他从来就不配。我太意外了。大家都知道吗?

5月2日

今天上午,派楚肖内宣布 X 已经辞职。我如释重负——不是因为他正式离开了,是因为有人说了他的名字。我没有跟别人分享过这段恋情,所以现在也不能让他们分担我的心痛。我觉得好孤单。跟弗朗西斯卡谈心没有用。每次我提到他,她都会说他坏话,到头来我更伤心。佛罗伦萨是最适合恋爱的地方,这意味着,它也是最不适合失恋的地方。有些时候,我只想回家。还要留到暑假结束吗?

"妈妈。"我喃喃地说。她的悲伤,如同永远干不了的油漆一样涂抹在日记里。她的心在罗马的火车站碎成了渣,却从来都没跟我提起过,这可能吗?我到底了解这个女人吗?

我又浏览了最后几篇日记。毫无疑问,X 是个大浑蛋。我特别讨厌他跟妈妈说他需要"新的创意空间"。这算哪门子的借口啊?而且太糟糕了,她竟然没料到两人会结束。连局外人都看得很明显,这段恋情毫无进展。看这最后几篇日记,就像是看着慢镜头的火车事故。

另外,还有霍华德。我把手指停在写他和艾德丽安的那篇日记上。他私下里肯定也有事发生。他和艾德丽安是在约会,然后在妈妈和 X 之前分手了?我爸妈都是先对别人有好感,后来彼此就只好了一阵子吗?那是他们不能长久的原因吗?还有,那个 X 到底有什么了不起的啊?

我还想接着看,可眼皮子老不听使唤,最后只好放弃,把日记本塞进床边柜里,关了灯。

第十六章

"求你件事儿。"早上醒来后，我想到一个绝妙的主意。尽管我挨到合理的时间才去，可还是几乎把阿伦拖下床的。这会儿，我们坐在他家门廊上，他依然睡眼惺忪。

"不能等会儿再说吗？"他穿着黑色运动裤和一件褪色的T恤衫，跟往常一样，必须不停地把发丝从脸上撩开。可能只是早晨阳光的原因，他的样子萌萌的。刚起床的人蓬头垢面的才对，不该这么萌。

他发现我在呆看，"怎么了？"

我赶忙转移视线，"没什么，就想最后求你件事儿。"

"哎，我对霍华德和夏莉的神秘故事是挺感兴趣，可是能让我先睡会儿吗？"

"不行！阿伦，你怎么这么困啊？"

"我跟美美讲电话讲到三点。"

突然之间，阳光变得很刺眼。"我昨晚说的话，她很生气？"

"嗯，不太愉快。"他叹气，"先不说这个了，你想求我啥事儿？"

"能载我去 FAAF 吗？"

"你妈上学的地方？"

"是的。我早上给学校打过电话了，他们几年前搬了地方。我想过去看看能不能打听到弗朗西斯卡的消息。"

"弗朗西斯卡，那位时尚警察？"

"要追查 X，找她应该最靠谱。原来她一直都知道他。"

"哇，慢点儿，咱们要追查 X？为啥呀？"

"因为我妈这段历史我不了解，而且我想知道 X 到底有啥好的，妈妈对他念念不忘，还要去伤霍华德的心。"

"慢点，那还只是个猜测吧？如果她不是为这离开意大利的呢？"

我苦笑，"阿伦，行了，你就不想知道神秘的 X 是谁吗？他跟妈妈分手真狠心，把她彻底给伤了。我就想知道有啥大不了的原因。这么办，我应该能想得更明白点儿。"

"嗯——"他打了个哈欠，把头垂在我肩上。

"那你能帮我吗？"

"当然可以，你想什么时候去？"

"越快越好。"他的皮肤暖呼呼的，有股男孩子酣睡时小狗般的体香。

"你身上真好闻。"他回应了我的心思。

"才怪。我早上跑了十千米，都还没冲澡。"

"那还是很好闻。"

看来，心里的那头小鹿活蹦乱跳着呢，绝对一直都在。我急忙挪开。不要、去想、阿伦。

我使劲跑回公墓。要操心的事太多了，没空暗恋知心好友，把事情搞复杂。更何况，他在跟那位瑞典女模特交往呢，还是一位特容易使性子的主儿。另外，别忘了，我刚把电话号码给了一个宇宙无敌大帅哥。

等我跑到家，心差点儿没蹦出胸口。霍华德捧着杯咖啡，坐在秋千上，看样子真像个好男人。《爱情真臭》的恶性循环弄得他孤零零地待在公墓里，陪伴他的只有难吃的松饼和怀旧金曲，真是比窦娥还冤。我都想去买点气球哄哄他了。

"早上好，丽娜。"

"早。"

他奇怪地看着我，大概因为我看他的眼神像是在看受伤的小鸭子吧。

"我刚才去阿伦家了。"我主动说。

"你们今天有安排？"

"嗯，他马上就来接我。"

"去干吗？"

"呃，应该就去吃个午餐之类的。"要邀请他吗？哦对了，我们并不是真要去吃午饭。

"不错。对了，我刚在想，要是你们俩愿意，咱们晚上可以去看个电影。附近一个镇子上有家露天电影院放映原声电影，这周放的是我最喜欢的一部。"

"好像很不错呀！"我有点难为情。我就差挥舞荧光棒，吹起小喇叭了。*别激动，他又不是最近才被伤的心。*

他冲我挤挤眼，"你喜欢，我就高兴。我也叫上索尼娅。"

"没问题。"

我急忙进屋，回头偷看他一眼，一阵酸楚涌上心头，眼泪差点夺眶而出。他爱过妈妈，让妈妈也爱他的要求算过分吗？

"你说的是'Piazzale Michelangelo（米开朗琪罗广场）'吧？"

"对,他们说把车停在那儿,然后向南走。"

"OK,就在前面了。"

他这次开得很快,我特地留意往后坐了几厘米,不去碰他的腿,起码没那么频繁吧。

"到了 FAAF 有人见我们吧?"他问。

"对,我没有说明来意,不过对方说招生处有人的。"

他跟在一串旅游大巴后面,有一辆车特别大,几乎可以兼做观光船了。米开朗琪罗广场的游客简直人山人海,看样子都拼了命想要玩回票价。

"这儿人怎么这么多?"

"全城最佳观景点。前面的车一让开,你就看到了。"汽车慢了下来,阿伦快速绕过它。突然间豁然开朗,整个佛罗伦萨一览无余,包括 Ponte Vecchio、Palazzo Vecchio(旧宫)和 Duomo。我暗地里骄傲了一番,才来五天,我已经能认出一半地方了。

阿伦驶离道路,停到一个大小跟我的行李箱有得一拼的车位上。我们挤了出来。

"怎么走?"他问。

我把路线图递给他,"学校那个女的说很容易找。"

这话太不靠谱了。接下来,我们鬼打墙似的来回兜了半小时。主要原因是,给我们指路的人指了完全相反的方向。

"跟意大利人打交道的头一条教训,"阿伦气呼呼地说,"他们太喜欢指路了,对不认识的地方还特别起劲。"

我发现阿伦有个不成文的规定,就是"我是不是意大利人要看心情"。

"而且他们手势很多,"我插嘴,"我以为前面一个人是在指挥飞机呢,或者指挥乐队。"

"你知道让意大利人住嘴的方法吧?"

"怎么弄?"

"把他们的胳膊捆起来。"

"就这里!"我停下脚步,阿伦撞到我身上。这个房子,我们至少路过了五趟,可我头一回看到门头上极小的金字铭牌——FAAF。

"他们以为人家会用望远镜看他家牌子吗?"

"别使性子。"

"不好意思。"

我按了呼叫器,响亮的铃声过后,一个女人说话了。

"Pronto?(喂?)"

阿伦凑过去,"Buon giorno, abbiamo un appuntamento.(你好,我们约好的。)"

门锁开了,"Prego, terzo piano.(请进,三楼。)"

阿伦看我,"三楼,看谁先跑到。"

我们不约而同地挤开对方,噔噔噔跑上楼,冲进一个开阔明亮的接待区。一位身着淡紫色紧身裙的女人被吓了一跳,从桌子后面站起来,"Buon giorno.(你好。)"

"Buon giorno."我回答。

她扫了一眼我的运动鞋,换成了英语,"你是不是打过电话来要见招生老师?"

"打败你了。"阿伦小声说。

"才没有呢。"我喘过气来,往前一步,"嗨,是的,我打过电话。不过,我其实是想向你们打听一位以前的学生。"

"对不起,什么?"

"我妈妈在十七年前是这里的学生,我想查她的一位同学。"

她扬扬眉毛,"这个,私人信息肯定是不能透露的。"

"我只需要知道她的姓氏。"

"我说了,真帮不了你。"

天哪。

"那派楚肖内先生呢?他能帮我们吗?"阿伦问。

"派楚肖内先生?"她两臂交叉,"你们认识他?"

我点头,"我妈上学时,他是校长。"

她盯着我们看了一会儿,然后转身,飘出房间。

"哇,她可真是太阳般地温暖呢。"阿伦说,"她会回来吗?"

"希望吧。"

过了会儿,那位女士回到房间里,后面跟着一位精神矍铄的老人,一头刚硬的白发。他穿得很有腔调,着西装打领带。看到我的时候,他晃了一下神,"Non è possible!(不可能!)"

我瞟了阿伦一眼,"啊,嗨,您是派楚肖内先生吗?"

他眨眨眼,"我是,你是……"

"丽娜。我妈妈在这里上过学,还有——"

"你是夏莉的女儿。"

"……是的。"

"我还以为出现幻觉了呢。"他走过来,伸出手,"太意外了。维奥莱塔,你知道这位姑娘的妈妈是谁吗?"

"谁啊?"看样子她是真的不感兴趣。

"夏莉·爱默生。"

她张大嘴巴,"哦!"

"丽娜,跟我来。"他看了阿伦一眼,"你的朋友也一起吧。"

我和阿伦跟着派楚肖内沿着走廊走到一间小办公室里,里面杂七杂八地堆着照片。他坐下，示意我们也坐。我把椅子上的一盒底片拿开才坐下。

"丽娜，得知你妈妈的消息我很难过，太可惜了。不单因为她的艺术贡献，还因为她为人很好。"

我点头，"谢谢。"

"这位是？"他指指阿伦。

"他是我朋友洛伦佐。"

"很高兴见到你，洛伦佐。"

"彼此彼此。"

派楚肖俯身向前，手肘撑在桌上，"你能来佛罗伦萨太好了。你还到 FAAF 来，真让人高兴。维奥莱塔说你在打听你妈妈同学的消息？"

我深呼吸，"是的。那个，我想多了解妈妈上学时候的事情，所以想联系她的一位老朋友。"

"当然没问题。哪一位呢？"

"她叫弗朗西斯卡，她学的是时——"

"弗朗西斯卡·贝尔纳迪。她也很出名了，去年春天在意大利版《时尚》杂志出了一个跨版。"他用两根指头敲着脑袋，"我从来都不会忘记人名。我让维奥莱塔查查校友档案，马上就回来。"他站起来，急忙走出办公室，让门开了几厘米。

"这人多大岁数了？"阿伦喃喃道，"你妈不是说他都两百岁了吗？这还是那会子的事儿呢。"

"嗯，她是说过。照这么算的话，他现在两百一十七岁？"

"起码的。而且他精神超好啊。他应该少喝点浓缩咖啡。"

"我要问他 X 的事吗？他们没让学校知道，但我可以问问，我妈第二个学期当中有没有人辞职。"

"嗯，问吧。"

我往墙上扫视了一下，瞥见一张照片：一位老妇人直直地看向镜头。我起身凑过去，"这是我妈拍的。"

"真的？你怎么知道？"

"就是直觉。"

派楚肖内轻快地走进房间，"啊，看来你看到你妈妈的摄影作品了。"

"我一般能认出她的作品。"另外，它还让我心痛。

"嗯，确实很特别。她拍人物肖像很有天赋。"他递给我一张纸，跟我一起坐下，"我写了弗朗西斯卡的全名，抄了她公司的电话。她肯定很乐意跟你聊聊。"

"谢谢，这太有用了。"

"乐意之至。"他笑眯眯地看着我。

我原本打算打听到消息就走人，可突然又不想走了，"我妈妈是什么样的？她在这里的时候。"

派楚肖内微微一笑，"整个一个人体版感叹号啊，从来没见过她那样有干劲的人。我们学校选人很挑剔，但即便如此，偶尔也会溜进来个把动摇分子——我们用这词儿形容一些兴趣不大但天赋不错、可以接受的学生。你妈妈可不一样，她才华横溢——简直浸透在才华里了——可这只是问题的一方面。才华和热情缺一不可。我认为，单凭一腔热情，她就能有一番成就了。"他笑道，"同学们都喜欢她。我记得她是个大红人。有一次她还跟我开了个玩笑。她用 Ponte Vecchio 的一个局部拍了一张极抽象的照片当作业交上来。当时我看到的 Ponte Vecchio 的照片已经够我消受一辈子的了，我警告过全班同学，要是有人胆敢再用旧桥作为创作灵感，我就当场判不及格。可她就这么干了，而且我当然很喜欢那张照片，后来她才跟我坦白交代……"他一边摇头，一边笑呵呵。

我心里涌起一阵温暖的感伤。我很喜欢真正了解妈妈的人谈她，仿佛瞬间握住了她的手。

阿伦瞪我。X，他用口型说。

"喔，"我深吸一口气，"派楚肖内先生？我还有一个问题。"

"Prego.（请问。）"

"我妈说起过，她上第二个学期的中途，有一位男职员或是老师辞职了。您知道是谁吗？"

屋里的欢乐气氛嗖地一下蒸发了。派楚肖内忽然露出厌恶的表情，好像有人刚端给他一盘狗屎。

"我不清楚。"

阿伦和我交换了一个眼神，"真的吗？"

"确定。"

我换了个坐姿，"OK，嗯，他大概没待多久，好像后来在罗马找了个新工作，然后——"

他站起来，抬手打断我，"对不起，我们这儿的人员流动很频繁，我不记得了。"他对我们点点头，"见到你真开心。下次你要是再进城的话，过来打个招呼吧。"他的声音仍然很和气，可也很决绝。百分百地决绝。

他不想谈 X。

"谢谢您的帮助。"过了会儿，我站起来说。

我和阿伦经过维奥莱塔的办公桌时，她急忙站起来，笑容跟阿诺河一样灿烂，"见到你太荣幸了，能帮上忙我很高兴。祝你今天过得愉快。"

"……谢谢。"

一等玻璃门关上，阿伦就撇着眉毛，"刚才这是闹哪样啊？"

17

第十七章

"我们说的那个人,派楚肖内绝对知道。你看到他的表情了吗?"

阿伦点头,"嗯,错不了。而且他刚刚还说自己不会忘掉人名呢。他就是不愿意告诉咱们。"

"但愿咱们在弗朗西斯卡那儿运气好点儿。"我拨了她的号码,把手机拿到耳朵边,"通了。"

"Pronto?(喂?)"是个男人。

"呃,弗朗西斯卡·贝尔纳迪?"

他用语速很快的意大利话回答。"呃,弗朗西斯卡?"我又说了一遍。

他喷了几声,拨号音随即又响起来,一个女人接了电话。"Pronto?"她的声音低而沙哑。

"嗨,弗朗西斯卡吗?"

"Si?(嗯?)"

"我叫卡罗丽娜。你不认识我,但认识我妈妈——夏莉·爱默生?"

沉默。我冲阿伦做了个鬼脸。"什么?"他低声说。

"卡罗丽娜，"她不紧不慢地说，"好意外。是啊，我认识你妈妈，她以前跟我是闺蜜。"

我的心跳加快了，"我就想多了解一点她在佛罗伦萨的……学习。她跟你是室友，对吗？"

"是的，而且是史上最邋遢的室友！我差点没给活埋在她的破烂堆里头呢。"

"嗯……她这毛病没改过。她在佛罗伦萨的事，你能回答我几个问题吗？"

"当然可以，可为什么问我呢？夏莉跟我有很多年没联系了。"

"这个……"我迟疑了会儿。我一直都不懂得告诉别人这个消息。如同打开了一个水闸，他们的反应你无法估计，"她去世已经半年多了。"

弗朗西斯卡惊呼一声，"Non ci posso credere.（难以置信。）出什么事儿了？"

"胰腺癌，很突然。"

"啊，可怜的人儿。Era troppo giovane, veramente.（她还很年轻啊。）我很乐意谈谈你妈妈。她毕业后就消失不见了，我们都联系不到她。"

"你……"我故作滑稽，"这问题有点怪：你记得她跟谁谈过恋爱吗？"

"啊，夏莉·爱默生的爱情故事，简直能写言情小说了。没错，你妈妈在谈恋爱，而且半个 Firenze（佛罗伦萨）应该都爱上她了。我一直知道最适合她的对象——我们都知道——但是半路杀出个马泰奥来捣乱，把事情搞得一团糟。"

"马泰奥？"我粗声说。我都没有追问，她就主动把名字报出来了。

阿伦猛地抬起头。

"是啊，我们的教授。"

"教授。"我轻声告诉阿伦。嗯,这就能解释保密的事了。

"……他把夏莉耍得晕头转向,我气坏了,他伤害了我们的朋友……"她放低声音,"感觉我在讲些老掉牙的秘密。"

"马泰奥姓什么?"

她停了停,"我觉得是罗西。没错,应该是的。可我真不愿意提他,跟这人交往就是浪费时间,尤其是你妈妈。"她叹气,"我们都想把她救出火坑。他很讨人喜欢,非常英俊,但特别强势。他幻想发现人才,然后把成果据为己有。他被解聘的事就闹得很不堪。"

"解聘?"所谓"创意空间"的说法就此破灭。

"是的,不过那都是陈年旧事了。"她提高音量,"你知道谁很适合跟你聊聊吗?霍华德·默瑟。他也是我们的同学,而且就在佛罗伦萨郊外一个公墓工作。他跟你妈妈关系很近。你想要他的电话吗?"

"不用了,没关系。"我马上说,"那么,马泰奥·罗西,你知道他现在在哪儿吗?"

"完全不知道,不知道才好呢。你多大了,丽娜?我也有个女儿。"

"我十六岁。"

"十六?按夏莉的年纪,很难有你这么大的女儿啊。我想一想,也就是说你出生在……"她止住话头,"Aspetta(等会儿),十六岁吗?"

"呃,是的。"

她的声音尖起来,"丽娜,你打电话来是因为——"

"我得挂了,"我急忙说,"跟你聊得很开心。"我赶紧按了挂机。

阿伦刚才靠着我,耳朵离话筒很近。他往后退了退,"怎么回事?"

"她快猜到我爸是谁了。他们应该还有联系,我可不想这事传到霍华德耳朵里。"

"她说 X 叫什么名字?"

我得意地笑了,"马泰奥·罗西教授,我们要找到他。"

我跟阿伦冲到最近一个貌似挺像样的网吧。我本以为会看到一些时髦的卡布奇诺咖啡,至少得要有一柜子大块的糖霜松饼,可网吧里只有几台老古董的台式电脑,还有一群气呼呼排队等着删除垃圾邮件的人。真是失望透顶。

阿伦换了个站姿,"你真的不想回去用我的电脑?"

"不用,我想马上找到马泰奥。"我的手机响了一声,我从提包里掏出来。

明晚想陪我参加一个派对吗?是为了去年毕业的一个女生。乐队、吧台、烟火……

——托马斯

我本以为自己会心潮澎湃,可却一点儿反应都没有。实际上,空气突然凝滞了一会儿。我偷瞄了阿伦一眼。**丽娜,醒醒吧。**今天看他怎么那么顺眼?难道只是因为,在我认识的人当中,就他心甘情愿地跟我一起瞎忙活,追查我妈妈的前男友吗?

"谁啊?"阿伦问。

"没有谁。"

"话说,丽娜……"他的嘴角露出萌萌的焦虑神情。不,不萌。"派楚肖内显然不想谈马泰奥,弗朗西斯卡也讨厌他。你觉得追查他合适吗?假如他是渣男呢?"他问。

"他绝对就是渣男啊。不过没错,我想见他。他在妈妈的人生中扮演了重要角色,妈妈肯定希望我去了解他——要不然干吗把日记给我?我就觉得,找到他对搞清真相关系很大。"

他点点头,看样子依然不太确定,"OK,可是'马泰奥·罗西'这个名字很普通,就像美国的史蒂夫·史密斯一样。"

"肯定能找到他,"我信心十足地说,"你想,我们今天够走运的了,我们先是找到了学校——"

"真是个奇迹。"

"……其次,我们进去后,你就想到要提派楚肖内。要是你没提的话,维奥莱塔就把我们轰出去了。"房间那一头,一个女人从电脑前站起来。"哎,你看!好像有空位了。"

我奔到电脑前,阿伦也紧紧跟上,我们一同挤到椅子里。

"要我用意大利语搜索网站吗?"他问。

"好,我们目前只知道他去了罗马,所以他没准儿还在那儿。"

"我该搜什么呢?"

我从提包里掏出日记本,翻看起来,"佛罗伦萨美术学院马泰奥·罗西?罗马摄影师马泰奥·罗西?把已知的信息统统列出来好了。"

他把信息都输了进去,然后向下滚动屏幕,每隔几秒钟就停下看看。我也想看,可我认识的五个意大利词组都没出现。

"没有。没有。没有……有点儿像?这个怎么样?"

"什么?"

他点开一个搜索结果,"像是一个广告,英语写的。"

将摄影爱好跟旅游乐趣合二为一

跟随著名摄影师、画廊主马泰奥·罗西一起畅游罗马,从此颠覆你对世界的认知。罗西老师全年提供摄影实践课程,让你的爱好提升一个台阶。

"阿伦,找到了!准是他。"

"看看他的网站。"他点了广告底下的链接,网站页面打开得极慢,简直折磨人。

"天哪,这要等到猴年马月啊。"我唉声叹气的,像是在看慢镜头的冰河时代。

"Pazienza(耐心点)。"阿伦说。

网站页面总算下载完了。单纯的底色,顶端是一个巨大的金色横幅,写着"镜头里的意大利"。

我从阿伦手里抢过鼠标,滚动屏幕,阅读网站上的大量文字。每一段都用了英语和意大利语,基本上就是些吹牛皮的话,说是只要付费上马泰奥的课,就能快乐无比,走上人生巅峰。这人实在太招人烦了。

阿伦指着底下一个链接,"个人简介页面,试试看。"我点了,然后等啊等,又等了一整个冰河时代。最终,一个马泰奥的黑白头像出现了,我凑近去看。

此刻,我屏住了呼吸。

第十八章

突然之间,我像穿上了姨奶奶每年圣诞节寄来的羊毛衫,感到燥热、瘙痒、窒息。

我用颤抖的手把图片放大些。橄榄色皮肤、黑眼睛,剪得极短的头发还抹了发胶,不然就得一直整理它。

我早该猜到了。

"我的天哪,天哪天哪天哪天哪。我要吐了。"我想站起身,可感觉天旋地转。阿伦抓住我,把我按回椅子里。

"丽娜,没事的,不会有事的。"他的声音像来自水底下,"可能只是巧合呢。话说,你跟你妈妈长得也很像啊,大家都这么说。"

"阿伦,妈妈从来没说过他是我爸。"

"什么?"

我转过身,"妈妈从来没说过霍华德是我爸。一直以来,她说起他的时候,感觉他俩只是好朋友。"

他瞪大眼睛,"Davvero(真的吗)?那你怎么会以为他是的呢?"

"因为外婆。她说霍华德是我爸,还说我妈一直没跟我说的原因是妈妈希望我不要生他的气,先给他一个机会。"我把手放在心口——用力捶胸,"很明显,我长得一点都不像霍华德。还有,阿伦你看啊。"

我们又都看屏幕。

"一定有什么原因。也许……"他不吭声了。

根本没有"也许"。

"还有,我一到这儿,就有人说我长得像意大利人。我们在山上见到时你也这么说。我的天哪。我是意大利人!"

"半个意大利人。更何况,丽娜,别着急,是意大利人又不是世界末——"

"阿伦,你觉得他知道吗?你觉得霍华德知道吗?"

他犹豫了一下,又看看照片,"我不知道。他必须知道的吧?"

"那他为啥到处跟人介绍我是他女儿?哎呀不对,"我俯下身,"我们去埃琳娜家那天晚上,他在家请客,我无意中听见有人问,我'是不是那位摄影师的女儿',他回答是的。他没说我也是他女儿。"

"可他跟我说他是你爸爸呀。我们第一次谈话的时候。而且索尼娅也说他是吧?"

"那他们要么都没说真话,要么就是信以为真了。"我把头埋在手里,"阿伦,要是只有我妈知道呢?要是这就是她寄来日记的用意呢?这样即使别人不知道,我也能知道了?"

阿伦有些为难,"她会这么做吗?这有点太……"

我忍?没心没肺?两者必居其一吧。

我摇摇头,"我也搞不清了。自从我开始看这本日记起,就一直在想,我到底是不是真的了解她。"我又看屏幕,"昨天晚上我还在想,她和霍华德应该很快就在一起了,因为我的生日是一月份的。可是大概不用着急了,她跟他同居前肯定就已经怀孕了。"

"那现在怎么办?"

我深吸一口气,"必须打电话给马泰奥,我必须见他。"

"丽娜,这不太好吧。要不还是先跟霍华德谈谈?要么至少先看完日记再说。"

"阿伦,求你了!妈妈应该就是希望我这么做。而且我不能这样面对霍华德,我做不到。那底下是马泰奥的电话号码吗?"我抓起手机,试着拨号,可手抖得太厉害了。

"我来打吧。"他从我手里接过手机,"我就打他画廊的电话吧?"

"好的,问问是不是开门,还有地址。我们怎么去啊?可以骑摩托车去罗马吗?"

"不行,要乘火车,全天都有发车的。"他靠近前来,把手机按在耳朵上。电话通了。

去火车站的路上,阿伦骑得飞快,而我像个受惊的猴子似的攀着他。我们在网上查过火车时刻表,找到一趟二十六分发出的特快列车。我们在二十四分赶到了。

"赶上了,赶上了。"我喘着粗气。

阿伦瘫在一个空位子上,"我……从来没……跑……这么快过。"

我用手按住肋骨,侧肋疼得厉害,"有没有……可能……刚才就有……火车开走了?"

他好一会儿才顺过气来,"火车全天都有,可这是最快的一班。我们一定要快。因为,要是我爸妈知道我带你去罗马见一个陌生男人,他们会宰了我。另外,霍华德会把我丢进油锅里。"

"马泰奥不是陌生人,而且霍华德……"我唉声叹气,"太惨了。他已经被我妈伤透了心,现在他又要知道女儿也不是他的了。"

就在这时，车里的喇叭发出震耳欲聋的声响，我们都用手捂住耳朵，一个男人用意大利语播报了一长篇通告。通告总算结束后，随着一声尖厉的响声，火车开始慢慢驶离车站。**该来的，真的要来了。**

"你带着日记本，是吧？"阿伦问。

"是的。"我从包里掏出日记本，"我准备一路上都看。多久到那儿？"

"九十分钟。快点儿看吧。"他把脚搁在对面的椅子上，头靠在椅背上，闭上眼睛。

"阿伦？"

他张开眼睛，"嗯？"

"我保证，我平常很无聊的。"

"我表示怀疑。"

5月9日

学期接近尾声了。西蒙和阿莱西奥提前结束了学业。他们在那波利一个博物馆找到了可以共事的职位，两人不用分开，我们都松了口气。不然他们找谁吵架去呢？艾德丽安也提前结束了，可她没有道别就走了。

现在我们这伙人只剩下三个了，我跟弗朗西斯卡、霍华德老是在一块儿，我们开玩笑说，霍华德干脆搬进来跟我们住得了，还省钱。课都上完了，不过理论上还有几个星期才交期末作业，而且我已经开始协助派楚肖内做事了。

感觉一个时代要终结了。过去一年有我最美好的时光，也有我最痛苦的时光。自从那天火车站分开后，X就杳无音信了。如今，那天的刺痛已经变得迟钝，而我总是问自己：为什么我们的恋爱对我重于泰山，而对他却轻如鸿毛？

5月12日

最近几星期,我和霍华德租了一辆车,拉上弗朗西斯卡一起在托斯卡纳山间小镇转悠。我们的分工很明确:霍华德负责开车和放音乐,我负责朗读旅游书上的内容,而弗朗西斯卡负责坐在后面发牢骚。我们玩得好开心,我很高兴有他们帮我分分心。有时,我都能稍许不想X了。

5月13日

弗朗西斯卡刚刚得到一个职位邀约,是给罗马一位著名的时尚摄影师当助理。要是她接受了(她肯定会接受)这份工作,一个月不到就得开始上班了。霍华德也在面试工作。他说要竭尽全力留在意大利。艺术历史专业的博士当门卫,有人要吗?对于佛罗伦萨的热爱,我俩一直惺惺相惜。其他朋友没事老抱怨佛罗伦萨游客多、物价高,而我俩只会欣赏那些彩色玻璃窗,尝遍各种怪味冰淇淋。

我不承认也不行:即便我仍然全心全意地热爱佛罗伦萨,但这里也成了我的伤心之地。无论到哪里都能看到我跟X约会过的地点,仿佛都能听到我们对话的回响。我会久久地猜想我们分手如此突然的原因。是学校发现了吗?是他遇到其他人了吗?可想了也是白想。我可以一直胡思乱想下去。

5月14日

离我毕业只剩一周左右了。派楚肖内推荐了几个肖像摄影的艺术院校,说要是我把作品集完善一下,就能随心选择想做的项目了。尽量让自己干劲足一点。我既盼望进入新的人生阶段,又希望永远待在这个城市。

5月15日

我为了弄作品集放了霍华德的鸽子,他一定恨死我了,因为他在工作室外面杀了我个出其不意,说要带我去参观佛罗伦萨美国公墓及纪念碑。过去几个月他在那里做义工(他感兴趣的知识可多了,包括二战历史),最近那里希望他申请驻地管理员的职位。现在的管理员这个月初中风了,他们正着急找人顶替他。可以想象,对这份工作霍华德再合适不过了——或者对霍华德,这地方也再合适不过了。他说希望不太大,表现得无所谓的样子,可我看得出他特想得到这份工作。

5月18日

我是怎么了?有些日子感觉过得挺好,可有些天又特别伤感、情绪化,像是又回到了罗马那个火车站。我晚上大多会工作到很晚,可即便不晚,我也睡不着。闭上眼就想到X。我知道,到现在我心里应该放下他了,可我多希望跟他再说一次话啊。我一时脆弱,拨了他的手机号码,可被挂掉了。我知道这样是为大家好,可还是十分失落。

5月20日

霍华德得到那份工作了!我和弗朗西斯卡带他去他最爱的比萨店庆祝了一番。回到公寓楼,弗朗西斯卡急着上楼,把我跟霍华德留在外面。我正想说晚安,他先是支支吾吾,然后出人意料地邀请我暑假剩下的时间住在他公墓的住处。他说得很轻松:你把研究生申请弄完,住我那儿的空房间,在佛罗伦萨多待些时间。这提议太妙了!没等他说完我就答应了。

5月22日

今天是我在FAAF做学生的最后一天。我打算周末休假,然后周一开始给派楚肖内当助理。下午,我和弗朗西斯卡都在公寓里整理打包。从没想到我会这么说:我会想念纸板床垫,想念吵闹的面包店顾客。在这里,我发生了太多美好的事情了!

弗朗西斯卡一小时前走了。她的见习期两周后开始,要先回去看看父母。我帮她把九大包东西搬到街上,就跟她抱了抱。她嘴上说不会哭,可当她抽身时,眼线有点脏了。希望她乖乖兑现承诺,尽快来看我和霍华德。

5月24日

好啦,尘埃落定,我现在是佛罗伦萨美国公墓与纪念碑的一名住户啦。学年结束的压力准是把我折腾得够呛,因为昨天我累得不行,几乎睡了一整天。前一任管理员走时,房子里配备齐全,所以霍华德可以直接开工。我对空卧室很满意,霍华德也不介意我在墙上贴满照片。

5月26日

公墓太赞了,即便空余时间应该准备研究生申请,我还是偷空在墓地里转悠。失踪者之墙特别有意思。那些鲜活的、呼吸着的生命怎么就突然消失了呢?今天早上,我正在拍这个墙的时候遇到了助理管理员索尼娅,我们聊得很久、很尽兴。她这人很不错,跟霍华德一样聪明,也真心热爱这份工作。

5月30日

这一周太美妙了。做完当天的工作后,我和霍华德做饭、看老电影、出门散很久的步,感觉很美妙。有的时候索尼娅也会加入,我们坐着玩牌,或者看电影,或者纯聊天。不知道怎么说才恰当:很多年来,我感觉自己一直在寻寻觅觅——就是觉得有些缺憾。可在这里跟霍华德一起后，那种感觉消失了。不知道是不是佛罗伦萨这个城市的关系，还是因为公墓很宁静，或者因为我有充足的时间搞摄影，我感到前所未有的轻松。这个地方有种抚慰人心的力量。

5月31日

今天上午，我给派楚肖内看了几张在公墓拍的照片。在西北角有一处地点看整个园区视野很棒，我在一天的不同时间里都拍了照片。看着光线和色彩随着一天的时间推移而变化，感觉很奇妙。

想来很有道理，住在公墓里常让我想到死亡。这里有着一种现实生活中不存在的秩序，奇怪的是这让人很安心。也许这就是死亡的魅力吧。一切都不再杂乱无章，一切都被盖棺定论了。

盖棺定论。

"不。"我脱口而出。她这话太不对了。你没有把自己的秘密告诉别人就撒手而去，怎么能算是盖棺定论？

"怎么了？"阿伦问，"有新进展吗？"

"她跟霍华德一起住到了公墓，可他们只是朋友。她那时候肯定已经怀孕了。"我摇摇头，"肯定是马泰奥的。"

"我能看看吗？"

我把日记本递给他，往后靠着，盯着窗外飞驰的景色。我们经过绿色的乡间、绵延的山丘，像是在一幅明信片中行驶。太美了，太诗情画意了，我想大喊。

为什么她会用这种方式告诉我？

第十九章

火车到站时我已经急不可耐,全身游走的能量都能给一个小岛供电了。不过其他乘客并不在乎,他们优哉游哉地收好杂志和笔记本电脑,我站在过道里出不去,急得直晃悠。

阿伦用肩膀碰碰我,"确定要这么做吗?"

"必须的。"

他点头,"一下火车我们就直奔路边,抢在人流之前叫到出租车,十分钟左右就能到那儿了。"

十分钟。

下车的队伍总算松动了,我和阿伦急忙下了火车。火车站有着高高的天花板,比佛罗伦萨的火车站还拥挤。

"往哪边?"我问。

他转了一圈,"应该往……那边,对。"

"还想跑着去吗?"

"跑吧。"

他拉着我一起往出口奔去,像玩游戏时躲陷阱似的躲开行人。**十分钟。十分钟**,我的生活即将改变。**再一次**。那些平淡枯燥的日子都怎么着了?

　　几辆出租车候在街上的站点,我跟阿伦跳进第一辆空车。司机留着大胡子,香水味很重。

　　阿伦把地址报给他。

　　"Dieci minuti."司机回答。

　　"十分钟。"阿伦翻译。

　　呼吸。呼吸。呼吸。他还攥着我的手。

　　过来人的经验教训,除非别无选择——比如被一群疯猴子追赶或是在国外城市追查神秘的生父——千万、千万别在罗马乘出租车,千万别坐。

　　"阿伦,这人是要弄死我们啊。"我嘀咕着,"为什么?因为我们又差点迎头撞上对面的车?因为他老是要跟其他司机吵架?"

　　"Dove hai imparato a guidare?(哪儿学的开车呀?)"我们的司机冲着另一个司机吼道。他从车窗探出头,做了一个我从没见过、但绝对明白的手势。

　　"感觉我眼前在播这辈子的电影呢。"我说。

　　"怎么样?"

　　"刺激。"

　　"我也是。不过必须承认,五天前你在山上向我跑过来时,感觉更刺激些。"

　　"我并没有跑向你,其实是想躲开你。"

　　"真的吗?为什么?"

　　"我怕尴尬,结果真的很尴尬呀。"

他咧嘴笑，"现在看看我们，在生命的最后一刻守在一起。"

司机突然转向路边，来了一个急停。我和阿伦撞上了前面的位子。

"哎哟！"我揉揉脸，"我的鼻子还在吗？"

"扁了。"阿伦说。他蜷缩在地板上，像被揉成团的纸。

"Siamo arrivati.（我们到了。）"司机欢乐地说。他往后视镜里瞄了我们一眼，又指着计价器，"Diciassette euro.（十七欧元。）"

我从包里挖出些钱，递到前面，然后跟阿伦爬到人行道上。我们刚关上车门，车就一声尖叫开回路上，大概有四辆车因此踩了刹车，引起了一阵响亮的喇叭交响乐。

"应该禁止这人开车啊。"

"很正常。在我碰见的出租车司机里，他的车技其实算比较好的了。看，那就是画廊。"我转过身。我们站在一栋灰色的石头建筑前面，门上刻着金字：

ROSSI GALLERIA E SCUOLA DI FOTOGRAFIA
罗西画廊及摄影学校

罗西。丽娜·罗西。我应该是这名字吗？坏了，它有个滚舌音[①]，我都不会念。

"走吧。"趁自己还没有紧张过度，我大步走向门口，按下通话门铃。

"Prego.（请进。）"扬声器里传来一个男人的声音。**马泰奥？**

我看看阿伦，"准备好没？"

"不管了！你准备好没？"

---

① 罗西的原文为 Rossi，R 在意大利语里读滚舌音。

"没有。"

我不容自己细想就推开门，走进一个圆形大堂。房间里铺了锃亮的瓷砖，装了一组灯饰，里面冒出来大概十盏像是水母触须的各色吊灯。一个穿着白衬衫、打着领带的金发男子坐在一张弧形的银色桌子后面。

"Buon giorno. 说英语？"他用无聊的语调说。

"是的。"我回答。

"恐怕上不了课了，已经开课半个多小时了。"

阿伦走到我旁边，"我们不是来上课的。我两小时前打过电话，要跟马泰奥见面，我叫洛伦佐。"

"洛伦佐·法拉拉？"他盯着我们看了一会儿，"我没想到你们这么年轻。不巧啊，罗西先生在楼上教课。他上课时间不确定，所以我不能保证他之后有时间见你们。"

"我们无论如何都会等。"我急忙说。罗西先生。这么说，他就在我的头顶上面站着。

"那你叫什么名字？"那个男的问我。

"丽娜……"我有些迟疑。马泰奥会认出我的姓吗？"我叫丽娜·爱默生。"

阿伦朝我瞟了一眼，可我耸耸肩。我们的来意不就是告诉马泰奥我是谁吗？

"很好，我没法儿保证，但我会通知他你们来了。"

电话铃嗡嗡大作，他从桌上抓起来，"Buon giorno. Rossi Galleria e Scuola di Fotografia.（早上好。罗西画廊及摄影学校。）"

"我们转转吧。"我跟阿伦说。我慌得要命，参观一下画廊没准能让我不去想接下来的事。

"好的。"

我们穿过一个拱门,走进第一个房间。房间是用裸露的砖头砌成的,四面墙上挂满了裱框的摄影作品。一张巨幅照片吸引了我的目光,我走过去。它拍的是大城市里的一座画满涂鸦的老建筑,像是纽约之类的地方,其中一堵墙上写着:存在的不是时间,是钟表。照片右下角有一个大大的手写环形签名:M[①].罗西。

"这挺酷啊。"阿伦说。

"嗯,妈妈应该会喜欢他的风格。"不对,她确实喜欢过他的风格。我立马开始飙汗。

阿伦走到我前面几米远,我往反方向走去。大部分照片都是马泰奥拍的,都很不错。是真的很不错。

"丽娜?你能来一下吗?"阿伦的声音显得刻意镇定,好比你要提醒别人背上有大蜘蛛又不想吓到对方的那种。

"怎么了?"我赶紧过去,"什么事?"

"你看。"

我没多久就看出了端倪,大吃一惊。那是一张我的照片,至少也是我的背影吧,而且我竟然记得妈妈拍我的时间。我那时五岁大,把一堆书摞了起来,站到窗户前看邻居家那只跟小马驹一样大的狗狗,我对它又是喜欢又是害怕。我当时穿着自己最爱的裙子。我看看标签——《卡罗丽娜》,夏莉·爱默生摄。

"他怎么拿到这个的?"我忽然感觉头重脚轻,"他知道我,不会觉得意外的。"

"你确定还想等下去?"

"不知道。你觉得他在等我出现吗?"

"打扰了。"是大堂里的男人。他看我们的眼神,仿佛我们企图把

---

① M 是马泰奥(Matteo)的缩写。

马泰奥的大幅摄影作品偷偷塞进包里,"两位有什么问题吗?"

无数个问题。"嗯,对啊……"我朝房间投去绝望的一瞥,"这些都……出售?"

"不全是。有一些是罗西先生的个人收藏品。"

"他还有夏莉·爱默生的其他作品吗?"我指着那张照片。

"嗯——"他走过来看了《卡罗丽娜》一眼,"我可以查一下,不过应该只有这一幅吧。你熟悉夏莉·爱默生的作品吗?"

"呃,对,算是吧。"

"我在系统里查询一下,再告诉你。"

他走出房间,阿伦扬扬眉毛,"这人不太善于观察吧?"

"我要跟马泰奥说什么呢?向他直接表明身份吗?"

"要么你等等,看他会不会认出你。"

楼上的门开了,突然传来一阵说话声和脚步声。下课了,我的呼吸急促起来。来错了,太快了。要是他不愿意跟我的生活有交集会怎样?要是他愿意又会怎样?他会像妈妈日记里写的那个家伙一样恶劣吗?

我抓起阿伦的胳膊,"我改主意了,不见他了。你说得没错,我们应该先跟霍华德聊聊。至少我知道妈妈信任他。"

"你肯定?"

"肯定。我们走吧。"

我们跑出房间。十来个人正走进大堂,我们快速绕过他们,我正要抓门把手。

"你们两个,等会儿!"

我和阿伦呆住了。哎呀,不要。我有点想直接走出去,又更想转过身。我转身了。慢慢地。

一个中年男人站在楼梯顶上。他穿着貌似很贵的衬衫和便裤,比我想象得矮，嘴边和下巴的胡须精心修剪过了。他黑色的眼睛定定地看着我。

"来吧，丽娜，我们走吧。"阿伦说。

"卡罗丽娜？到我楼上的办公室吧。"

"我们不一定要去的。"阿伦悄声说，"我们可以直接走人，马上就走。"

我的心跳到了嗓子眼。他不但叫了我"卡罗丽娜"，而且读对了。我抓住阿伦的手，"陪我去。"

他点点头。跟着，我们慢慢走向楼梯。

第二十章

"请坐吧。"马泰奥发音考究,只带些许口音。他走到一张半月形书桌后,朝着两把形状酷似煮鸡蛋的椅子指了指。其实细想之下,他办公室里每一样东西都像其他物体。角落里,一个形似齿轮的钟发出恼人的滴答声;地毯的样子像是人类基因组图谱。整个房间呈现出一种色彩斑斓的现代气息,似乎跟站在我们面前的这个男人很不搭调。

我费力地坐进了其中一颗煮鸡蛋。

"有什么可以效劳的?"

好吧。直接跟他说?怎么开头呢?

"我——"我犯了个错误:朝阿伦看了一眼。突然之间,我的喉咙像封口塑料袋似的被封住了。他担心地看着我。

马泰奥仰起头,"你们俩说英语,对吧?本杰明跟我说,你们想见我。你们大概是想咨询课程的事?"

阿伦朝我僵住的表情投去一瞥,急忙说:"呃……是的,想咨询课程的事。话说,你有入门课程吗?"

"当然有。全年有七次入门级的课程。下一次从九月开始,但应该已经满员了。所有信息在我网站上都有。"他靠在椅背上,"你们想加入候补名单吗?"

"嗯,那挺好的。"

"好的,本杰明可以帮你们登记。"

马泰奥把眼睛转向我,我忽然感到头皮发麻。他是假装不知道,还是看不出来?我感觉自己像是在照镜子。镜中人是一个年长的男人,但跟我一模一样。他的目光在我头发上停留了一会儿。

"你能推荐一款适合初学者的照相机吗?"

"可以。我偏向尼康。罗马有几个不错的照相机店,我很乐意把店主的联系方式给你们。"

"不错。"

马泰奥点点头,接着沉默良久。

阿伦清清喉咙,"嗯……那些相机价格肯定不便宜吧。"

"价格有一定的选择余地。"他两臂交叉,扫了一眼齿轮钟,"恕我不能久陪……"

"你收藏了很多其他摄影师的照片吗?"我脱口而出。两个人都看我。

"不是很多,不过我经常旅游,每到一处我都很喜欢逛工作室和画廊。要是发现特别有感染力的作品,我会买下来,放在我的画廊里,跟我和学生的作品一起展示。"

"那夏莉·爱默生拍的那张照片呢?你在哪里买的呢?"

"那是一个礼物。"

"谁送的?"

"夏莉。"他直直地注视着我,像是在挑衅。

我突然感到一阵窒息。

他推开椅子，"洛伦佐，要么我们去接待区问问本杰明把你们加进候补名单的事吧。卡罗丽娜，你走之前我很乐意给你看我私人收藏的另一张爱默生的摄影作品。"

我艰难地从椅子里爬起来，阿伦抓住我的胳膊。"他怎么没认出你啊？"他低声说。

"他认得。他知道我的全名，还读对了。"我的名字从来就没人读对过。除非他们以前听说过。

我们跟着他下楼梯，我的心在嗓子眼里突突直跳。马泰奥在接待台前站住，"本杰明，你能帮帮洛伦佐，把他加进下次入门课程的候补名单吗？"

"没问题。"

"卡罗丽娜，那张照片在隔壁房间里。洛伦佐，我们待会儿回来找你。"

我们对视了一眼。可以吗？他用嘴型说。

可以。

可以、可以、可以。

"往这里走。"马泰奥轻快地走进隔壁房间，我跟在他后面，脑子里乱得像信号很差的电视机。怎么回事？他这是想私下谈话吗？

他走到里面的墙边，指着一张照片。这是一个年轻女子，她的脸一半在阴影里。绝对是妈妈的作品。

"看到没？"

"看到了。"我深吸一口气，为了鼓起勇气，我把视线停留在照片上，"马泰奥，我来这里，因为我是——"

"我知道你是谁。"

我急忙抬头。他看我的神情，好像我是粘在他鞋底的烂泥，"你跟你妈一个样子，只不过换了紧身牛仔裤和匡威球鞋罢了。真正要问的是，你来这里干什么？"

"我来……这里干什么？"我退后一步，从包里摸出日记本，"我在妈妈的日记里读到了你。"

"那又怎样？"

"她当时……爱着你。"

他冷笑，"爱？她就是个爱上老师的傻丫头。她之前的人生经历只限于家乡小镇，来这里后，她以为会活在童话里呢。可不管她是怎么幻想的，我跟她只是师生，没别的关系。不管你有什么想法，最好马上打消，卡罗丽娜。"他说我名字时的表情，像吐掉一块烂水果。

我浑身发烫，"不是没关系。你们约会过，你对大家都保密，在她去罗马找你时跟她分了手。"

他慢悠悠地摇头，"不对，都是谎话。她做了个惟妙惟肖的白日梦，说是我们在谈恋爱，然后竟然信以为真了。"他的嘴唇弯成一个丑陋的笑容，"你妈妈精神有问题，是个撒谎精。"

"不，她才不是。"我的声音在整个房间里回荡着，"她没有胡思乱想，她没有编造你们俩的恋爱关系。"

"哦，真的啊。"他声音响起来，"那随便去问当时那些人好了。有谁看见过我们在一起吗？有人跟你确认过她说的故事吗？"

"弗朗西斯卡·贝尔纳迪。"

他翻了个白眼，"弗朗西斯卡啊，她是你妈妈的闺蜜，当然相信她了。可她真的看到过我们在一起吗？除了你妈妈的荒唐童话，她还能拿出其他什么证明？"

她有吗？我脑子里跑马灯似的转着各种想法。弗朗西斯卡的口气很肯定……

"我不觉得有。可既然你费工夫来这儿一趟，我就告诉你事情的真相吧。你妈做功课很吃力，求我给她课外辅导。起初我挺乐意帮她，可接着她就开始在奇怪的时间去找我。她在课堂上盯着我看，还在我办公桌上留下一些东西。有时是几行诗句，有时是她自己的照片。"他摇摇头，"起初我以为那只是一时的单相思，无伤大雅。可后来她得寸进尺，有天晚上到我公寓来说她爱上我了。她说，不跟我在一起，生活就毫无意义。我尽量说得委婉。我跟她说，师生恋是严令禁止的。我说，她跟同龄人约会应该更开心，比如那个霍华德·默瑟。"

霍华德。我一哆嗦，但马泰奥没注意到。他没有正眼看我，眼神像在看大屏幕电视里的场景。

"就在那时，她气急败坏，尖叫起来，说要找校长告状，说我占她便宜。我说没人会相信她。然后，她就掏出一本日记——大概就是那本日记吧——告诉我，事情都写在里头了。她把心里幻想我们的事编了个故事（就是个假象），还告诉我，她可以写个不愉快的结局，把它交上去当物证。

"第二天我找校长面谈，之后我们一致认为，即便我没有过错，也最好辞职。后来我听说，只要有男人看她，她就跟人家睡觉。你大概就是其中的一个产物。"他直视我的眼睛，我感到身上一阵寒意，"我从前不想跟你妈妈有任何牵连，现在也不想跟你有任何牵连。"

"你是个骗子。"我的声音颤抖着，"还是个十足的懦夫。看看我吧，我长得就像你。"

他慢慢摇头，脸上露出愠怒的冷笑，"不对，卡罗丽娜。你长得就像她，以及某个被她可悲幻想迷惑的可怜男人。"他猛地向前，从我手里抢走日记本。

"哎！"我想夺回来，可他一个转身，用肩膀挡住我。

"啊，对了，那本著名的日记。"他翻看起来，"她大概叫我 X 吧？聪明啊她，是吧？'跟 X 恋爱，唯一的困难在于不能跟别人说'……

"'有时候我感觉时间分成了两半：跟 X 相会的时间、等待跟 X 相会的时间。'……"他转过身，懒洋洋地划拉着书页，"卡罗丽娜，你像是聪明姑娘，觉得这话可信吗？你妈妈谈着恋爱，还有办法完全保密，这可能吗？"

"她没有瞎编。"

他低头看一眼日记本。本子打开在了首页，他举起来给我看，"'我的选择错了。'看到了吧？即便她疯疯癫癫的，也知道假造日记是不对的。她很有才华，但也很 folle（疯狂）。我本不想说的，卡罗丽娜，但科学已经证明，大脑里负责创意和发疯的部位是一样的。至少你能感到宽慰，这其实不是她的错。你妈是个天才，可她的思想很脆弱。"

突然间，我眼前只有滚烫的红色。我毫不犹豫地向他扑去，把日记从他手里扯出来，朝大堂跑去。

"丽娜？"接待台边的阿伦抬起头，他拿着一个书写板，"你没事吧？"

我拉开门，奔到外面的人行道上，阿伦追着我。我转身一路狂奔，腿沉重得像沙袋。

阿伦终于追上我，抓住我的手臂。

"丽娜，出什么事了？在那儿出什么事了？"

一阵恶心袭来，我跑到街边干呕起来。最终，恶心感消退，我跪倒在地，腿下的路面硬邦邦的。

阿伦跪在我旁边，"丽娜，刚才出什么事了？"我转过头，把脸埋在他的胸前，突然之间，我不但哭了，还带着呜咽。我哭得撕心裂肺、五内俱焚、肝肠寸断。这十个月以来的重量朝我压下来,我却无计可施。

我哭啊哭啊哭啊,丝毫不在乎别人目光地流着滚烫、汹涌的泪水。我还从没在别人面前这么哭过。

"丽娜,没关系的。"阿伦反复说着,双手抱着我,"一定会好起来的。"

可是不会,不会好的,永远都不会好了。妈妈已经走了。我好想她,有时候都恨自己还活着。霍华德不是我爸爸,还有那个马泰奥……我不知道自己哭了多久,最终哭够了,抖落了最后几滴眼泪。

我睁开眼睛。我们都跪在地上,我贴在阿伦身上,脸埋在他的脖子上,他的皮肤又热又黏。我抽开身。阿伦的衬衫上湿了一大片,他的样子很窘迫。

这情况太出乎他的意料了。"对不起。"我嘶哑地说。

"刚才出什么事了?"

我擦擦脸,拉他起来。"他说那都是我妈编的。她对他很痴迷,所以假造了一本日记,想让他在学校惹上麻烦。"

"Che bastardo.(这个浑蛋。)这种说辞都算不得漂亮。"他仔细地看着我,"等等,你不会相信他了吧?"

我想了会儿,摇摇头,头发粘在没干的脸上,"不,一开始这话把我吓蒙了。可这不像她,她从来不会伤害她爱过的人。"

他长嘘一口气,"那会儿你吓死我了。"

"我只是不敢相信,她竟然爱过他。他太坏了。可霍华德是那么……"我抬起头。

阿伦的脸离我只有十来厘米,突然间,我跟他目光交汇。我再也不去想马泰奥和霍华德了。

21
第二十一章

那可不是轻轻一吻,既不像初吻时的一啄,也不像初中和男友看电影时在后排的偷亲,而是那种忘情的吻,我搂着他的脖子,手插进他的头发,不顾一脸咸津津的泪水,只恨没早点做这事。阿伦搂着我的腰,一切都很美妙,可才过了一会儿——

他把我推开了。

把

我

推

开。

我想找个地缝钻进去。

他都不愿意看我。

说真的啊,为啥没地缝让我钻?

"阿伦……我不知道刚才是怎么了?"他有回吻我,是吗?**不是吗?**

他盯着地面,"不不,没关系,我就是觉得现在时机不是最好,你明白吗?"

时机。我的脸烧起来。他不光是情急之下挣脱了我,还好心好意说了这种话。**丽娜,快点补救。**我开始滔滔不绝地说话。

"你说得对,说得很对。我大概是被刚才的事冲昏了头脑——当时情绪真的很激动。我也觉得,我的生活刚发生变化……"我使劲闭着眼睛,"我们只是朋友,我明白。我对你从来、绝对、绝对没有过其他非分之想。"

否认一件自己刚刚恍然大悟的事情,那算是撒谎吗?还有,我一口气说了太多"绝对"了。不过,就当是可信的吧。

阿伦抬头盯着我,带着最难以捉摸的眼神,然后又避开了,"没事,别在意。"

为什么、为什么、为什么我要干这事?!我瘫靠在出租车门上,阿伦则穷尽身体的极限与我保持距离,还盯着窗外看,像是在努力记下街道的样子。

可以再来一次吗?倒退到二十分钟前,我没有昏了头,亲了好朋友的时候?他可是有女朋友的,对我显然也没兴趣。倒退到以前,我还不知道自己有多喜欢他的一头乱发和莫名喜感,还没意识到,才认识他不到一个星期就甘心跟他分享自己的离奇身世?

天哪,我爱上了,爱得好痛。

我用手指按住胸口。**你才认识他五天,不可能爱上他的。**完全说得通。

完全错误。

我当然是爱上阿伦了。我们在一起时,两个人都特别自在。如果他对我也有类似的感觉,一切就完美了。可他没有。我瞟了他一眼,心里一阵疼痛。他还会跟我说话吗?

司机从后视镜里观察我俩,"Tutto bene?(没事吧?)"

"Si.(嗯。)"阿伦回答。

最后,司机一个急转,停在了火车站。阿伦递给他一沓钞票,急忙下了车,我可怜巴巴地跟在后头。

我们还是得回佛罗伦萨,一路上要坐火车,搭他的摩托车,然后……哎呀糟了,之后我要回到公墓,去见霍华德。我不敢往深里想,一想就呼吸紧张。

阿伦略微走慢了些,好让我跟上,"火车过四十五分钟出发。"

四十五分钟,无比漫长。"你要坐下来吗?"

他摇摇头,"我想去吃点儿东西。"一个人去。

他没说,可我听得懂。

我木然地点点头,走到一排椅子前,瘫倒在座位上。我这是怎么了?首先,你不应该哭了人家一身泪水,又突然要亲人家。其次,哪怕他可能对你有意思,你也不该亲他,人家已经名草有主,女朋友还是个大美女。

是我完全误会他了吗?他花这么多时间陪我,就因为我们是好朋友?那他有时会握住我的手,会说他喜欢我的与众不同,那是怎么回事?难道这就没有意思?

还有,马泰奥算怎么回事?我这亲爸爸简直就是活久见的极品渣男。毫无疑问,妈妈是特意不让我跟他接触的,可她为什么又各种暗示要我去找他呢?

我要分散一下注意力。我从包里掏出日记本,可打开后,纸上的字迹都像虫子似的在乱动。我根本定不下心。现在这情况不行。

十分钟煎熬地过去了,阿伦走过来,拿着一大瓶水和一个塑料袋,都递给我,"三明治,是 prosciutto 的。"

"那是什么?"

"薄火腿片。你肯定喜欢的。"他在我旁边坐下,我打开三明治的包装,咬了一口。我当然喜欢,可比起我对阿伦的感觉,这算不了什么。

没错,我刚刚把至今唯一的心动男生比作了火腿三明治。

阿伦靠在椅背上,把腿伸直,抱着胳膊。我想看他眼睛,可他一直盯着自己的脚。

最后,我叹了口气,"阿伦,我不知道该怎么说。实在不好意思,让你尴尬了,这样做不厚道。"

"别往心里去。"

"那啥,我知道你有女朋友,而且——"

"丽娜,真的,别往心里去。没关系的。"

可绝对有关系啊,我的内心已然狂风大作。我也往后靠,闭上眼睛,在心里跟他说话。*对不起,我把你拖来了罗马。对不起,我亲了你。对不起,我把事情搞僵了。*

三十五分钟,相对无言。

不对,是三十一分钟。因为刚才我们有过一次不愉快的对话,然后我又去了卫生间,满怀恨意地看着镜子里的自己,总共用掉了四分钟。我两眼浮肿,样子很丧。我是很丧。我已经失去阿伦了,马上又要失去霍华德。我别无选择,必须告诉霍华德,他不是我的生父,尽管我多希望他是。

"火车来了。"阿伦说着站起身。他走向站台,我跟在后面。还有一个半小时。我能熬过去的,对不?

火车上人很多,找座位费了点时间,最后我们找到两个空位子,对面是一位大块头的老奶奶,在当中的空间放了好几袋东西。有个男人坐在她旁边,阿伦跟他们点点头,钻进靠窗的位子,又闭上眼睛。

我从包里掏出日记本,放在裤子上擦了擦,想抹掉马泰奥残留的污秒。再次沉到故事里去吧，别再去想阿伦。

6月3日

晚上，霍华德委婉地告诉我，他一直以来都知道X的事。我感觉很可笑，两个人自以为神不知鬼不觉的，没想到大家几乎全知道了。我跟霍华德倾诉了我们的事——甚至包括不好的事。而且不好的事情还不少。问题在于，跟X很好的时候，好到让我不记得其他事情了。说出来后，我舒畅多了。过后，我跟霍华德走到门廊上，聊着其他事情，一直到满天繁星。很久没这么平静了。

6月5日

今天我二十二岁了。早上起来时，我根本没抱希望，可霍华德拿着一个礼物等着我呢。那是一枚薄薄的金指环，他在佛罗伦萨一个二手店买了快一年了。他说不上买的原因，就是很喜欢。

这枚戒指是有故事的，所以我喜欢。卖戒指的男人说，它是他的一个姨妈的，她有过一个心上人，可她被家人逼迫着进了修道院。情郎送了她这枚戒指，她一辈子都偷偷地戴着它。霍华德说，这故事是店老板为了多卖钱编出来的。可这戒指很漂亮，竟然还很合手。我觉得很疲乏，所以我们晚上没按计划出去吃饭，就待在家里看看老电影。我都没撑过第一部电影。

6月6日

今天晚上，我跟霍华德坐在门廊的秋千上，我把脚搁在他腿上。他问了我一个问题："要是世界上的事物随便你拍，你最想拍什么？"我想都没想就脱口而出："希望。"我知道，很俗套吧？不过，我指的希望是静态的，也就是那些充满信心的时刻。用它来形容我在这里的感觉再合适不过了。感觉自己像是按了贪睡的按钮，可以先缓口气，再去面对以后的事情。我知道在这里的时间所剩不多了，可我不想结束。

6月7日

我想把今天的每分每秒都记录下来。

早上快五点时，霍华德叫醒我，说要给我看样东西。我们在公墓后面徒步，我睡眼惺忪，还穿着睡衣。天色还没发白，感觉走了很久。最后，我发现了要去的地方。前方远处有一座圆形的小塔楼，样貌古旧，茕茕孑立，像是在等待被人发现。

一到那儿，霍华德就带我到入口处。那里有一个小木门，以前大概是用来阻挡不速之客的，但历经岁月风霜已然败坏。他把门移开，跟我一起弯下身子，钻进门洞，从一个螺旋楼梯爬上了塔顶。我们所在的高度正好能鸟瞰周围的全貌，能俯瞰公墓的树林和通往佛罗伦萨的公路。我问他到这里来干吗，他说等着就好。于是我们就等着，没有说话，就站着，只见旭日喷薄而出，云蒸霞蔚，不久整个乡间都沐浴在斑斓的日光里。我感到一阵突如其来的疼痛——黑暗、寒冷的日子如此漫长，但不经意间，这种日子突然结束了。

天色大亮之后，我转过身。霍华德正注视着我，仿佛突然之间，我第一次看懂了他。我走向他，跟他立刻拥吻在一起，仿佛从前吻了无数次，仿佛是再清楚不过的事情。最后他松开，我们没有说话。我跟他只是牵起手，一起回家了。

6月8日

我一直在想跟X在一起时的感觉。当他的心思在我身上时，仿佛有一道光束打在我身上,一切的一切都很美好。可只要他心猿意马,我就马上感到又孤独又清冷。我试图找到表达"善变"的意大利语单词,想到意思最近的是"volubile"。它的意思是"旋转、曲折"。我曾经很喜欢 X 那种旋转曲折的感觉,可它也让我心里没着没落的。本以为,我需要的是天马行空、熊熊烈焰,可到头来,我真正需要的,是一个提早叫醒我、不让我错过日出的人。我真正需要的是霍华德,而且现在我拥有了他。

6月10日

弗朗西斯卡昨天来看望我了。不知道我是不是已经不太习惯她的样子,还是她在这短短三个星期里摇身一变,成了进阶版的她。她的高跟鞋又高了一厘米多,穿着简直更加时髦了,抽香烟的数量也再创新高。

晚饭后我们闲聊。我自以为跟霍华德把新恋情藏得很好呢,可一等他去睡觉,弗朗西斯卡就说:"哎,有情况了哦。"我想装傻,可她说:"拜托,夏莉,别跟我玩深沉了。我不明白,但凡谈恋爱,你干吗总要遮遮掩掩的。我一进来就看得出你们俩有情况。快点老实交代。Subito!(火速!)"

我跟她讲了过去几星期的感觉——那么地平静、疗愈,说了那天早晨在塔上的事,还有这几天的美好。我讲完后,她夸张地叹气,"这像是个 favola(童话),夏莉,一个童话故事,你这是真的爱上他了。那你现在打算怎么办?你不是要回美国吗?"我自然无从回答。我已经向几个学校提交了作品集,暑假结束前应该大都会有消息了。昨天我一时兴起,问派楚肖内愿不愿意考虑聘我当助教,可他用一个眼神就打断了我,跟我说,我太有天赋,不要再浪费时间了。

就在这时候,弗朗西斯卡告诉我了。她一开始的话是:"他跟我联系了。"我问她是谁,但凭着心跳的感觉,我知道她说的是谁。"我在罗马搞拍片布景时,他找到了我。他借口来祝贺我得到这份实习工作,可我明白他的真实用意,他想找到你。"一时间,我说不出话来。(他想找到我?)"他说,你换了电话号码,而且现在你不是在校生,学校电邮信箱也失效了。"我从没想过别人也可能联系不上自己。我心中千头万绪,弗朗西斯卡认真观察我。"我没有把你的联系方式给他,可我拿了他的。夏莉,我觉得这是个错误,可我不想对别人指手画脚。要是你想联系他,我有他的新电话号码。他说他的心意转变了,有事情跟你说。"接着她给了我一张名片。上面用大号浮凸字体印着他的名字,新电话号码和电邮地址的排版像是一行面包屑。

那天晚上我几乎无法入睡,可并不是因为我很矛盾,是因为我太肯定了。X可以骑着白马,手捧一束玫瑰,说出他精心准备的道歉词,我还是不会要他。我要霍华德。

"日记怎么样了?"

我抬起头。阿伦的神情比在火车站时轻松了许多,我心里生出一丝侥幸。原谅我了?我想看他眼睛,可他又看向别处。

我垂下眼帘,"还可以。而且,有件事我想错了。"

"什么?"

"霍华德不只是备胎,妈妈爱上他了。"我把日记本侧过去,让他看到我读的那一页。"这是什么意思?"他问。

弗朗西斯卡来访那篇日记之后,有一整页纸反复写着"sono incinta"的字样。"Sono incinta,意思是'我怀孕了'。"

"我猜就是这个意思。"

我惆怅地看着那一页。我知道这简直等于自我否定,可我真希望她没有怀孕。她的童话故事刚刚破灭了。

第二十二章

6月11日

Sono incinta. Sono incinta. Sono incinta. 这话用英语说会不一样吗？**我怀孕了**。就这样。心里好乱。早上刚吃饭又吐了，这个星期天天如此。我冲马桶时，心里有种不祥的预感。我尽量不去想，可……我一定要弄清楚。我的经期一直不太规律，可它能比往常更不规律吗？我走着去了药房，可忘了带英意词典，费劲地比画了半天，店员才明白了我要的东西。我冲回家做了测试——阳性。我又去买了两支。阳性。阳性。

都是阳性。

6月13日

过去两天我几乎没出卧室。弗朗西斯卡昨天走了，现在每当霍华德敲门，我就装睡。我心里明白，必须要离开这儿了。霍华德爱我，我也爱他，可这不再重要了，因为我怀了别人的孩子。我知道必须告诉X，可一想到这我就想死。他会说什么？据弗朗西斯卡说，他在找我，可我明白,他需要的肯定不是这个。而且这时机太不可思议了。这是不是一个兆头,说明我和马泰奥注定要在一起?可现在我跟霍华德又算什么?三天前我才写过,他就是我的真命天子。现在又出这么蛾子。

我好想告诉霍华德啊,可我要说什么?我给妈妈拨了两次电话可又都挂掉了。我一直想拨马泰奥的电话号码,可只按了几个数字。我给自己的限期是明天晚上,到时必须做决定。我简直没法儿思考。

6月14日

我给马泰奥打电话了。他在威尼斯工作,我去那里找他。我不能在电话里跟他说。

6月15日

我这会儿在火车上了。霍华德坚持要送我去车站,即使我没跟他说去的原因,他应该也知道了。我的脸上止不住地流泪,他的最后一句话是:"没事的,开心点儿。"

火车一开动,我就哭了起来,哭得凄惨无比,引起了旁人的侧目。我思来想去,是马泰奥确凿无疑,我怀了他的孩子。我必须忘掉霍华德。我选择了马泰奥,命运选择了马泰奥,我们的孩子选择了马泰奥。命中注定只能是他。

6月15日——后来的

威尼斯可能是最不适合孕妇的地方了。当然它很美。

连接一百一十七座岛屿的是船只、水上的士,还有穿着条纹衬衫为游客撑船、收费离谱的贡多拉船夫。漂浮的城市。可它的味道很难闻,无处不在的水浪让我有随时会翻船的感觉。火车一到,我就擦干眼泪,强迫自己吃了一块咸味香草橄榄油面包。离我跟马泰奥见面还有一小时。离他知道还有一小时。我看到消息说，威尼斯正以每世纪约三点八厘米的速度沉入海洋。我跟它一起沉没，如何？

6月16日

我们约好在 Piazza San Marco（圣马可广场）见面。我弄清方向后，就离开威尼斯火车站，直接去了广场。我到早了，就在附近走了走，看看圣马可大教堂。这个教堂跟佛罗伦萨的 Duomo 真不一样。它是拜占庭风格的，有很多拱门，表面有华美的马赛克拼图。广场有些地方被水淹了，有游客卷起裤腿在蹚水。

终于到了下午五点。我想到，我们没约定具体的见面地点，于是直接走到广场中央。到处都是鸽子，我一直在看广场上的小孩子。一个黑头发、黑眼睛的小男孩从我身边跑过去，喊着什么话，我第一反应是：好聪明，意大利话说得真溜啊！我生的小孩会说我听不懂的语言吗？

接着我看见了马泰奥。（没必要再叫他 X 了吧？）他穿着西服向我走来，外套拿在手里，另一只手捧着一束黄玫瑰。有那么一刻，我只是看着他，体会这一刻的所有含义。接着，还没等我开口，他一把抱起我来，把脸埋到我的头发里。他只是反复地说着："我想你，我想你。"我感受着他温暖有力的怀抱，闭上眼睛。自从发现自己怀孕后头一回松了口气。他并不完美，可他是我的。

6月17日

我还是没告诉他。我在等着找回两个人从前的感觉。他待我温柔体贴，呵护有加，我们大部分时间都在威尼斯的街道上漫步。他租了一个有运河景观的小公寓，每过半小时左右，就会经过一艘贡多拉船，船夫往往在对着乘客唱歌。马泰奥跟我说,我在罗马乘的那班火车刚开走,他就知道自己错了。他说,到处都看得到我的身影——有一次他跟着一个像我的女人走了半条街后才发现不是我。他说自己无法集中注意力,开始久久地研究他和我在一起时拍的照片。他说,他一些最好的作品是受了我的启发。

他邀请我在他的公寓同住,但我在一个廉价旅馆订了房。旅馆老板是一位老妇人,那里只有三间卧室,共享一个卫生间。到处都盖着蕾丝桌布,感觉像住在年迈的亲戚家里。我有三天多没拍照片了,这对我来说算是破例了。我一肚子的心事。明天我会告诉他孩子的事。明天。

6月18日

我必须写一下这事。很难看、很不堪,但毕竟发生了,我没办法忽略。

我请马泰奥在旅馆附近一个漂亮的小餐馆吃饭。那里有烛光,很安静,一切都完美极了,可等到要告诉他的时候,我却说不出话来。结账后,我请他一起回到旅馆。

我的房间乱糟糟的——衣服跟摄影设备到处都是——可起码是安静、私密的。进了屋子后,我让他坐下。他坐在我的床上,拉我坐在旁边。他说,有件事他考虑了很久,他觉得我们可以走下一步了。

我的心开始狂跳。他是要求婚吗?我低头看着手,慌了。我还戴着霍华德送的指环。我必须摘掉吗?戴着某人送的戒指,能接受另一个人的求婚吗?但马泰奥并没有拿出戒指,而是开始大谈他的创业计划。他说他给学校打工赚不了几个钱,已经厌倦了,所以想自己创业,为那些想来意大利小住的英语国家摄影师提供修炼的场所。他已经接了两个预订行程,说要是我加入的话就完美了。我可以帮着安排交通和住宿,再积累点经验后也可以教摄影。然后,他抱住我说,跟我分开,他真是傻到家了，我们应该一起携手生活。

直到那一刻，我才让他吻了我，可我们的嘴唇碰在一起时，我心里却只有霍华德。那时我才明白，我跟马泰奥永远不会有结果。不管有没有怀孕，我爱的都是霍华德。我不可能带着这种感觉跟其他人谈恋爱。于是我推开马泰奥，随即说出了我要跟他说的那句话。

这句话凝滞在了空气中。而后他像屁股着了火似的跳起来，"你说你怀孕了是什么意思？这是怎么回事？我们分手都两个月了。"我解释说，那一定是发生在他离开前，我这个星期才知道。

就在这时候，他撒起野来。他大喊大叫，骂我是骗子，说孩子不可能是他的。他说，我怀的孩子是别人的——没准是霍华德的——这会儿想赖在他头上。他抓起我的东西，在房间里乱丢——照相机、照片、衣服，所有东西。我让他冷静，可他把一个玻璃瓶砸在墙上，等他转过身看我时，我突然觉得很害怕。

于是我撒了谎。我跟他说，他说得没错，孩子不是他的，是霍华德的，我不想再见到他了。本以为我说的是他想听的话，可他听了竟然更生气了。他说要把我们俩都搞死，让霍华德后悔不该接近我。最后，他推开我，把门踢开，走了。

戒指、否认、谎言。

妈妈的人生总算在我眼中渐渐清晰起来——仿佛从前我一直蒙在鼓里却毫不自知。我完全不知道她有过那么多心痛的往事。讲真的，她总是没来由地开心。比如有一次，楼上邻居忘了关浴盆的水龙头，我们家里因此水漫金山，东西也毁掉不少，可妈妈拿出一块抹布，就开始大谈清理房间、重新开始是有多棒。

我从小耳濡目染的惜福、乐活的人生态度，会只是一种精心策划的公关活动吗？她是怕我发现她因为怀孕而被迫放弃的东西吗？

我合上日记本。我相当确定，要是继续读下去，我会再彻底崩溃一次，连阿伦都救不了我。况且没有必要再读下去了。不管妈妈接下来做了什么——搭热气球飞回佛罗伦萨，在 Piazza del Duomo（圣母百花大教堂广场）用三十米大的字母拼出"夏莉爱霍华德"，请威尼斯的众多鸽子给他捎去几封情书——都无法挽救了。无须多说，她最后势必会在八千千米之外度过余生，对她痛失的东西，唯一的提醒只是一枚薄薄的金指环。

噢，还有我。也可以叫作天底下最麻烦的旅游纪念品。

我往后靠，合上眼睛，感觉着火车摩擦轨道的来回震动。离我大约一百六十千米以外，有一个生活将被彻底颠覆的男人；离我十五厘米以外，有一个完全不愿意搭理我的男人。

我真想原地爆炸。

火车抵达佛罗伦萨时已经过了四点。阿伦在打瞌睡，他放在邻座上的手机一直在猛烈地振动，活像一只嗡嗡叫的大虫子。终于，我靠过去看了一眼。美美的短信。哎呀。他会把我亲他的事跟她交代吗？要是这样的话，我得温习一下街霸游戏的打斗动作，我应该很需要。

阿伦睁开眼，"到了？"

"到了。你的手机在一直响。"

"谢谢。"

他查看了短信，头发遮在眼前。周围的人都收拾好东西，我拿起日记本，紧紧攥在手里。今天是我有生以来极为漫长的一天，像是一场悲哀的作茧自缚之旅。不敢相信，今天雪上还要加霜：要回到公墓，跟霍华德坦白我的发现。

回公墓的路上，我们很沉默。残酷的沉默。经过的所有人似乎都聊得兴高采烈的,这样我和阿伦之间的空白就更显得难堪。我几乎快成一个废人了,可同时也很气恼。没错,我是闯了祸,可这代表我们连朋友都做不成了吗?还有,为什么我非要在同一天见到马泰奥又失去阿伦?大多数人不是有权在几年里慢慢消受自己的人生戏码吗?

我们最终开到公墓时,一辆大巴正在停车场下客,游客像看景点一样盯着我们。霍华德走出游客中心,向我们挥手。

看到他,我的心先是冻住,然后碎成了渣。但我还是挥了挥手,甚至还笑了笑。他要说什么?

"去房子那儿?"阿伦问。

"嗯。"

他在路上飞速行驶,不一会儿就开进了车道,熄了火。

我从后座上爬下来,把头盔递给他,"多谢帮忙,阿伦。虽然事情不太如意,可我现在至少有了些答案。"

"不客气。"四周很安静,我们互看了会儿。接着,他低下头,再次发动摩托车,"希望霍华德那儿一切顺利。不会有事的,他很在意你。"

听他的口气像是在告别,我感觉喉咙一紧,"要不明天我们去跑步?"

他没回答,而是骑着摩托车掉了个头,面对着路,向我微微点头,"Ciao,丽娜。"

然后他走了。

第二十三章

"你再说一次，霍华德不是你爸，只不过他自以为是？"

"是的。至少我觉得他自以为是我爸。"

"你觉得他自以为是你爸？"

"是的。要么是这样，要么就是他装的，不过我觉得他是不知道，因为没人情愿随便收留野孩子，哪怕这孩子的妈过去是他的真爱。"

"可你爸不是霍华德？是那个叫马泰奥的家伙？"

"是的。"我躺回床上，把手机贴在耳朵上。我们这样来来回回已经有二十分钟了。"艾迪，我不懂还要怎么讲你才明白。"

"让我消化会儿呀，好像这事挺容易似的。"

"我知道，对不起。"我捂住眼睛，"而且，我还没说到最扯的事呢。"

"比遇到极品渣男老爸还扯？"

"对。"我深呼一口气，"我亲了阿伦。"

"你亲了阿伦？你那个朋友？"

"嗯。"

"好吧……咦,这有啥不好的?"

"他不想回亲我。"

"不会吧,为什么?"

"他有女朋友的,还有,我刚见过马泰奥,又大哭了一场。在这种时候发现自己真心喜欢他,太不合时宜了。所以那会儿,我都扑在了他身上,可他却……"我很尴尬,"把我给推开了。"

"他把你推开了?"

"嗯。而且我们还在罗马,必须乘火车回佛罗伦萨,可他根本不跟我说话了。所以,总而言之,我在意大利无依无靠了,我必须跟霍华德交代他不是我爸,而且现在我连朋友都没了。"

"唉,丽娜。想想十分钟前我还眼红你来着。"她叹气,"那叫啥名字的人呢?那位内衣模特?"

"托马斯?"坏了,他的短信,"他之前发信息约我出去。给一个毕业的女生开的大派对。"

"你去吗?"

"可能不去吧。话说,天知道我跟霍华德坦白后会发生什么事呢。照我看,他准会赶我走。"

"他不会赶你走的,太离谱了。"

"我知道。"我叹气,"可他应该不会很开心。你说,这得有多别扭啊?讲真的,我倒希望他是我爸呢。"

从没想到我会说这话。

艾迪安静了一会儿,"你打算什么时候告诉他?"

"我不知道。他还在上班,可他晚上想去看电影。要是我能鼓起勇气,他一到家我就跟他说。"

她舒了口气,"OK,我是这么打算的:我准备现在就上楼求爸妈让你搬回来住。不,我要上楼告诉他们,你必须搬回来住。别担心,他们会答应的。"

接下来的一个小时,我在房间里乱转。我老是拿起日记本,想继续看完剩下的几页,可每当要打开时,总是像摸到烫手山芋一样丢开。只要读完最后一篇,一切就结束了,再也不会有她的新消息了。而且,我知道她会有多伤心。

我老是走到窗边去找霍华德,可他和旅游团却在园区里龟速移动。有必要在每个雕像前停一下吗?公墓里的每个角落有什么区别啊?等他们了解完了第二次世界大战,估计第三次世界大战都该结束了。最终,正当我感觉一秒都等不了的时候,霍华德把游客带回了游客停车场,等着他们上旅游巴士。

"准备好了吗?"我轻声地自言自语。当然没准备好。

霍华德走进游客中心,稍后,跟索尼娅一起出来,朝房子这里走来。

哎呀,完了。索尼娅在的话,我不能跟他说。今天一整晚都说不成了吗?他们走到车道的时候,我一步两级台阶地下了楼梯,到了客厅,然后到门廊跟他们会合。

"来啦,"霍华德说,"今天怎么样?"

惨不忍睹。"还……可以吧。"

他穿着一件淡蓝色全系扣衬衣,袖口卷了起来,鼻子上有晒痕。我就从没经历过这种事。你懂的,因为我是意大利人。

"我之前给你打过电话,可没人接。要是想看电影的话,我们现在就得走了。"

"现在吗?"

"是的。阿伦来吗?"

"不,他……来不了。"我怎么能脱身呢?

索尼娅笑着,"那里今晚会放一部很老的电影,奥黛丽·赫本的经典作品。你听说过《罗马假日》吗?"

"没听说过。"**还有,大家能别再提罗马了吗?**

通常情况下,我应该会很喜欢《罗马假日》。这是一部黑白电影,故事情节是:一位欧洲公主正在全球巡访,她的行程特别紧张,管事的人也特别严格,所以在罗马停留的那一晚,她从卧室窗户溜出去散心。倒霉的是,她之前刚吃了镇静药,于是在公园的长椅上昏睡过去,一位美国记者救了她。后来,他们在一起漫游罗马,并坠入爱河。可两人最后还是劳燕分飞,因为她身上担负了太多的使命。

真是的,好心塞。

我看电影不太专心,因为止不住要观察霍华德。他发出低音炮般的笑声,对于奥黛丽和心上人去的各个地方,他都会靠过来告诉我地名。他还给我买了一大包糖果,可我吃光了都没怎么尝出味道。这大概是我这辈子最漫长的两小时了。

回来的路上,索尼娅硬让我坐在前面,"你觉得电影怎么样?"

"挺好玩,但也挺伤感。"

霍华德看了一眼后座的索尼娅,"晚上你还要跟阿尔贝托见面吗?"

"哎呀,对啊。"

"为啥哎呀?"

"你知道为啥。我好多年前就发誓不相亲了。"

"不要当这是相亲,就当是跟我佩服的一个人出去喝一杯。"

"要不是你,我才不去。"她叹气,"可话又说回来,这能坏到哪儿去呢?我一直都说,佛罗伦萨的惨淡约会,也胜过他乡的快乐佳期。"

我突然发现,我对她一无所知,"索尼娅,你怎么会到佛罗伦萨来的?"

"我读研结束后的那个暑假来这里玩,爱上了某人。那段恋情不长久,可让我在这里扎了根。"

我发自内心地苦笑。也许这是来意大利的一个必然经历。来到意大利,坠入爱河,眼看着一切破灭。估计在旅游网站上都能看到这种话。

镜中的索尼娅看了看我,"你知道,大家来意大利的理由各有不同,可他们留下就为了两样东西。"

"什么?"

"爱情和冰淇淋。"

"神了。"霍华德说。

我往窗外看,竭尽全力地抑制眼中的泪水。只有冰淇淋不管用,我也想要爱。

回到公墓,霍华德在索尼娅的房前放下她,然后绕回我们的房子。车灯的光在墓碑上扫过,阴森森的。在糖果和紧张的共同作用下,我感到十分恶心。

总算没旁人了,该跟他坦白了。我深吸一口气,倒计时准备说,三……二……二……二……

霍华德打破了沉默,"我想再跟你说,你能来这儿我很知足。我明白这不容易,可很高兴你愿意试试,哪怕只试一个暑假。而且,我觉得你很棒,真的。你能投入进去,认识佛罗伦萨,我很为你骄傲。你跟你妈妈一样,都很勇于探索。"接着,他对我微笑,好像我一直就是他心目中的理想女儿。这下,我残余的勇气像冰遇到了火,融化得无影无踪。

我不能告诉他。今晚不行。

要不永远都别说了。

进门后,我编了个愚蠢的借口,说又头疼了,便艰难地上了楼,进了房间,扑到床上。这些天我可没少扑倒在这张床上。可我该怎么办啊?我不能告诉霍华德,可我也不能不告诉他。

要是我不告诉他,待到暑假结束就回家,会很恶劣吗?可这样的话,每当父亲节到了,他要是盼着我寄贺卡怎么办?还有,我结婚的时候,他觉得自己应该挽着我走向圣坛怎么办?那时候怎么办啊?

我的手机响了起来,我跳下床,两大步跨到房间另一头。**一定要是阿伦。一定要是阿伦。一定要是——**

托马斯。

"喂?"

"嗨,丽娜,我是托马斯。"

"嘿。"我瞥到自己在镜中的模样。我的样子活像一只河豚,一只经历了情绪崩溃的河豚。

"收到我的短信没?"

"收到了。不好意思我没回你。今天有点儿……乱。"

"没关系。那个派对你怎么想?想跟我一块儿去吗?"

他说的是字正腔圆的英音,而且在说一个派对。我用手撸撸头发,"具体是什么派对呢?"

"一个刚毕业女生的十八岁生日派对。她住的地方很酷——跟埃琳娜家差不多大。大家都会去。"

"大家"包括阿伦和美美吗?我闭上眼睛,"谢谢你的邀请,可我大概去不了。"

"哎,来吧,你必须陪我一起去啊。我昨天通过驾驶考试了,我爸同意我开他的宝马去接你。而且,这个派对真不能错过的。她爸妈请了一个独立乐队,我听他们的歌都一年多了。"我把手机夹在耳朵和肩膀之间,揉了揉眼睛。跟今天的事比,一个派对简直正常得可笑。而且,明明喜欢另一个人,却要跟别人约会,这有点别扭。可你的"另一个人"又不想搭理你,你能怎么办?至少托马斯还跟我说话。"我考虑考虑吧。"

托马斯松了口气,"好吧,你考虑一下。我可以九点来接你。另外,这是正式派对,所以得打扮一下。"

"正式的,明白了。我明天打给你。"

挂掉电话,我把手机扔在床上,走到窗边往外看。晴朗的夜晚,月亮像一只大眼睛,冲我一眨一眨的,仿佛观看了一整出错综复杂的剧情,现在正笑得意犹未尽。

月亮真傻。我把两只手放在窗框上面,作势要扑上去,而窗户却岿然不动。

算你狠。

24
第二十四章

第二天早上天没亮我就醒了。昨晚我衣服没脱就昏睡了过去,梳妆台上放着一盘意大利面,上面堆着一团团油腻的番茄酱。大概是霍华德端来的晚饭。

朦胧的白光从窗户透进来,我起了床,轻轻走到行李箱边,摸索出干净的跑步衣裤,然后拿起日记本,在屋子里悄无声息地穿行,从后门出去。

我走向后院大门。连鸟儿都没醒呢,到处都覆盖着露水,像一张巨大、轻薄的蜘蛛网。妈妈说得对,公墓的样子在一天中不同的时间里完全不一样。拂晓前的公墓,色彩柔和,仿佛所有颜色里都掺进了灰白色。

我走出后院大门,跑了起来,路过第一次遇到阿伦的地方。**不要、去想、阿伦**。这是我的最新口头禅。应该把它印成汽车保险杠的贴纸标语。

我晃了晃脑袋,希望能把这个想法赶出去,然后深吸一口气,用中等速度跑着。空气凉爽、清新,好像是洗洁精里特制的"山间空气"香味。我跑起步来就放松多了。至少,现在超负荷运转的不单是大脑了。

两千米。然后三千米。我循着草地里被踩出来的一条狭窄小径跑着,应该是有人习惯走这个路线的结果,但不知道目的地跟我的是不是一样。按我的判断,我的方向完全错了。也许它早就不在了。然后,砰,那座塔像一颗野蘑菇一样从山上冒了出来。我停下脚步,盯着它看了一会儿。那感觉,像意外发现了某种神奇的玩意儿,比如一桶金子,或者坐落在托斯卡纳中部的一栋姜饼屋。

不要想姜饼屋。

我又跑了起来,快接近塔的时候,心跳更加厉害了。塔是一个正圆柱体,灰色的,样貌古老,大概不到十米高。它看上去像一个历史悠久的定情场所。

我直奔塔底,把手放在墙上,一路触摸着,绕到入口。霍华德为妈妈移开的木门早就不见了,只有一个裸露的拱形门框,十分低矮,我弯腰钻过去。里面空荡荡的,只有一些凌乱的蜘蛛网,以及一堆树叶,它们归属的树木说不定早已不在了。一个破败的螺旋楼梯架在塔当中,一圈淡光透进室内。

我深吸一口气,走向台阶。但愿在塔顶能找到所有的答案。

爬楼梯必须小心翼翼——半数台阶像随时要倒塌的样子——而且最后一级台阶已经没了,我做出一个凌空飞跃的杂技动作,才总算跳了出去。塔顶几乎就是个露天平台,周围有不到一米高的围栏。我走到边上,外面仍然很暗,灰蒙蒙的,但景色好美,是明信片级别的美景。左边是一个葡萄园,攀在银色细绳上的一排排葡萄藤向远处延伸。其余都是富饶的托斯卡纳乡间景色,绵延的山丘间,偶尔出现的房子像是汪洋中的一艘孤船。

我叹息着。难怪,妈妈在这里终于注意到了霍华德。即便她没有喜欢上他的幽默感和超赞的冰淇淋品位,也有可能会在这般良辰美景中无可救药地坠入爱河。在这里,连一群野牛都显得很浪漫。

我把日记本放在地上，慢慢地在平台上走动，扫视着每一寸地面。我很想找到一些妈妈的痕迹，好比：刻着 H+H① 的石头，或是她塞到石头下几页遗失的日记。可我只看到两只蜘蛛，它们看我的警惕神情，像是两个英国皇家卫兵。

我放弃搜寻，走回平台中央，用双臂抱住自己。我需要找到一个问题的答案，而这里正是最适合发问的地方。

"妈妈，你为什么要送我来意大利？"我的声音飘荡在周围的一片寂静中，我紧闭双眼，倾听着。

没有回答。

我再试一次，"你为什么送我来跟霍华德一起住？"还是没反应。跟着，风起来了，在草地和树木间呼啸着。蓦然间，如影随形的孤独空虚开始膨胀，庞大到将我完全吞没。我用手掌捂住眼睛，痛苦袭上全身。如果妈妈、外婆和心理咨询师都错了呢？如果我一辈子都会这么痛苦呢？如果每分每秒总是得不偿失呢？

我倒在地上，痛苦犹如锯齿形波浪，一波一波地袭来。她再三地跟我说，我的人生将会是多么精彩，她多么为我骄傲，她多么想陪着我，不但见证重要的时刻，也分享平凡的日子。她还说，她会想办法陪在我身边。可直到现在，她只是在远离，渐行渐远。这种离别横亘在我面前，仿佛一条地平线，无边无际、阴森空虚。我在意大利寻寻觅觅，试图解开日记本的秘密，试图探究她所做事情的原因，但其实，我只是在寻找她。可我找不到她了。永远找不到了。

"我做不到，"我用手捂脸，大声说着，"没有你，我在这儿待不下去。"

正在此时，我像被扇了一记耳光。噢，也许不是耳光——更像是轻

---

① 夏莉（Hadley）和霍华德（Howard）的英文首字母。

轻一推——但我忽地站起来,因为有个字钻进我脑袋里。

看。

我用手遮挡住阳光。一轮旭日正从山上喷薄而出,烘托着云底,渲染出各种金灿灿、粉嘟嘟的霞光。周遭的一切都变得明亮、美好,而且突然十分清晰起来。

我不能停止对她的思念,永远都不能。这是生活托付给我的责任,无论多么沉重,我都永远不能放下。可这不代表我不能好转,甚至快乐起来。我还没办法确切地想象,但那一天也许会到来的。那时,心中的空洞不再疼得那么厉害,我可以想着她、回忆着她,同时一切安然无恙。那一天似乎遥遥无期,但此时此刻,我站在托斯卡纳中部的一座塔顶上,这日出,美得让人心痛。

这就很有意义了。

我拿起日记本。该看完了。

6月19日

每次新的开始,都来自另一次开始的结束。[①]我把这句歌词抄在一张纸上,贴在书桌上方都快一年了,直到今天我才彻底理解了它的意义。整个下午,我都在街上漫步、思考,终于想清楚了几件事。

首先,我必须离开意大利。去年九月,我遇到过一个美国女人,她的婚姻很不幸,却无法脱身,因为意大利法律规定孩子归父亲抚养。我不相信马泰奥会想跟我们的孩子有任何关系,但我不能冒这个险。

其次,不能告诉霍华德我对他的感觉。既然他以为我已经选择了别人,那就让他继续误会下去吧。不然他会为了跟我在一起,放弃自己苦心经营的生活。我想跟他在一起想疯了,可我不能让他放弃梦想:在这

---

① 莱昂纳德·科恩(Leonard Cohen)的歌曲《打烊时间》(*Closing Time*)里的歌词。

么美好的地方生活、工作。这是他应得的。

就这么决定了。我爱霍华德，所以必须离开他。为了保护我的孩子，必须尽可能让她远离生父。（没错，我感觉是女孩。）

假如我能回到过去某个时刻——就一个时刻——我会回到塔那里，那时我的面前有着无限可能性。即使心痛得无以复加，那次日出和这个孩子，用什么东西我也不换。这是一个新篇章。我的人生，我会张开怀抱迎接它。其他事都不值一提了。

完。日记本里剩下的都是空白。我慢慢翻到封面内页，再一次读出第一句话。

我的选择错了。

索尼娅理解错了。妈妈把日记本寄到公墓，不是给我的——她是寄给霍华德。她希望他知道事情的真相，告诉他，她一直都爱着他。虽然已经无法回头改变他们两人的故事了，但她做了一个最好的补偿。

她把我送来了。

第二十五章

我几乎是飞跑着回的公墓。我既特别紧张,同时又感到释然。无论霍华德是什么反应都没关系,他有权读到她的故事。就是现在。

阳光下的公墓彻底换了新颜,从阴沉黯淡变得生机盎然。我斜穿过整个园区,从墓碑间跑过,顾不上越来越痛的侧肋。我一定要赶在霍华德上班前遇到他。

他正坐在门廊上喝咖啡,看到我时急忙站起来,"你不会又被人追了吧?"

我摇摇头,停下来,大口喘气。

"噢,那就好。"他又坐下来,"你总是快跑吗?我以为你更喜欢长途慢跑呢。"

我又摇摇头,然后深吸一口气,"霍华德,我得问你一件事。"

"什么?"

"你知道你不是我爸爸吗?"

我的话像是一堆晶莹的肥皂泡,在我们俩之间悬停了好几秒的时间,然后他微微一笑。

"'爸爸'的定义是什么呢？"

我腿一软，跌跌撞撞地扑向门廊。"哎呀，哎呀，你没事吧？"他伸手来扶我。

"我坐下就好。"我倒在门廊台阶上，坐在他边上，"你知道我说的'爸爸'是啥意思，就是给了我一半基因的人。"

他把腿伸直，"噢，那样的话，我不是。我不是你爸爸。不过，要是换一个定义，说是'一个愿意参与你的人生，帮着抚养你的男人'，那我就是的。"

我哭笑不得，"霍华德，这话很窝心，可你倒是说说看，我这二十四小时彻底迷糊了，生怕伤了你的心，可你一直都知道啊？"

"这我很抱歉，没想到你知道了。"他看了一会儿，然后叹了口气，"好吧，想听故事吗？"

"好的。"

他坐定姿势，好像要讲一个说了千百遍的故事，"我二十五岁时遇到了一个女人，从此人生便因她改变了。她聪明、活泼，每当跟她在一起时，我就觉得无所不能。"

"你是说我妈妈吧？"

"让我说完。于是，我遇到了这个女人，无法自拔地、彻彻底底地爱上了她。我以前从没对任何人有过这样的感觉——像是一直都在寻找她，只是没意识到罢了。我知道，我必须竭尽所能让她也爱上我，所以我先从做她的朋友开始。我上了一个没必要上的意大利语课，这样就能多些时间跟她在一起——"

"入门班？"

"嘘，丽娜，听我说。我们一起上意大利语课，我旁听她其他的课，我甚至打入了她的朋友圈。可每当我鼓足勇气想向她告白时,就变得像块果冻。"

"一块果冻?"我难以置信地说。

"对,你知道,就是用明胶——"

"我知道果冻是什么!"看来"好男人"不等于"讲故事高手"。

"我的意思是,我太喜欢她了,说话都舌头打结。可后来,我发现为时已晚了。我还在那里支支吾吾,带着她的书上课,假装自己喜欢出去跳舞,结果半路杀出另一个人,把她抢走了。"

"马泰奥·罗西。"

他吃了一惊,"你怎么知道他的名字?"

"待会儿告诉你。"

他稍作停顿,"好吧。我跟自己说,这个人应该不错,是会真心在乎她、让她开心的人,我应该放手。可我了解马泰奥,我知道他真正的为人。不幸的是,你妈妈被他蒙骗了好长时间,而且即便我们也尝试过恋爱,她最后还是选了他。这就是你的由来——她跟马泰奥恋情的结果。但是你妈妈生病后求助的人是我。我也照做了,因为我爱过她。"他轻轻碰我,"而且我也越来越喜欢你了。"

我又苦笑,"好吧,故事很动听。可你有些地方搞错了,而且,你和外婆为啥要说你是我爸呢?明明不是真的啊!"

"我现在知道这样做不对,对不起。一开始我没打算这样做。夏莉去世后,你外婆和我开始沟通,过了几个星期,我发现你外婆以为我就是你爸爸。我知道不是,但我担心,要是跟她说了实情,她就不愿意让你来了,而我是向你妈妈保证过一定会接你来的。而且,我认为这样可能对你更好。我觉得,要是你相信我是你爸爸,你可能更愿意来这里,给我一个机会。"

"可我的表现很差劲。"

"不,在那种情况下,你其实相当不错了。"

"骗人。"

他微微笑了,"我大概是想不出其他办法了。你外公的情况不容乐观,我也不知道艾迪家是什么状况。我担心你没其他地方可去,所以当你外婆问我,能不能跟你说我是你爸爸,我就说可以。"他摇摇头,"我想过早点告诉你,可那晚在比萨店之后,我想还是先让你安顿好再说。不过你好像不太愿意安顿。我早该知道你会看穿的。"

"你的个子有我两倍高,还是金发。我们一点儿都不像。"

"确实。"他停了一下,"现在轮到我了。你知道多久了?"

"大概一天。"

"你怎么发现的?"

我从台阶上拾起日记本,递给他。"这个。"

"你的日记?"

"不,这是妈妈的,是她在这里生活时写的日记。"

"这是她的日记?我看着眼熟,可我以为只是巧合呢。"他把它翻转过来。

"她把跟马泰奥的事都原原本本记下来了,只不过她大都只把他叫作 X,所以一开始我以为说的是你。可你又不知道地下面包房的事。"

"等会儿。地下面包房?阿伦问我的地方?"

"嗯,他想查到地址,给我一个惊喜。"

"那阿伦也都知道?"

"是的。其实他还帮我追查到了马泰奥。"我看向别处,"我们,呃,见到他了。"

他腾地站起来,"你们见到了他?"

我死死地盯着地面，"嗯。"

"在哪儿？"

"罗马。"

他看我的眼神，仿佛我刚宣布自己其实是半人半鸟怪，"你们什么时候去的罗马？"

"昨天——"

"昨天？"

"嗯，我们乘特快火车去的。阿伦先来接我，然后我们去了FAAF，我又打电话给弗朗西斯卡——"

"弗朗西斯卡·贝尔纳迪吗？你又是怎么知道她的呢？"

"从日记里。她告诉了我马泰奥的姓，我们在网上查到他，去了他的画廊，然后事情弄得……呃，很难看。"

他的下巴要掉了，"你不会在开玩笑吧。"

我摇头，"对不起，不是玩笑。"

他用手搓搓下巴，"好吧。那么，你们俩找到了马泰奥。接下来呢？他知道你是谁吗？"

"他胡说八道，说妈妈是神经病，日记是她编的。这太可笑了。讲真的，我们长得简直一模一样啊。可他一直抵赖说没跟妈妈谈过恋爱。最后我们只好跑了出去。"

霍华德叹了口气，"你妈妈会杀了我的。我这儿以为你跟阿伦只是出去吃冰淇淋、跳舞呢，可你们却跑到其他城市找你亲生父亲！"

"是，可我不会再干这事了。"我急忙说，"那种事一次就够了。除非你还有事瞒着我……"

"没了，我都摊牌了。"

"那就好。"

"可你从哪儿拿到这本日记的呢？你在妈妈去世后找到的吗？"

"不是，索尼娅给我的。"

"索尼娅？这里的索尼娅吗？"

"嗯。妈妈去年九月份寄过来，包裹到公墓后，索尼娅担心你看到会不开心，所以就保存了几天。不过后来你告诉她打算让我来这儿住，她以为日记是妈妈寄给我的。可它不是给我的，是给你的。"

霍华德小心地拿起日记本，仿佛那是一只他不舍得放飞的小鸟。

"你应该看看。"

"我能现在就看吗？"

"快看吧。"

他慢慢打开封面，目光停在第一句话上，"哦。"

"嗯。我不打扰你了。"

第二十六章

过了两小时,霍华德来到我卧室门口,手里拿着日记本,"我看完了。"

"好快啊。"

"再去门廊上坐坐好吗?"

"好的。"

我跟他下楼,在秋千上坐下来。他的眼睛有点红。

"读这些日记,对我来说挺不容易。唉,她跟我说过一些,可我不知道来龙去脉。有太多的误会了,失之交臂。"他往外面的公墓看去,"她想得也不全对。首先,我从没跟艾德丽安约会过。"

"没有吗?"

"没有,是马泰奥。"

我茫然地看着他。

"马泰奥玩弄的学生可不止你妈妈一个人。"

"噢——"又一个谜团解开了,"所以,你跟她讲那个牛头像和面包师的故事,就是为了这个?你想提醒她看仔细些,因为马泰奥在劈腿?"

他摆出苦相,"对,不过显然我不太成功。她没明白我讲那个故事的意思。"

"嗯,太含蓄了。那故事是你现编的?"

"不,真有这故事。它应该不太可能是真的,但确实是在佛罗伦萨流传了好几百年的传说之一。我很喜欢这种故事。"他摇摇头,"不管怎么说吧,我知道你妈妈在跟马泰奥交往。她没有声张,是因为怕马泰奥在学校惹上麻烦,但马泰奥没有声张,是因为他是人渣。他跟学生的绯闻据我所知就至少有好几个,所以照我看,他不是什么好东西。我疑心过,然后有一天在暗室撞见艾德丽安跟马泰奥在一起。你妈妈在夜店外面看到我们的那一天,我正在跟她对质这件事。我希望她告诉你妈妈。"

"为什么不直接告诉她呢?"

他摇摇头,"除了夏莉,人人都知道我爱她,那么做就像是我在从中作梗。马泰奥十有八九会抵赖,那样的话我就失去你妈妈的信任了。后来,他们分手后,我又觉得好像没必要告诉她了。而且,其实我有点不好意思,他们分手是我造成的。"

"为什么?"

"你妈妈越来越孤僻,对自己和作品也特别苛求。所以有个星期当马泰奥出差开会时,我给他打电话,让他离夏莉远点,不然我就告诉学校。"

"他就是那会儿跟妈妈分手的吧?"

"对。可后来我不管三七二十一还是向学校告发了,最后上头把他给解聘了。夏莉伤心欲绝,整个人毫无生气。有好几个星期,我都在怀疑自己是不是做错了。"他蹬了一下,秋千晃动起来,"不过后来她似乎好转了。我说服她到这里跟我一起过暑假,而且我们好了一段时间。可后来我又失去了她。"

"因为我。"

他摇头，指指公墓，"她应该告诉我的。我会毫不犹豫地离开这里。"

"这就是她不跟你说的原因。"

"我知道。"他叹息道，"我只是希望她能让我做这个决定。跟夏莉在一起，哪怕就一天，也比一辈子在意大利值得多。"

"这还用说。"我仔细看了他一会儿。他爱她，真心爱着她。他想念她的时间甚至比我还长。我好想扑上去抱住他。

我扭过头，把眼泪眨巴回去。真希望有一天我的眼球会干涸，要不然我就要当面巾纸的品牌代言人了。

"你试过挽回她吗？"

"没有，在我的概念里，她已经选了马泰奥。要是我知道原因，就不是这回事了。我过了好多年才知道他们不在一起，而直到最近才知道有你。我很担心她，可每当我想联系时，总像是有什么东西在拦着我。也许是自尊心吧。"

"或者只是不想再次受伤。她把你的心简直砸得稀巴烂。"

他嘿嘿一笑，"确实砸烂了。当然，我最后还是放下了。可你在这里……嗯，有点像是昔日重现了。"

我们沉默了一会儿。烈日当空，我的头发都快吱吱响了。

他摇摇头，"我完全没料到，咱们会这样聊到这个话题，不过我很高兴咱们能坦诚相见。现在不用担心马泰奥了。你妈妈非常注意不让你靠近他，特别是她事业成功后。她一直希望带你来意大利，但又很顾忌，直到现在。大概因为你快满十八岁了，她不再惧怕马泰奥了。"

"她大概从来没想到我会去找他。"

"完全想不到，我觉得她小看你了。"他呵呵笑着，"我也小看你了，不敢相信你去了罗马。"

"很傻。"

"这个嘛自不必说，可那也很勇敢。"

"阿伦陪我去的。他帮了不少忙。"我的表情凝重。**阿伦。**

"怎么了？"

"阿伦不……理我了。我惹他生气了。"

霍华德的额头皱起来，"你们吵架了？"

"类似吧。"

"不管发生什么事，你们俩肯定能和好。他很在乎你，我能看得出。"

"也许吧。"我们坐了一会儿，来回晃着秋千，突然我想到一件事，"霍华德，你跟我讲一个女人生猪崽的奇怪故事，是想告诉我什么吗？"

他笑了，"那个 porcellino。我还是别这么干了，好像不太管用。"

"是不管用。"

"好吧，是啦，我是想告诉你一些事。我们去看那个雕塑时，我觉得那个象征恰到好处。即使我们的情况挺奇怪，我们也不太像一家人，但我真心希望陪着你。我们不一定是那种普通家庭，可要是你能接纳我，我完全可以做你的亲人。"

我抬头看他，心中涌起万千思绪，浑身轻飘飘的。妈妈说得太对了。根本没人能替代她，但如果一定要选一个，那肯定是霍华德。她只是比我早了几步。

"怎么办，卡罗丽娜？"

我沉思着。我不想急着答应什么，可今天的感觉确实很对，那应该就够了。

"好的。"我点点头，"你愿意，我就愿意。"

他冲我露出标志性的歪嘴笑容，在秋千里往后仰，"很好。噢，既然现在咱们的事情都讲清楚了，那你跟阿伦是怎么回事呢？"

第二十七章

霍华德让我一定别灰心。想做个明白人,就得百分百确认我和阿伦之间没有重大误会。

这就是他的原话。重大误会。

我收拾好自己残存的尊严,打了阿伦的手机。两次。两次都直接转进了语音信箱。我尽量不去想象他按了拒接。

最后,霍华德帮我查到了法拉拉家的电话号码,于是我打到他们家。

"Ciao,丽娜!"奥黛特尖声说。她显然还不知情。

"嗨,奥黛特。阿伦在家吗?"

"在,稍等啊。"她放下电话,然后传来一些闷闷的声响。她终于又拿起电话。

"丽娜?"

"嗯?"

"阿伦这会儿不方便接电话。"

我苦笑,"能帮我问他一个问题吗?"

"什么问题?"

"我可以过来吗?我必须跟他谈谈。"

她停顿了一下,"阿伦?你干吗摇——"接着,她准是捂住了通话筒,因为我再也听不清了。

简直丢脸丢到家了,我残存的尊严也被付之一炬。

她回到电话里后,声音似乎有些困惑,"抱歉,丽娜。他说他太忙了,要去瓦伦蒂娜的派对,在做准备呢。"

我精神一振,"他肯定会去吗?是给去年毕业的女生开的派对吗?"

"是的,应该是给她过十八岁生日。"

至少能当面见到他。我深呼吸。总比见不到强点儿,"谢谢,奥黛特。"

"没关系。"

我挂了电话,给托马斯发了一条简短的信息。接着,我一路跑到游客中心去了。我需要帮忙。

我闯进游客中心时,霍华德和索尼娅警觉地抬起头。他们正在翻一堆文件,霍华德戴着一副小小的老人阅读眼镜,样子像近视的伐木工人。我不禁咯咯地笑了。

他用手按住胸口,"丽娜!我总有一天会被你吓出心脏病来的。"

"你的眼镜太……"

"太怎么了?"他完全站起身,我又大笑起来。

"就是……不提了。喏,我特别需要帮助。我晚上要去参加一个派对,一定要打扮得漂亮点。跟阿伦和好在此一举了。我要找到一件战袍。"

他摘下眼镜,"穿上后包你人见人爱的那种衣服?"

"对,就是这种!就像我妈妈买过的,不过但愿我真能穿着去,它能起作用。"

"战袍?"索尼娅左看看、右看看我们,问道,"不好意思,我不太明白。"

霍华德转身看她,"索尼娅,咱们得早点把公墓关门。找件新衣服大概挺容易,可战袍嘛,必须要花点儿时间。"他冲我挤了挤眼睛,"对了,我记得看见你妈穿着她的战袍时,看得我都撞到墙上去了。"

索尼娅摇摇头,"你们的话,我还是有点纳闷,不过你知道公墓不能关门,这完全违反规定啊。"

"好吧,我们不关门,我们就丢下它几个小时,三个人到佛罗伦萨紧急购物去。"

我蹦上跳下的,"谢谢!这样太棒了!"

索尼娅还是不太肯定,"霍华德,我就留下值班吧,万一有游客来呢。"

他摇头,"不行,我们需要你。你知道,说到买衣服,我完全没用。我的衣柜可是衣服的葬身之地啊。我们需要女人的眼光。"

她一哆嗦,"你的品位是挺差的。还记得我让你丢掉那条吓人的灯芯绒裤子吗?它们都长毛了。"

我双手合十,"求你了,索尼娅。我都不认识服装店,而且我需要尽可能多的帮忙。我晚上一定要穿得出众些。你能帮我吗?"

她看看霍华德,又看看我,然后摇了摇头,"你们都疯了,好吧,一会儿去我家接我。"

"太好了!"我和霍华德击掌。我在外面等他关上游客中心的门,跟他一起小跑着回房子。

在去佛罗伦萨的路上,我和霍华德跟索尼娅讲明了我们这种不是亲人胜似亲人的关系。

她很吃惊,"你们是说,你们其实不是父女俩?"

"理论上不是。"我说。

"而且,霍华德,你一直都知道?"

"是啊。"

她摇头,用钱包给自己扇风,"这种事只有在意大利才会发生。"

霍华德看着她,"还有啊,索尼娅,将来别把我的邮件转给别人了。不过这一次倒是歪打正着了。"

"我发誓,再也不做那种事了。"她转过脸,面对我,"阿伦几点来接你?"

"九点。可我不是跟阿伦去,我跟托马斯去。"

"哦,可我以为你跟阿伦……"她不说了。

"你以为我和阿伦怎么了?"

霍华德瞟了索尼娅一眼,又在后视镜里看我,"你知道,在英语里比喻感情外露的说法是'把心别在衣袖上'吧?对,意大利语里的类似说法是'avere il cuore in mano',把心捧在手里。每次阿伦看你,我就想到这个说法。他对你很痴心。"

"才不是呢。"

索尼娅搭腔,"绝对是的。不能怪他,瞧瞧你,那可怜孩子没法儿控制自己呀。"

"他有女朋友的。"

"他有吗?"霍华德问。我点头。

"哦,那你对他什么感觉?"

他们都看着我,我故作镇静,可坚持不了三秒钟就火山爆发了。

"好啦,我爱上他了。我彻底爱上阿伦了。在我认识的人里面,除了艾迪,就属他让我觉得正常了,而且他又搞笑又奇怪,我还喜欢他的门牙缝儿。可这些都没用了,因为他有女朋友了,而且昨天我一时理智失常,亲了他,把他吓坏了。另外,他的女朋友长得像是时尚大片里的模特,可阿伦每次看到的我不是在淌汗就是在哭鼻子。所以,现在我要打扮一下,去参加派对,希望能引起他的注意,起码让他愿意跟我说话,我才能把真实感觉告诉他,至少努力挽回我们的友情。就这样,我对阿伦的感觉就是这样。"

霍华德和索尼娅都惊呆了。

我瘫倒在座位里,"所以我才需要一件完美的战袍。"

片刻沉默之后,索尼娅扭头看霍华德,"钱是问题吗?"

"不是。"

"那就左转吧,我知道要去的地方了。"

霍华德把我们直接送到市中心附近一家服装店,停车后,我们任下车,从停车场跑了三条街。当我们闯进商店时,柜台后的女人紧张地抬起头。

"Cos'è successo?(出什么事了?)"

"Stiamo cercando il vestito più bello nel mondo.(我们在找全世界最漂亮的衣服。)"霍华德回头看我,"她需要一件战袍。"

女人打量了我们一会儿,然后拍拍手,"阿达丽娜!萨拉!Venite qui.(到这儿来。)"

两个女人从后面房间里出来,跟霍华德进行了同样的交流后,拿出卷尺,开始给我量腰围、臀围、胸围还有……嗯,那场面挺尴尬的。

终于,她们开始在店里到处拿衣服,催我去试衣间,把我连人带衣服都推了进去。我脱掉跑步衣服,套上第一件衣服。它是那种棉花糖的粉红色,让我想起那次在摩天轮上呕吐的情景。第二件是黄色的,带羽毛,疑似大鸟[①]的尸体。第三件还不赖,可肩带太大了,杵在我的肩膀上好几

---

① 大鸟是《芝麻街》里的动物。

厘米。派对是在今晚,我可没空再找裁缝改衣服了。我沉重地凝视着镜中的自己。**别慌**。可我的头发已经慌了,或者它大概一直就那样吧。

"怎么样了?"索尼娅在外面喊。

"还没合适的。"

"试试这件。"她从门上面又扔进来一件衣服,我快速换上。白色蓬蓬裙,我简直就像块棉花软糖,还是待嫁的棉花糖。

"哎,完了。"我带着哭腔,"这些都不对啊。要是找不到怎么办?"

"我带你到这儿来是有原因的。我看看店主家的大女儿在不在,她选衣服很神。我马上回来。"

我走近镜子,又看看自己。我不像可以原谅的样子,而且还挺滑稽的。我变成了自己在女童军夏令营嘲笑过的人,这样子不可能挽回阿伦的。

"丽娜?"索尼娅敲敲门,然后门开了,她跟另一个女人走了进来。

这个女人四十岁不到,头发盘成一个髻,用一支铅笔插在里面。看样子她是认真的。她示意让我转个圈。

"不,Tutto sbagliato(完全不行)。"

"D'accordo.(同意。)"索尼娅说,"她说这件完全不合适。"

"能请她给我找一件完全合适的吗?"

"别担心,这个她在行。交给她办吧。"

女人走近前,用双手托着我的下巴。她左右转动我的脸,打量我的五官,然后退后,示意我再转一圈。最后,她点点头,举起手。"Ho il vestito perfetto.(我有一件特别合适的礼服。)等等。"

她拿回来一件裸粉色洋装,上身缀满蕾丝,下面是飘逸的短裙。我接过衣服,举在面前。

"这一件?"我问。

"是，这一件。"她坚定地说。她退出试衣间，带上门。

我脱掉棉花糖的裙子，轻松地套上新裙子。衣服的布料很顺滑，丝绸般的质感，顺溜地滑过我的胸部、臀部，垂到最合适的位置。

我都不用照镜子，就知道是这件了。

当托马斯驾着他爸爸的汽车——一辆银色宝马敞篷车——到达时，我已经完成了彻底改造。索尼娅帮我弄了头发，我的卷发柔软地垂下来，不再像美杜莎的蛇发。她还借给我一双高跟鞋、一对钻石耳钉。我化了妆，擦了香水，还一个劲儿地练习着要跟阿伦说的话。**阿伦，我有话跟你说。**我照镜子时，一时没反应过来。不敢相信，我真像个意大利人。

"他来了。"霍华德在楼下喊。

"来了！"我深呼吸，稳住情绪，小心地移步走下楼梯。索尼娅的高跟鞋很漂亮，但高得可怕。没有下意识地做出什么体操动作，我竟奇迹般地走到了楼梯底下。我抬头时，霍华德眼含泪光地看着我。

"你太漂亮了。我不管阿伦的女朋友长啥样，她根本没戏。"

"那不错，不过，只要他跟我说话，我就很高兴了。"

"我赌前一个。"

有敲门声，霍华德走过去开门。"嘿，你是托马斯吗？"

"是的，很高兴见到你。"

我咔嗒咔嗒地走到门口。

"哇哦！丽娜，你真……"托马斯的下巴都快掉了，可他发现霍华德看他的神情，像是猎人看着一头鹿。他急忙清清嗓子，"对不起，衣服很好看。你打扮得真漂亮。"

"你打扮得也不错。"合身的灰色西服，故意做乱的发型。我都能想象得到艾迪欲火焚身的样子。

"准备好出发了吗?"他问。

"准备好了。"我走过去给了霍华德一个拥抱,"我能出去多久?"

"随便你多久,哦,但要在合理的范围内。"他冲我挤眼睛,"会没事的。"

"谢谢。"

我跟托马斯出去,走到他的车前,他给我开门,"你真的漂亮极了。"

"谢谢。"

"你爸爸说'会没事的'是什么意思?"

"呃,我不太清楚。"我第 N 次看了一眼手机。一整个下午我都盼着阿伦打电话来,可一整个下午他都没来电话。

托马斯钻进前座,把钥匙插进点火器,"车很不错吧?"

"相当不错。"

"我爸爸还有一辆兰博基尼。他跟我说,要是我一年内开车没有违章,就可以开一开。"

"很遗憾今天不能开。"

"对啊。"他小心地倒出车道,沿着道路出发了,"你知道在意大利要年满十八岁才能开车吗?在我们学校,我应该是唯一有驾照的。"

"阿伦明年就能拿驾照了。"

"可他年纪还小吧。"

"他三月份就满十八岁了。"

"哦。"他开到路当中并且加速,把音乐开得很大,都说不了话了。

跟年轻版 007 一起驾乘着豪华敞篷车,穿越在意大利的田园间,必然是一次神奇的体验,可我完全没感觉。我心里忙着温习要跟阿伦说的话,还要躲开小 007 的咸猪手。

"瓦伦蒂娜的爸爸跟我爸是同事,不过职位更高。我去她家参加过好多派对，都很疯狂的。有一年，他们做了一次日本料理大餐，在餐桌上躺着一些女人，要从她们身上拿寿司吃。"

"啊，真的啊？"

"嗯，很赞的。"他的手溜到我裸露的膝盖上——又一次——我就大惊小怪地动着腿，逼他把手移开。再一次。我看着他，叹了口气。换了其他女孩，会用佛罗伦萨所有的冰淇淋换一次坐我现在位置的机会吧。可我不是她们，而且她们不认识阿伦。

当我们最终到达派对时，我惊呆了。不单是因为房子看起来像吸血鬼城堡——确实很像——更因为人太多了。轿车和出租车全都在往车道里开，参加聚会的人兴高采烈、摩肩接踵地往前门走去。我们花了整整十分钟、动了三次腿，绕来绕去才开到了代客泊车处。

轮到我们后，托马斯把钥匙丢给泊车师傅，故作炫耀地扶我下车。宽大的石阶上铺着红毯，通往入口处，无数人在往里走。我本来担心穿得太讲究了，可所有人都打扮得像是参加红毯首映式。这个场合绝对需要穿战袍。

"这比我想象中大多了。"我说着抓住托马斯的手臂，生怕在台阶上跌跤。

"我说吧，肯定会很赞的。"

"你的朋友都住这样的房子吗？"

"只有办派对的那些人。"

入口处有一个曲折的长楼梯，挂着一个彩色玻璃的奢华吊灯。一位拿着一大沓纸的男人拦住了我们。

"麻烦姓名。"他的口音跟他的二头肌一样厚实。

"托马斯·希思。"托马斯回头冲我笑笑，"还有我的女伴。"

男人在纸上翻找，标出了托马斯的名字，"Benvenuti.（欢迎光临。）"

"能让我看一眼名单吗？"我问，"我想看看我的朋友在不在。"

"不行。"他瞪着我，用手遮住名单，"这是 privato（保密的）。"

我们又不是去五角大楼赴宴。"就看一秒——"

"走吧。"托马斯抓住我的手，把我从名单边上拉开，拉进了房子里。大家都挤进了一个富丽堂皇的大房间里，这里天花板很高，又挂了大概五盏吊灯。我们拼命往里走，老是被各种漂亮长裙绊到，被汗流浃背的男士撞到。所有家具都移到了房间边上，在一个角落搭起了一个临时舞台。目前上面只有一些乐器，可房间里音响播放的音乐响得都可以震死小鸟了。太拥挤了。我怎么找得到阿伦呢？

"丽娜！托马斯！"埃琳娜从人群里冒出来，抓住我的胳膊。她穿着一件灰色短裙，扎了一个高高的马尾，"哇，丽娜，你真 bella（漂亮）。这颜色很适合你。"

"谢谢，埃琳娜。你看见阿伦了吗？"

"阿伦？没有。我都不知道他会不会来，美美没准儿会杀了他。"

"为什么？"

托马斯打断我们，"你们看，塞尔玛在那儿。"他指向一个高个子中年女人，她爬上了舞台，在摆弄着琴弦。她戴着头冠，穿了一件艳粉色超短裙，胸部都快要遮不住了。

"哎呀，"埃琳娜摇着头说，"那是瓦伦蒂娜的老妈。她在二十世纪九十年代是个超模，在这屋子里挂了不少自己的性感照。我要是天天都看见我妈的乳沟，还不如去死呢。"

"你妈妈的假乳沟。"托马斯说，"我们应该到乐队旁边占个好位子。瓦伦蒂娜说十点开始表演。"

埃琳娜摇摇头，"我要等马可。"

"马可，哈？"

埃琳娜瞪他,"Dai.(得了吧。)我只是说会等他,没其他意思。"

"啊哈。"

"埃琳娜,要是你看见阿伦,能告诉他我要跟他谈谈吗?"我问。

"好,没问题。"她瞥了一眼托马斯,然后凑近,"哇,托马斯真是太正点了。"她用意大利腔说,"选得好。他 troppo sexy(太性感了),见过他的女孩肯定都想追他。你大概是走了桃花运了。阿伦为了你跟美美分手真是糟糕,可我完全理解你为啥跟托马斯一起来。"

我脑子里冒出无数个感叹号,"阿伦跟美美分手了?什么时候?今天吗?"

她皱皱眉,"不知道,大概是昨天?不过美美说她挺高兴。我说阿伦啊,他实在太怪了,老是想到什么就说什么。"

"嗯,可这就是他的优点呀。"

她瞄了托马斯一眼,"嗯,也许吧。待会儿见,我要去看表演了。"

"拜拜。看见阿伦就跟他说我在哪儿,好吗?"

"你没事吧?"埃琳娜走开后,托马斯问。

"嗯,没事。"也许比没事好一点。阿伦为了我跟美美分手了?可在罗马又是怎么一回事?"寻找阿伦行动"的紧迫性已经飙到了顶点。

"我们去拿点喝的,再到舞台边上吧。"托马斯说。

"好的。"

接下来两个小时过得慢死了。乐队歌手是西班牙人,每演奏完两组曲子,鼓手就忘乎所以地把鼓槌扔到人群里,要去找回来才能演奏下一首曲子。

托马斯一直走开去拿饮料,而阿伦一直不出现。他在哪儿?要是他不出现怎么办?战袍难道是一个诅咒吗?要这样,我还不如穿跑步衣服来呢。

最终，我借故离开，"托马斯，我要去卫生间，一会儿就回来。"

他冲我漫不经心地竖起大拇指，我在人群里挤来挤去，快速扫描着整个房间。照我看，阿伦不在大房间里。他也不在前门台阶上，或是入口的地方。他在哪里呢？我最终决定真的去上趟卫生间，可那儿排着长队，我只好一直伸着脖子找阿伦。

轮到我时，我进门上了锁，然后照照镜子，叹了口气。我的洋装还是很不错，可我在出汗，而且看得出头发正在预谋一场暴动。我把头发束了个马尾，又查了查手机。没消息。他在哪儿？

托马斯在门外等着我，"你在这儿呢，要抓紧时间了。大家都要到外面去，有个大大的惊喜。"

我放弃高跟鞋，脱下来拎着，我们跟着人群往后门移动。等最终走到外面时，我屏住了呼吸。整个院子有一个足球场那么大，地上有数十块巨大的白色地毯摆成了方格形状，边缘上点着蜡烛。这场景，浪漫得让人要吐了。有一半人要神魂颠倒，开始向彼此宣告至死不渝的爱情了。

"托马斯，我在卫生间时，你没看见阿伦吧？"

"不，不，不。"他在台阶底下停住，双手按住我的肩膀，"我们要约法三章，不能再谈阿伦了。我只想谈谈你。"他粲然一笑，"还有我。快来吧。"

他拉着我往前穿过草地，我有点跌跌撞撞的。

"我们要去哪儿？"

"我说过，是个惊喜。"

我们一直走到院子外缘的一块空地毯上，托马斯坐下，松开领带，脱掉外套。他的衬衫皱了，头发也乱了，我第一千次地遗憾艾迪没能在这儿一饱眼福。可对我来说完全是浪费。

"快躺下。"他说。

"干吗?"我问。

"躺下。"他拍拍地毯。

"托马斯……"

"放心,我不会做什么的。就躺一会儿。我保证,我就待在原地。"

我看了他一会儿,然后躺在地毯上,抚平身上的衣服,"现在干吗?"

"闭上眼睛。等我说睁开再睁开。"

我看看他,叹了口气,眼睛半睁半闭着。他一定要这么迷人吗?他真的把我的生活搞得很复杂。

他开始慢慢倒数,"二十……十九……十八……"等他数到"一"时,我感觉已经躺了半个世纪,听到草坪上传来异口同声的欢呼声,我睁开了眼睛。

在我们四周,用蜡烛点亮的白色纸灯笼升了起来,有好几百个。

看着我惊呆的神情,托马斯咧嘴笑了,"瓦伦蒂娜告诉我,他们要做这个。酷吧?"

"太酷了。"

我们静静地看了一会儿,灯笼像是姿态优美的水母,旋转着飞向星空。今晚很美,很奇妙,呃——我难过得想哭。我在意大利目睹着一个梦幻场景,可心里只想着阿伦。我是要跟霍华德一样伤心一辈子吗?我是也要沦落到去买长滑板,在夜深人静时烤蓝莓松饼吗?

"就说你会喜欢吧。待会儿还会放烟火。"托马斯用胳膊肘支棱着侧卧下来,把脸放低,凑近我。他眼睛里映出几个纸灯笼,有那么一刻,我忘了自己并不喜欢他。接着我又回过神来。

"托马斯,我得告诉你件事。"

"嘘。过会儿再告诉我吧。"我还没来得及反应,他就翻身趴在我身上,把嘴唇压上我的嘴唇,把我整个身子压在地上。有一秒钟,我感觉像同时在过圣诞节、生日和暑假,可马上就觉得浑身不对劲。我从他身子底下挣脱出来,坐起身。

"托马斯,我不能这么做。"

"为什么?"他也坐了起来,脸上带着困惑的神情。这大概是他第一次遭遇拒绝,可怜的家伙。

我摇摇头,"你很棒,又这么帅,可我就是做不到。"

"因为阿伦?"

"嗯。"

"要是你喜欢阿伦,干吗跟我一起来呢?"

"对不起,我太差劲了。我应该早点告诉你的。"

他站起来,抓起外套,掸掉裤子上的草,"你运气不错,情哥哥就在那儿呢。"

"什么?"我转过身。阿伦就站在几米之外,背对着我。我慌忙站起身。

"回见了。"托马斯说。

"托马斯,实在对不起。"我在他后面喊,可他已经走回房子里去了。

我深呼吸,拎起鞋子,半是跑着向阿伦走去。他穿着一套藏青色西装,而且像是有人压着他,给他理了个发。

我碰碰他后背,"阿伦。"

他转过身,我感觉自己碎裂的心化成了灰。他太好看了。好看得要命。

"嘿。"连一丝惊讶都没有。

"我特别盼着你在这儿。我们能谈谈吗?"

突然,美美从附近一群女孩里冒出来。她穿着一件修身的黑裙子,胸廓周围有镂空的花纹，她画了黑色的眼线。那架势像是一只老虎，可怕至极。

她挽起阿伦的胳膊，"嘿，丽娜。托马斯怎么样？"

"他还行。"我轻声说。

"阿伦，咱们进去吧。乐队应该又开始演奏了。"

"阿伦，我能跟你聊一会儿吗？"我问道。

他只是看着我的右耳边，"我有点忙。"

"求你了，就一会儿。只是我得告诉你一件事。"

"他忙着呢。"美美说着，挽紧他的胳膊。他低头看看她的手，又抬头看看我。

"好吧，就一会儿。"

"当真啊，阿伦？"美美恨恨地说道。

"一会儿就好。我马上就回去。"

她转身气呼呼地走了。这姑娘很善于娇嗔地走路。

"什么事？"阿伦轻声问。

"跟我一起走走吧？"

等我们走到院子边上时，灯笼已经变成了天上小小的斑点。我百分百确定，阿伦还没放下罗马的事。他像一个衣冠整齐的机器人，慢吞吞地跟在我后面。我的心越来越往下沉。这还有挽回的余地吗？

院子所在的平台有些高度，我们下了几级台阶，经过一对靠着树亲热的情人，一群挥着槌球棒乱跑、扮成赛马骑师的家伙。绝对是我们会笑话的事情。前提是我们要说话。

最后我们走到一个白色石椅边，阿伦坐下了，我坐在他旁边。"派对很精彩。"我说。他只是耸耸肩。

好吧，他是不会让我好过了。

"我就直接说了。"我的声音有点抖,"我从来没有遇到过你这样的人。你聪明、搞笑,还很好相处。自从我妈去世后,我几乎就只结交了你一个朋友,而且只有跟你,我才觉得不需要装坚强。对于在罗马发生的事情,我实在、实在很抱歉。亲你是没道理的,因为你有女朋友……或者有过女朋友……"我看着他,希望他能讲清楚,可他什么都没说。

"不管怎么样吧,直到那一刻,我才知道对你的感觉,可我应该直接跟你说的,而不是往你身上扑。总之,我想说的是,我真心喜欢你,很喜欢。可如果你没有同感也没关系,因为你对我真的很重要,我希望跟你还能做朋友。"

忽然,草坪上又传来一阵欢呼声,随着"扑哧"的一声,一片红色烟花在天空绽放开来。

这本该是多么完美的一刻:阿伦将我揽入怀中,宣告他至死不渝的爱情。

然而他没有。

我不自在地动了动。又有几个烟花绽放了,可阿伦都没抬头看。

"要是你能说点什么,就太好了。"

他摇摇头,"不知道你要我说什么。你干吗不早点告诉我?还有,在罗马的时候,你为什么要说对我永远都不会有朋友之外的非分之想?"

完蛋。我不该那么说的。

"我大概是怕丢脸吧。你显然不想亲我,我好尴尬。我只是想收拾残局。"

他抬起头,"那你就错了。我其实想亲你的,可因为怕你不是真心才停下来的。你跟马泰奥的见面很不开心,我不希望你只是因为心情不好才跟我亲热。而且,之后你就说你不是真心的。"

"可我是真心的。这就是我想——"

他打断了我,"我喜欢了美美好久,大概两年了吧,我一直想着她,等我和她总算有了进展时,我觉得自己是天下最幸运的人了。可后来我遇到了你,就突然开始不接她的电话了,想方设法让你跟我一起玩。所以,在我们去'太空'的那一晚,我打给她,跟她说分手了。我不知道跟你会不会有结果,可我很想有这个机会。"

他摇头,"接着我们去了罗马,接着发生了那件事。然后今天晚上……"他站起来,"你凭什么觉得,你可以跟托马斯那么缠绵,然后又来跟我说你喜欢我?"

一种完全不同的烟花在我眼睛里炸开了,"你凭什么觉得,你可以跟美美那么缠绵,然后又跟我说你一直都喜欢我?你才是一直都有女朋友的人啊。"

"你说得没错。有过女朋友,我跟她分手了。而且,我刚刚可没有跟其他人在地上滚。"

我跳起来,"要是你真看见了,就知道我把托马斯推开了,还告诉了他我喜欢你。但是算了吧,我也不在乎了。"

"我也不在乎。我要回里面的派对去了,你最好回到约会对象身边去。"他转身走开了。

"Stronzo!(浑蛋!)"我大喊。

一个心形烟花在他头上绽开了。

第二十八章

霍华德花了快一小时才找到瓦伦蒂娜家。首先,我都不认识瓦伦蒂娜;其次,我问的人都不知道地址。有假乳沟的塞尔玛也全无踪影了,我也找不到埃琳娜、马可或者其他熟人。最后,我找那个门卫问地址,可他不太会说英语,还一直护着文件夹,生怕我使诈偷看他的来宾名单。最后我硬把手机塞给他,他才告诉霍华德怎么走。

霍华德的车停在车道上时,我的满腔怒火已经一泄而空了,现在软弱得像根烂面条。我浑身瘫软,不对,身心疲惫。等我钻进车里,霍华德都不用问情况,看我的表情就明白了。

回到家,我把裙子丢在地板上,套上T恤和睡裤下了楼。我的眼泪快下来了,可我不想在房间里一个人哭。我再一次可悲到了极致。

"咱们有冰淇淋,也有茶。"我走进厨房时,霍华德说,"选哪个好?"

"冰淇淋。"

"选得好。你去客厅坐吧,我给你拿个碗。"

"谢谢。"我去了客厅,盘腿坐在沙发上,头靠着墙。我整晚都在找阿伦,可他偏偏在托马斯出手的那一刻看见我。这是有多巧?我们俩就是没缘分吗?而且,我真骂他 stronzo 了吗?我都不知道那是啥意思。

霍华德拿着两个碗进来了,"我给你拿了两种味道,Fragola e coco,草莓跟椰子。抱歉,家里没有 stracciatella。看得出,你今天需要 stracciatella。"

"没关系。"我接过碗,把它在膝盖上放稳。

"晚上不太顺?"

"我跟阿伦估计没戏了。"我的眼睛开始泛泪,"朋友都做不成了。"

"你们谈得不好?"

"不好。我们还互相大吼,我骂了他一个很难听的意大利单词,起码我觉得很难听。"

"什么单词?"

"Stronzo."

他在我对面的椅子上坐下,认真地点了点头。"咱们能挽回 stronzo。而且要记住,没有真正结束,就不算结束。我有很多年都以为跟你妈妈结束了,但其实早在她查出病之前,我们又开始交流了。"

"是吗?"

"是的,她给我发了电邮,我们通信通了将近一年。感觉像重新连上了中断的时光。我们不谈沉重的话题,只是彼此逗趣玩笑。"

"你们见过面吗?"

"没有,她大概明白,要是我再次见到她,就会把她带走的。毋庸置疑。"

"就像那些萨宾妇女。"我想吃一口冰淇淋,可舌头不听使唤。我把勺子"叮当"一声放回碗里,"你们俩的事简直是史上最伤感的故事。"

"我不觉得呀,也有不少开心的事。"

我叹气,"那我怎么忘掉阿伦呢?"

"你问错人了。我爱上了就无怨无悔。不过要问我的话,那很值得。'人生无爱,好比一年无夏。'"

"深刻。可我挺盼望夏天结束的。"

他微笑,"给自己一点时间,会没事的。"

我和霍华德聊到了很晚。我查手机时看到艾迪发的五个字短信(他们答应了!!),跟霍华德商量了一个多小时,衡量着走或留的利弊。他还拿出一本有横线的笔记本,画了两列,上头写了"留的原因"和"走的原因"。

我没把阿伦算在里面,因为我不知道该把他算在哪一边。失恋了却天天见到他?或者,失恋了然后再也见不到他了?两种情况都挺凄惨的。

最后我去睡了,可夜里翻来覆去的。原来,说"坠入"爱河是有道理的,因为当它发生时——真正发生时——就是那种感觉。没有准备、没有尝试,你只是纵身一跳,希望那个人会接住你。不然,你最后会摔得满身伤痕。相信我,我有切身体会。

我后来准是睡过去了,因为在四点左右,我被惊醒,心慌得像是听到了五级火警。什么东西砸到我了吗?我慌忙站起来,心狂跳着。房间的窗户一如往常地敞开着,公墓树林上空的一片繁星朝我一闪一闪的。万籁俱寂,静得像湖水,没有一丝涟漪。

"只是做梦吧。"我说着,声音显得超级镇定自若。其实我心惊胆战,担心自己被惊醒是因为被一块冰冷的硬物砸中了腿。

这不太可能啊。

我摇摇头,像正常人一样拉上被子,准备重新睡下,但接着我一声惊呼,一蹦半尺高,因为到处都是硬币。真的到处都是。

硬币散落在床上、地毯上，甚至那件仍然可怜巴巴堆在地上的战袍上也有几枚。我摸索着开了台灯，弯腰去看，小心不去碰到任何一枚硬币。它们大都是黄铜色的一分、两分硬币，也有一些是两毛或者五毛的，甚至还有一块两欧元硬币。

我房间里下了一场钱雨。

"什么情况啊？"我大声说。

就在这时，又一枚硬币被抛进开着的窗户，正好打在我脸上，害我做了一个缩头、捂耳朵的夸张动作，那是我小学时在地震演习里学到的。不过等我趴在地板上时，已经不再害怕了。我知道是什么情况了——有人在往窗户里扔钱。这说明，要么是政府官员来通知我中了意大利版的强力球彩票大奖，要么是阿伦想把我叫醒。不管怎样，今晚的状况都大有好转了。

我跳下床，跑到窗边。

阿伦站在离房子不到两米的地方，胳膊往后举着，准备再扔一枚硬币。

"看着点！"我又趴到地板上了。

"对不起。"

我慢慢立起身子。阿伦的外套和领带散放在草地上，他没扔硬币的手里拎着一个白色纸袋。看见他，我高兴坏了，简直想把他揍到两眼发黑。

嗯，心情就是这么矛盾。

"嗨。"他说。

"嗨。"

我们俩只是互相对视着。我又是想把战袍摔在他身上，又是想把我的美杜莎蛇发放下去让他攀上来。这完全取决于他的来意。

阿伦的内心似乎也在进行着斗争。他徘徊了一会儿，"你能下来吗？"

我犹豫了不到一秒，就翻过窗台，慢慢探身出去。我用一些突出的墙砖垫脚，小心地爬下去。

"小心啊。"阿伦低声说着，伸出手臂准备接住我。

最后一两米我只能跳下来，直接撞在阿伦身上，他尴尬地倒在地上，我们俩在地上扭成一团。我们都急忙站起身，阿伦退后一步，用一种难懂的表情看着我。

"你可以走楼梯下来的。"他说。

"楼梯是给 stronzo 用的。"

他露出一丝笑容，"你离开派对了。"

"嗯。"

忽然，霍华德的房间里灯亮了。"霍华德！"阿伦低声说。他的样子像是刚看到了野人。他是永远摆脱不了第一次谈话的心理阴影了。

"来。"我抓起他的手，带他一起跑向后院的栅栏，被各种边沿绊得跌跌撞撞。但愿我们永远不要过亡命天涯的生活，因为我们俩绝对会是天底下最笨的逃犯。

"他不可能没听到。"到了后院围墙，阿伦喘着粗气说。

"他应该接着睡了。看，他房间的灯又关了。"

小小谎言。最大的可能是，霍华德对外面的情况已经明了，打算放任我在午夜时分的冒险行动。他这人简直不能再好了。我回头看阿伦，可我太紧张了，视线在他脸上一直游移不定。看来他也有同样的问题。

"那么，你想跟我说啥？"

他踢踢草地，"我，呃，之前没跟你说，你今天晚上真漂亮。那是你自己的战袍吧？"

"嗯。"我也低头，"可它应该没起作用。"

"不，起了。相信我。嗯，那会儿……在派对上，"他轻声说，"我看见你跟托马斯在一起很心痛。"

我点点头，尽量忽视心中的希望小火苗。**还有呢**……

"我真的要道歉。在罗马的时候，你说对我从来、绝对、绝对、绝对没有非分之想，我很郁闷——"

"我只说了两次'绝对'。"我申辩道。

"好吧，从来、绝对、绝对没有。我像被扇了一记耳光。而且，跟托马斯比，我就是个十足的呆瓜，他就像英国流行歌星，我怎么比得过？"

我哭笑不得，"英国流行歌星？"

"嗯，口音还是假的。他其实是在波士顿附近长大的，每次他喝得烂醉时就会忘掉英国口音，说话的样子就像那些去看波士顿红袜队棒球赛时在啤酒肚上涂字、大喊大叫的家伙。"

"好可怕。"我深呼吸，"我也很抱歉，说我对你从来、绝对、绝对——"

"绝对。"阿伦又加了一遍。

"……绝对没有非分之想。这不是真话。"我清清喉咙，"绝对不是。还有，你也不是 stronzo。"

阿伦脸上渐渐露出一点点希望的喜色，很快它也传染给了我，"你这是在哪儿学的词啊？"

"美美。"

他摇摇头，"哎，你那会儿是说真的吗？你说没跟托马斯在一起？"

我点头，"你跟美美真不在一起了？"

"是的，我百分百单身了。"

"嗬。"我说，脸上的笑意飘升了十倍。我们又互看了漫长的一分钟，我肯定，那四千个墓碑都在侧耳细听接下来要发生的事。呃……我们就这么傻站着互看吗？我们身上该有的意大利浪漫激情哪儿去了？

他又往前一小步，"你看完日记了吗？"

"看完了。"

"怎样？"

我叹气，"他们真是天造地设的一对，可惜被一些事耽误了。而且霍华德一直都知道他不是我爸，他只是很想做我的家人。"

"聪明又可怕的霍华德。"他伸出一直拿着的白色纸袋。

"这是啥？"

"认真的道歉。我出了派对后，进了城，开着摩托车到处问人，上哪儿能找到地下面包房。最后有些参加完派对散步回家的女人给了我地址。以后去的话要记住，它在 Via del Canto Rivolto（坎托利沃尔托大街）上，超棒的。"

我打开纸袋，热乎乎的、天堂般的奶油香扑鼻而来。酥脆、月牙形的糕点包在白色纸巾里，"这是什么？"

"Cornetta con Nutella.（巧克力酱蛋筒。）我买了两个，可路上我吃掉了一个，然后我用剩下的零钱来叫醒你。"

我急切地把手伸进纸袋里，吃了一大口 cornetta（蛋筒）。它温热浓稠，味道比得上你能遇见的一切美好事物。意大利的夏天，初恋，巧克力。我又咬了一大口。

"阿伦？"

"嗯？"

"下一次别再吃掉我的第二块了。"

他笑了，"我都不敢肯定你愿不愿意跟我说话，可我知道美食诱惑大概最值得一试。下一次要是我像混球一样撇下你一个人站在黑暗里，就给你买一打。"

"起码要一打。"我深呼吸。现在身体里流动着巧克力酱,我感到信心百倍,"还有你要知道,我在瓦伦蒂娜家说的话是当真的。我喜欢的是你,没准儿是爱你。"

"没准儿爱我,哈?噢,那不错呢,因为我没准儿也爱你。"

我们对着彼此绽放笑容,一阵热辣辣的感觉在心里流过,看得出阿伦也有相同的感觉,因为忽然之间我们站得很近,能看清他的每一根睫毛。*吻我,吻我,吻我。*

他眯起眼睛,"你脸上好像有巧克力酱。"

我苦笑,"阿伦,要不要亲我——"

我没说完,他就抱住了我,跟我吻在一起。真正的浓情热吻。原来,我这辈子都在等待着,在意大利中部一个美国公墓里被洛伦佐·法拉拉亲吻。你们一定要相信我这话。

我们总算分开了。不知怎么的,我们已经到了草地上,两人都翻过身,躺着看满天繁星,脸上挂着过年般的喜庆表情。这可能挺俗套的,但其实啊,简直棒呆了。

"这个就算我们正式的第一吻吧?"

"很多次的第一次。"他说,"可要是你不介意的话,我也不想忘掉罗马的那一吻。在被我粗暴打断之前,那一吻简直就是我人生中最美好的事情。"

"我也是。"我说。

他侧过来,用胳膊肘撑着自己,"那个……我一直想问你一件事。"

"什么?"

他把眼睛上的头发撩开,"你想过留在意大利吗?永远留下来?既然现在你有了男朋友,诸如此类的?"

男朋友。星星们愉快地眨着眼睛。

我也撑着起来，"其实之前我正在考虑这个呢。艾迪发短信告诉我，明年可以住在她家。我和霍华德花了好久讨论这个。"

"结果呢？"

我深吸一口气，"我要留下了，洛伦佐。"

他惊呼起来，"你刚才是发了滚舌音吗？我发誓，你刚发了滚舌音。再说一次。"

我微笑，"洛－伦－佐。我是半个意大利人吧？我应该能发滚舌音呀。瞧你，我跟你说要留在佛罗伦萨，你兴奋的点只是我说对了你的名字啊？"

"一辈子没这么兴奋过。"

我们相视而笑。然后我又靠过去亲了他，现在这事绝对是我们俩的例行功课了。

"总之，你是说，不但你喜欢、没准儿爱我，而且还打算一直待下去了？"

"就是我说的。"

"这真是 la notte più bella della mia vita（我人生最美好的夜晚）。"

"要是我懂这话的意思，肯定完全同意。"

"你很快就会说意大利语了。"他跟我十指相扣，"现在，我们不用满世界追踪你妈妈的前男友了，该做什么呢？"

我耸耸肩，"坠入爱河喽。"

"早在你前头了。"他把食指伸直，贴在我的食指上，做了一个小尖顶，"哎，我刚想到一件事。"

"什么？"

"我们在一起时，就合成了一个意大利人呢。"

我笑了，低头看我们的手指，感觉心跳越来越快、越来越强，我得闭上眼睛才能不让它跳出来。

他靠近我,"哎,怎么了?你在哭吗?"

我摇摇头,慢慢张开眼睛,又对他笑笑,"没有,没什么。"

可这并不是没什么。我生怕破坏了这一刻,不想跟他多做解释。可突然之间,我像是能在远处看着这一刻,而且永不、绝对、绝对不希望它结束。我脸上沾着巧克力酱,人生第一个真爱躺在我身边,星星很快就要沉入天际,新的一天就要到来。很久以来,我第一次对新的一天充满了热切期待。

这就很有意义了。

鸣谢

在写《恋上冰淇淋》之前，对于成就一本书的幕后英雄有多少人，我一点概念都没有。原来，人还真不少。数不胜数。不胜枚举。不计其数。我在这里尽我所能，给一个简缩版的名单。

首先要谢谢我的父母，尤其是老妈克丽·狄塞拉·埃文斯，她给了我意大利的生活经历。那两年极大地扩展了我的视野，美妙极了。谢谢你，总是不安于现状。你是我的榜样。

谢谢激励我的老爸理查德·保罗·埃文斯，你不但带领我到达写作的山崖，而且还把我一脚踹了下去。我只能梦想着达到你的创作量和影响力。谢谢你不准我放弃。（谢谢、谢谢、谢谢。）我用好玩的外孙尽力报答你。

要特别谢谢我的儿子萨缪尔·劳伦斯·韦尔奇。我得知《恋上冰淇淋》真要面世的时候，你刚刚吹灭了一岁生日蛋糕上的蜡烛，我至今不敢相信自己的两个梦想都成了真。谢谢你逼着我花时间玩汽车玩具，读傻傻的书。你是对的——铅笔应该用来画呜呜呜的火车，而不是写故事结局，那些都可以等。（另外，致长大了的山姆[①]：要实现你最大、最可怕的梦想，你需要动力吗？这就是你的动力。努力去做吧，萨米小豆豆。）

[①] 山姆和后文的萨米都是萨缪尔的昵称。

谢谢我一生的挚友、家人、女神干妈劳里·丽斯。有你在我的生活中，我真幸运，有你当我的代理人，我更幸运。简直不能再爱你更多。谢谢你相信我。

谢谢，谢谢 Simon Pulse 出版公司的各位，特别是才华横溢的编辑菲奥娜·辛普森、尼科尔·埃卢尔。没有你们，这故事完不成。谢谢你们喜欢丽娜和阿伦的故事，跟我指出可行和不可行的地方（尽量地委婉），还帮助我写出自己的心声。

谢谢我在佛罗伦萨美国国际学校的朋友们——特别是真正在佛罗伦萨美国公墓长大的女孩尤阿娜·浪臣。显然，我多年来经常想到你在公墓里跑步的样子。谢谢你帮忙翻译、确认事实。你太棒了。（另外，要对佛罗伦萨美国公墓现任管理员说声抱歉。我来访时有点兴奋过头了，我不是故意引发警报，扫了你家宴的兴致。每次想到这个我都羞愧死了。）

还有，要衷心感谢一位十四岁的男孩，当我坐在米尔克里克图书馆写小说时，他来邀请我跟他约会。我那天写作很不顺利，是你让我的心情变得美丽。而且，我原谅你跟朋友大喊着"她好老啊"！你肯定不是成心的。

最后给最重要的人，谢谢我的丈夫大卫·托马斯·韦尔奇。你特别能干、善良和坚强，我是那么依赖你。谢谢你在我不自信时相信我。谢谢你为了我实现梦想所做的一切额外牺牲。谢谢你倾听这个故事的各种离奇走向，让丽娜和阿伦像真人一样待在咱们家里。（他们很真实，对吧？）最重要的是，谢谢你选了我。十三年前的十二月，我坐在你的车里，鼓起勇气问："呃，哎，待会儿一起玩好吗？"我真高兴你答应了。